清浅时光

滕敏杰 著

黑龙江人民出版社

图书在版编目（CIP）数据

清浅时光/滕敏杰著. ——哈尔滨：黑龙江人民出版社，2019.1（2021.3 重印）
ISBN 978-7-207-11617-8

Ⅰ.①清… Ⅱ.①滕… Ⅲ.①散文集-中国-当代
Ⅳ.①1267

中国版本图书馆 CIP 数据核字（2019）第 019932 号

责任编辑：夏晓平
封面设计：柳　兮

书　名	清浅时光
作　者	滕敏杰

出版发行　黑龙江人民出版社
地址 哈尔滨市南岗宣庆小区 1 号楼（150008）
网址 www.longpress.com

印　刷　三河市华东印刷有限公司
开　本　880mm×1230mm　1/32
印　张　9
字　数　180 千字
版　次　2019 年 3 月第 1 版　2021 年 3 月第 2 次印刷
书　号　ISBN 978-7-207-11617-8
定　价　48.00 元

路在脚下

——滕敏杰散文集序

与滕敏杰女士的相识，其实是在《清浅时光》里。为什么呢？因为认识滕敏杰是短暂的、匆匆的、粗浅的，就更谈不上了解。2017年清明，我回龙江拜祭我的父亲，县作协副主席刘伟请我吃饭，滕敏杰是陪酒的一位。7月份，应县作协主席陈雪梅邀请，我又回到龙江县，给县作协会员讲小说创作，才答应给她写序言。

回到《清浅时光》上来。我发现滕敏杰的散文是"走"出来的。她回顾往事，那是她人生道路上留下的痕迹；她写家乡，那是她亲吻白山黑水的情谊；她写风景，那是她对祖国山川大河的体悟；她写情思，那是她心灵与世事碰撞的火花。所以我写下了这个标题——路在脚下。

但是路是有向度的。没有向度，你就是没头的苍蝇，东一头西一头的没有目标。向度偏离了主流文化，那也将出现"三观"的崩塌。就像一位大学三年级学生，他口口声声地强调，美国说中国这不好那不好。我问："你信吗？"他竟然说："当然信。"我再问："为什么?"他说:"那是美国说的呀!"你看,他的向度偏到什么程度了? 有比较才有鉴别,这么简单的常识他视而不见,我不相信他的路有多远。

不错,滕敏杰的《清浅时光》是有着一代人特有向度,是不可复制的,也是不可模仿的。小时候,滕敏杰来到乡下,那潺潺的小河水,成了小伙伴们的乐园:"迎着水流低头看,流水被小腿分了又合,'哗哗'地向远方流去。再想多看一会儿,头却不知何故晕起来。鱼是抓不住的,只有蝲蛄可以抓到手。(《让我痴狂的小河》)"到了冬天,"打味溜滑、打雪仗、滑冰车,是我们常玩的游戏。""戴着手套,系着围巾,穿着'棉猴儿'坐在冰车上的是我。""而光着手、不戴帽子甚至没穿棉衣推冰车的往往是乡下的小伙伴。"为什么?"城里的孩子嘛,她们都会高看一眼。渴了,就凿几块冰,大家分着吃。我们就这么玩呀、乐呀、疯呀,直到姨又喊吃饭了,才懒洋洋地回家去。"后来由于种种原因,小河没过去宽了,水也没过去清凉了,河里找不到□蛄了,滕敏杰的心也凉了。滕敏杰回忆快乐的同时,不忘生存依赖的山水,这人生的向度如何?

人生有前行向度,也应该有思想高度,我说滕敏杰就是其一。你看:"得知儿子预备党员已经到期,今年'七·一'就要转正的消息,我和丈夫兴奋了好几天。当我把这个喜讯告诉父母时,母亲说:'呦——这小子还挺能耐。'父亲则沉思了一会儿，认真又严肃地说：'这是正事儿，年轻人得有点约束。'(《不老的信念》)"读到这儿，让我想起一位文学爱好者。那一年，他完成了一本小说，请我给把把关口，我认真地读了一遍，但是看不到一点光亮，满纸都是荒淫、颓废和奸诈。我说："小说不能这么写。"他说："我不想为谁唱赞歌。"我说："我问你几个问题吧。"于是，我用递进式问话，问他是否希望中华民族复兴。他的回答是肯定的。进而我说你就站在民族的高度去写。我说滕敏杰就是站在民族的高度，去讴歌我们这个时代的。

人生有向度，有高度，也有维度。滕敏杰的维度是什么？我说她的人生维度是亲情，是爱情，是友情，是乡情，是民族情，是山水情……对，她是感情饱满的，是积极健康向上的。

她笔下的亲情是一幅和谐的画：在《童年守岁》里，滕敏杰写临近年关，姥姥催促妈妈爸爸，应该买点什么，应该做点什么，还伴着"不着急、不抓紧"的唠叨；最忙碌的人是妈妈，白天上班，回家洗洗涮涮、缝缝补补，九口人的吃穿用，都靠她一个人张罗；爸爸踩着板凳，叼着笤帚，把纸张举过头顶，吃力地往上贴；我们几个小孩子，也都干些力所能及的家务……从中，一幅幅画面都感人至深。那一幅幅画面组合在一起，就是一副和谐的"年关图"。

她笔下的友情是甜丝丝的空气:在《久别的重逢》里,写了滕敏杰毕业30年,就要与老师、同学见面的心情。为此她已毫无睡意,可谓是心难平、寝难眠啊!在她的脑海里,一直在翻腾、在想象、在推测:她们现在什么样?是否幸福安康?是否风采依然?她索性找出毕业时的照片,看着风华正茂的自己和同学们,看着那45个鲜花般的笑脸,她的眼睛竟然湿润了⋯⋯在这里我们不难看出,滕敏杰是一个重情义的人,与滕敏杰交朋友,一定是幸福而快乐的。

她笔下的爱情是遮遮掩掩的屏障:滕敏杰的丈夫是退伍军人,他常给滕敏杰讲部队上的枝枝蔓蔓,而且是那样详尽那样细致,对滕敏杰的影响是深远的。在她的(《无悔的人生》)中,你完全可以探究其内心。比如,她受丈夫的熏陶,她对军人——现役军人、退伍军人,都有着无上崇敬之情。她感受着那份荣耀,她也为自己是军人的妻子而自豪!她在文章中,没有提及"爱"字,但那深深的情感却在文字背后发光。

滕敏杰还写家乡情结,比如《久违的火炕》《温馨的小菜园》《冰雪,北方人的骄傲》等。她还写爱国情结,比如《致敬!抗战老兵》《老赵迎奥运》《警徽闪烁》等。她还写山水情结,比如《塞外梨花映蓝天》《尘封的长城》《走进大峡谷》《我心中的石油人》⋯⋯她无论写什么,都是写亲身经历,这是值得发扬的。因为文学来源于生活。

滕敏杰将散文集命名为《清浅时光》，显然是对往昔的一种追念，亦是对逝去时光的一种反思：关乎人生，关乎心灵，也关乎山水，更关乎长远。同时，《清浅时光》也告诫世人：前路再远莫忘记，一点初心为谁来！

是为序。

王 如

2017 年 11 月

（作者系中国作家协会会员、大庆市作家协会副主席、大庆师范学院兼职教授）

情系黑土，爱洒笔端

创作的源泉来自于生活，敏杰就是在鲜活丰富的生活中搜集写作素材，然后投入真情，把山水、乡情、亲情、往事融入字里行间。众所周知，生活是五味陈杂的，用一颗发现美和讴歌美的心，来还原生活本初的美好；用质朴的语言，将其记录下来，分享给读者，这是作者留个这个世界的一份宝贵财富，也是作者对这个纷繁社会的一份责任。

终校这本文集时，许多作品我已经不止三五次读过，熟悉有些作品，就像熟悉敏杰这个人一样。语言不仅是作品的工具，语言还应该是作品的一部分，王蒙说过："作家应该是世界的情人，应该对世界充满兴趣，充满爱。"敏杰作品的语言，一如她的人，淳朴却深情。一直在北方生活的她，对这片黑土地情有独钟。有深情诗意的赞美："冰雪是大自然恩赐给北方最圣洁、最纯真的诗话。那罩在白雪下绵延的山峰，像舞动的银蛇，皑皑的旷野似浩瀚的银海；野花、枯草、灌木都银装素裹，极尽妖娆；那逶迤的冰河，如九曲回肠，弯弯曲曲，如白练铺就在黑土地上。"有形象生动的描摹："趴在窗前用鲜藕般的小手抠玻璃冰花的小女孩；操着麻土豆般小手抽冰尕的小男孩；还有雪天堆得脸不像脸，鼻不像鼻歪歪咧咧的雪人；冰上课摔倒爬起，怕再摔倒的蹒跚步态；水泡河面上打雪仗、打出溜滑、滑冰车、拉雪橇的顽童……"（《冰雪，北方人的骄傲》）。有绘声绘色的灵动记述："放眼望去，山坡上一片连着一片粉红的色彩，真的似一件彩衣披在小山身上，小山便灵动得像个含羞待嫁的少女。不一会儿，那彩衣蒸腾起来，紫气缭绕山间，似云里雾里的仙境。"（《飘落的彩霞》）。我认为，把情趣和爱融入字里行间，就是从生命本源中流淌出来的美好。古人的一封辩白申诉信件、一篇自白书、一纸叮嘱后代的言论，都成了代代传诵的美文。它们有的谈不上是构思精密、文法周备的技术主义范本，却因真诚和气度变得优异。

　　读其作，知其人。和敏杰憨厚的为人一样，敏杰对这个世界呈现给她的所有记忆，都怀有朴素的感念之情。"小心翼翼、蹑手蹑脚，翻起水里的石头，一股浑水泛起，蝲蛄也顺势漂起，急忙一抓，抓不着再来一把，溅的满脸满身是水。侥幸逃脱的□蛄潜入水底，卷起尾巴'嗖嗖'的倒着跑，好玩极了。"（《让我痴狂的小河》）。"有时会像个孩子样按捺不住冲动：读了陶渊明的《桃花源记》，总想去寻觅文中描绘的那个世外桃源;看场电影《少林寺》,想去嵩山学武功;欣赏了朱自清、俞平伯《桨声灯影里的秦淮河》,心里惦念杜牧笔下的商女,是怎样在秦淮河上唱歌?"(《桨声汩汩东逝去》)。"我久久地注视着,舍不得离开山里红树,如同我放不下美丽的童年和那些快乐的往事。"(《又见山里红》)。"于家乡的人们而言,这道痕——是一道相思。它让这里的人们记住了那座低矮的小山;记住了自家的庄稼地在沟痕的哪一侧;记住了某次去山里玩耍摘回来青果;记住了在地里劳作邂逅了心爱的女孩。"(《山坡那道痕》)。"在回城的车里,火炕的余温不曾散尽。寂静的田野,银白的世界,那厚厚的白雪不再是冷的像征,于大地,它就像盖在火炕上的棉被一样,孵化着春天。"(《久违的火炕》)不矫情,也不刻意雕琢,呈现出来的原始的真,便是最深的情。

在纷繁的世界里生活,我们常常在成长中变得复杂与锐利。而灵魂里仍持有单纯与宽厚,就显得十分珍贵。曾有文友认为敏杰许多文章内容平实,语言平淡。而在我看来,这种平好似白底黑墨的山水画,恰恰是人性中难得的原初的清纯。更何况她的文章里也不乏哲理的思考呢。"小时候,每到过年,都是姥姥熬冻子,那时候生活困难,很少有人家能买得起猪肉吃。即使能买得起,也是凭供应票几两几两地买,母亲就把几两肉上那可怜的一点肉皮剔下来存着,留给姥姥过年熬冻。后来姥姥年岁大了，就把熬皮冻的技术传给了母亲"。(《妈妈的皮冻香》)；"每天吃饭前，整个大院的人都要到大门口"三敬三祝"。人们很自觉，因为到处张贴者"忠"、"公"两字，提醒你、约束你。尽管当时吃的是粗粮，限量需凭粮票供应，但人们很满足、很幸福。"(《历历多少事》)这夹杂着酸涩的美好回忆，与这段"细想，人生又何尝不是一次旅行，人在□途时就多望望'窗外'，那些澎湃着生命活力的自然风光，会带给我们信念的启迪和前行的动力，让我们每个人的人生都不虚此行。就像练瑜伽状态的冥想，我枕着车轮摩擦着铁轨的声音睡着了，因为我的心灵找到了栖息的归处"。(《车窗》)让我们不难看出，平淡的捡拾和现实的感悟思考，都是世界本真的还原。

有感有爱就书写，让自己在现实的局促中开辟一道出口，通往精神休憩的场所，不但愉悦身心，安暖灵魂，还能将此生见闻和喜怒哀乐留给后人。将行走的足迹一一留存，这种歌者的人生态度，是我，也是更多的文学爱好者所崇尚的。越来越快节奏的社会里，出版也变得越来越浮躁，于是越来越多的休闲文学、快餐读物占据了畅销书市场。劳碌一天、身心疲惫的人若觉得读名著费神费力，读那些虚幻、诡异、言情作品无聊，那不妨就跟随一个普通作者的文字，一起感受一个平凡人的生活，说不定哪篇文章，就能让你感同身受地牵起一段岁月一件往事呢。与读者一起分享生活，分享创作的乐趣，这应该是敏杰抑或更多的文学爱好者出书的初衷吧。

笔走红尘，墨语花开。向敏杰这位朴素的不浮华不炫耀，不张扬不卖弄的只虔诚于文字的歌者致敬！愿她未来守候文字的路，越走越光明。

陈雪梅

自　序

之所以把我的辛勤笔墨之作,取名为《清浅时光》是文友柳兮的建议。我也很喜欢这个名字,它像流年一样记录着我的成长。我也将我生活的点点滴滴、喜怒哀乐封存于此,与我的文友诗友、亲朋好友、同窗同事共同分享。尽管这些生活琐碎很清平、很肤浅,但那毕竟是我的人生、我的所闻、我的所见和我的所悟。

我是土生土长的东北人,对于这片黑土,由衷地热爱。我用我的手笔讴歌这片山水和热土,倾诉着这里的风俗习惯、人情世故和改革开放以来的巨大变化。因此我的作品里,很大一部分都是描写和赞美家乡的。我把这部分用一个小标题命名,叫作:家乡厚土。

人都愿意回忆,我也不例外,总像拼图样把那些零星的记忆捡拾起来。即便是旅游观光,采风赏景,也总能联想到从前的场景或童年的片段。有文友评论我的作品说,回忆的成分太多。是的,我不否认,我难以忘怀童年陪伴我的亲人和长辈;难以忘怀共同玩耍的邻里小伙伴儿;难以忘怀嬉戏打闹的庭院场景;难以忘怀同窗共读的男女同学,即使是特殊时期的惊心动魄与荒唐可笑,也都令我刻骨铭心。

有人说我的作品里"姥姥"的频率出现也颇多。那是我童年的骄傲和依靠。父母工作忙顾及不到我们,有姥姥的陪伴,我们健康快乐地成长。姥姥说的话,成了不是家训的家训;姥姥做的事,树立了不是家风的家风。潜移默化地影响着我的人生。我怀念姥姥,一位教我怎样做人的小脚老太太。

如今的我已快到"耳顺"之年,眼下的事一件也记不住,小时候的事件件都忘不掉。你是否有这样的经历:遇见一张熟悉的脸孔,冥思苦想也叫不出名字;刚下楼总不能肯定房门锁没锁?然而一张发黄的、甚至有些模糊的毕业照,却能清楚地说出每个人的姓和名,居住的位置以及他和她的故事。这就是奇怪而又不怪的现实。青春已逝,每每家庭团圆之时,谈论的依然是那些平凡而清淡的时光岁月;花季已凋,偏偏同学聚会之日,畅谈的都离不开共同经历过的春夏秋冬。那些往事植入心底,生根发芽。我觉得:每个人的经历和成长,就是一部史书,它记录的是一个体,是一份别人分享不到的甜蜜,是一泓滋养自心的清泉,是一片冰清玉洁的纯真。只是很多人没有去挖掘归纳。心脏虽小,却承载了取之不尽用之不竭的人生经历,尽管这经历是平淡的;人生虽短,也因我们的努力和付出将清浅时光变得美丽起来。

居里夫人和保尔·柯察金都提倡：人不要虚度年华。可我的大部分年华都荒废了，我不敢说自己的文章能有些许读者，更不敢奢求读者的欣赏和褒奖。但如果我的某一篇文字能唤回你的记忆或某段叙述能引起你的共鸣，哪怕是某句话能让你浮想联翩，便是我最大的欣慰。我会因为自己的努力能让你静下来，让文字愉悦一回你的身心，我自觉今生无憾。

时间的长河里流淌的是岁月，历史的长河里流淌的是生命。无论我什么时间存在，也无论我何时消逝，只希望我的白纸黑字，能告诉未来人或我的子孙后代：我曾经来过这个美好的世界，记录下属于这个时代的美丽人生。

作者

2017 年 3 月

目 录

往事回眸

情思无限

山水行吟

家乡厚土

往事回眸

当你回首往事的时候
总会有按捺不住的激动和兴奋
让你流下滚烫的泪水
其实,那是你奋斗的足迹

让我痴狂的小河

记忆中的那条小河，伴铁路而行，逶迤平缓，清澈透明。河边野花杂草丛生，河里鱼虾畅游。每逢寒暑假，是我最开心幸福的时刻，我又可以见到那条让我痴狂的小河了。

姨家在农村乡下，下了火车，走四华里路就到了。暑假刚放，我们姐弟几人都争着下屯，各自心里打着小算盘。对于城里孩子来说，四里地不算近，走铁路线枯燥乏味且疲惫。沿河岸走，边往河里扔石子，边采野花薅奇草，蹦蹦跳跳一会儿就到了姨家。不顾姨的阻拦，饭也不吃，就跑到小河里嬉戏。

潺潺的河水里，几条小鱼自由自在的游玩，见有人来，受到惊吓，警觉地"吱溜"全游走了，只剩下清晰的卵石在水底晃动。脱掉鞋，赤脚下水，卵石有些硌脚。迎着水流低头看，流水被小腿分叉后又合拢，"哗哗"不停地流走。再想多观察一会儿水流，感觉有些晕，不知是头晕还是眼晕。鱼很机灵，再小的鱼你也抓不住。只有蝲蛄勉强可以抓到。小心翼翼、蹑手蹑脚，翻起水里的石头，一股浑水泛起，蝲蛄也顺势漂起。急忙一抓，抓不着再来一把，溅的满脸满身是水。侥幸逃脱的□蛄潜入水底，卷起尾巴"嗖嗖"的倒着跑，好玩极了。有的□蛄尾部卷起，里面包着一团籽，估计是雌性；有的正处在退壳阶段，通体透明，拿在手里软软的。我的技巧差，总是比村里小伙伴抓的少，小伙伴们纷纷帮我抓，或者把她们自己的"战利品"分给我点。

炊烟袅袅升起、倦鸟也已归巢、夕阳的余晖染红天际。不觉累，忘了饿，衣服也弄脏了……"吃饭了！"直到姨或差人来喊，才悻悻地回家，挨顿骂是再正常不过了。把抓来的□蛄用柴火烧红或用水煮红，香香地吃一顿，第二天再去河里翻石头，被骂成"没脸"也全然不在乎。

生活在河边的孩子都会游泳，无论男孩女孩，都能"狗刨"、"扎猛子"。她们总让我下水，河水刚过腰部，我就害怕，转身往浅水区跑，眼睁睁地看着小伙伴们扎下去、又蹿上来，自己就是不敢学游泳。站在浅水处，看火车隆隆驶过，一节、两节地数着车厢。偶尔看见车门附近的国徽，兴奋地蹦起"国际列！"

小河对岸是茂密的原始林木，记得有山丁子树、山里红树、臭李子树和榆树。跟着小伙伴趟过小河，爬到树上采摘野果。山丁子和山里红还青着，性急的孩子们顾不得酸涩，酸的紧鼻子咂嘴；再吃臭李子，把舌头弄得黢黑，麻麻的、木木的，回到家已尝不出饭菜的味道。

冬季放寒假，小河结冰了，下了火车我边打"滑出溜"边往姨家走。河面上有的地方被雪覆盖，有的地方鼓出大冰包，还有裂隙，透过晶莹的冰体能看到凝结的气泡。打呲溜滑、打雪仗、滑冰车是我们常玩的游戏。戴着手套，系着围巾，穿着"棉猴儿"坐在冰车上的是我，而光着手，不戴帽，甚至没有棉衣服穿还要推冰车的往往是那些小伙伴。城里的孩子么，她们都高看一眼。渴了就凿几块冰大家分着吃了。玩呀、乐呀、疯呀，直到姨又喊"吃饭了"，才懒懒的回家。

我恋着小河，寒暑假都在那里恣意地戏耍，它伴我度过了美好的童年。几回梦里我都在小河里摸鱼抓虾;几回梦里笑醒手里空空,鱼虾留在了梦中。几十年沧桑巨变,不变的是我对小河的思念;鲍鱼吃过、几斤重的大龙虾吃过,都不及小河里的□蛄味美;大江、大河游过,都比不上小河里的水清,小伙伴的情浓。

姨来母亲家串门,我问起小河,姨说小河没有过去宽了,水也没有过去那么清亮了,水里已找不到□蛄。河对岸的山丁子树、山里红树都被砍光了。包产到户后,附近的农户都用河水灌溉水稻,放牧的牛、羊直接到河里饮水,四轮车也开到河里取水……我的心凉了,梦破了。

遗失在岁月里的一本书

我在寻找一本书,一本遗失在岁月里的书。

书里有我童年的快乐,常常被书里的故事情节逗得开怀大笑;也时时因主人公苦难的童年而悲愤地流泪;更念念不忘他为国家财产和人民的利益英勇牺牲的伟大壮举。书皮儿由红色做衬托,一个人正奋力地拉扯一匹头扬起、两只前腿腾空的马,为金色。皮儿已经褶皱,书角儿破损不完整,纸张泛黄。我依然一次次、一遍遍地翻阅,想成为书里的人,或者像书里人那样活着。

主人公生在旧社会,他出生的村庄叫"老鸦窝"。因有哥哥和姐姐,他一出生便成了多余的人。那时只要有两个男孩以上,就得被抓壮丁。原本缺乏劳动力的家庭,种不出粮食,拿什么去交地主的租子。无奈的父母,将新生儿裹上一个破棉被,偷偷地丢到荒郊野外。父亲把亲生儿子放下,扭头便走,不知是婴儿的哭啼揪扯着父亲的心、还是父亲难以割舍亲生的骨肉?最终父亲抱回了婴儿。为了骗过伪保长和邻居,谎称生下了一个女儿,取名"欧阳玉容"。从此他的童年就女孩名下男儿身,时常受到小伙伴的嘲笑。讨饭讨到地主家门前,受到侮辱,幼小的心灵遭到刺激。回家跟母亲说:"妈,饿死也不要饭!"读到这些我都泪眼矇眬,觉得他的童年真苦,旧社会太万恶。

解放了,老鸦窝的人们当家做了主人。他也用男孩子的名字上学,后来又当兵到了部队。这部分是我最喜欢读的。穷苦人家出来的孩子,都勤劳肯干,不久他就当了班长。书中还有一位班长,好像是四班长,他是二班长。两个人"明争暗斗",为了争先进,想尽办法出成绩,闹出不少笑话。然而又在部队这个环境中,结下了深厚的友谊,互相关心和帮助。作者在这部分着墨很多,描写细腻,风趣。就像相声段子一样,一个包袱接着一个包袱地抖落。我时常捧腹大笑,搁下书后还沉浸其中,于是就讲给同学或小伙伴听,希望能有人和我一起分享。

部队这个大熔炉锻炼着他;他也在这个大家庭里成长起来。一次野营拉练中,一匹拉着炮车的军马,受到惊吓后蹿上铁路,横在铁轨间;一列火车隆隆驶来,里面有几百乘客。眼看车祸就要发生,火车面临出轨,人民群众的生命和国家财产就要受到威胁。紧急时刻,他奋不顾身去拦惊马。火车平安驶过,他却英勇牺牲……

他——就是英雄欧阳海!那书就是《欧阳海之歌》!

半个世纪过去了,读过的许多书都随风飘散,唯独这本书,我时刻忘不掉。我也试图寻找过这本书,闲暇时再翻看一遍,尽管小时候已翻看过三遍。遗憾的是始终没找到,据说这本书当年的发行量仅次于领袖的选集,后来也被禁止发行。

每当我乘坐提速后的火车或是高铁,见到新修的铁路护栏和完善的防护设备。我心里总是酸酸的。当年铁路要是有防护栏,马车也无法蹿上铁轨,欧阳海也不至于牺牲了23岁的生命,他还能为祖国建设做出许多贡献。

时代造英雄啊!

深深的怀念

不敢听清明的风,那是阵阵的呜咽;不忍看清明的天,那是阴阴地哀愁;不敢淋清明的雨,那是低低的泣诉……姥姥走了,迈着那裹折了脚趾的三寸金莲永远地离开了我们,那蹒跚的身影扯疼我的目光,铸成我心中永远的哀痛……

不知道从几岁开始,我注意到姥姥的脚,大脚趾朝前直着,其余四个脚趾在脚掌下趴着。每当姥姥洗脚时,先用热水泡啊泡,再用剪子铰啊铰,脚趾甲又厚又硬,像个球球,姥姥叫它“玻璃牛儿”。没几天又长回原来的样,姥姥就再泡再铰,也就是这时,我问得最多的就是“那几个脚趾怎么趴下去的? 疼不疼啊?”“小时候用布缠的,当时疼,现在早就不疼了。”我就想:那该是怎样的一种痛啊! 硬硬的骨头,人为地将其折断,如此残忍地摧残,姥姥是如何熬过来的? 当时姥姥还不到八岁。

姥姥没名,户口本上记着的李郑氏便是名字。常听她说:结婚时也坐过花轿,一件青布褂子还是借来的,只穿三天就还回去了。从下荒(大概是辽宁省)逃荒到胡地(内蒙古自治区),又从胡地逃荒到黑龙江。过着颠沛流离的生活,常常给地主耪青,“耪青是什么呀?”“就是扛活。”“那地主狠不狠呀?”我想起了《半夜鸡叫》那部电影。“不狠,也给饭吃。”一句话引来我们姐妹的窃笑。

听妈妈说,姥姥年轻时经常挨姥爷打,可怜的姥姥三座大山压着还不说,还要忍受夫权——丈夫的打骂。我常把姥姥的命运和祥林嫂比,她们同样受四座大山的压迫。但姥姥又比祥林嫂幸福,她赶上了新社会,她幸福地说:"我除飞机以外其他的花轿、火车、汽车、船都坐过。"

记忆中的姥姥最勤劳,腰间总扎个劳动布围裙,全家她起得最早,炕烧热了,饭做熟了,我们才起来吃饭上学。父母上班,家务事由她一人承担,九口人的吃喝拉撒很麻烦,玉米面大饼子就得延锅上下贴两圈。早期拉风匣,后来摇风轮,我总是没拉两下就跑开玩去。她只得一手拉风匣,一手贴饼子,还要不时地往灶坑添煤。炒土豆丝一切就是一大盆,总说手腕又酸又痛;白菜一熬一大锅,一天天总不得休息,屋里屋外地忙这忙那。她总挂在嘴边上的话:"眼睛是懒汉,手是好汉。"因此她忙碌的身影深深印在我的脑海里,时常就像放电影样一幕幕从眼前闪过。从做夏天棉衣到秋天腌菜,又从捡地到用黄豆换豆腐……我总有份自责,恨自己懂事太晚,更有一份遗憾,帮姥姥做的家务事太少,没能减轻她的操劳。

记忆中姥姥又是最俭朴的人。那时我们每人每月四两豆油,结果在姥姥的精打细算下,年末还能攒下约三斤重的一瓶子油。粗粮细做,把生活调理得有滋有味,看到我们抢着吃饭的样子,她却在一旁慈祥地微笑。大人穿过的衣裤毁成小的给孩子,大孩子再毁给小孩子,她常说:"新三年,旧三年,缝缝补补又三年。"

姥姥是善良的。那时一个大院住着二十多户人家,谁家的孩子没人哄哭闹,她就把孩子抱回来先逗着;谁家晾在外面的衣物掉在地上,她又帮着捡起重新晾好;下雨了,谁家酱缸没盖,谁家的衣服没收,都成了姥姥操心的事儿。她从不和邻居计较甚至没有红过脸,孩子们外面打仗吵嘴,她总是把自己家的孩子叫回,并常说:"老实人常常在。"

我们一直在姥姥的呵护下长大,她用自己的言行引导着我们,培养教育着我们。每到节日来临,最高兴的是我们,最忙碌的仍是姥姥。五月节,她给我们叠葫芦、缝荷包、系五彩线;正月十五做灯笼、腊七腊八做黏米饭,二月二炀猪头、穿龙尾,真是说也说不尽,写也写不完。刻骨铭心的是那回姥姥领着我去崩苞米,排了长长的队,等啊等,眼看着轮到我们,不知为什么就不崩了,当时急得我快掉眼泪了,姥姥不知从哪儿要了一棒给我吃,那是我有生以来第一次吃那么香甜的爆米花,那一朵朵、蓬蓬的白色小花,真仿佛姥姥从天上给我摘下的一朵朵白云。

四年级时,我在学校把脚崴了不能上课堂学习,在家里痛得龇牙咧嘴。姥姥看我去户外厕所很吃力,就背起了我,回来的路上,她看到一只大马莲蝴蝶落在地上,就轻轻地把我放下,捉住蝴蝶给我玩,让我忘记了脚疼。现在算起来,姥姥那年刚好70岁,一个70岁的小脚老人,是怎样的爱,让她竟然能够背起一个12岁的胖丫头?现在我真想一千次一万次地背着姥姥,报答她老人家对我的呵护。

在这个细雨霏霏的清明时节,我知道,即使沧海为墨,山林为笔,也抒发不完远在天堂的姥姥对我们的疼爱,更表达不尽我对姥姥的深深怀念。

青年点里的人和事

知青岁月在历史长河中虽然短暂,却有时代意义。把经历过的事情记录下来或说出来,是对人生过往的一份回忆、一份珍藏、一份交代、一份理解和一份不舍。让后来人知晓那段历史,我们将是历史的书写者。

我插队的青年点是一个上海青年点。听说当初有几十个上海人,一部分青年被保送上了大学,一部分被招进县城当了工人,还剩大约十几个人,又有几个家里条件较好,长年赖在上海不回来。点里只有老顾、老曹、老贾、沈丽和小咪,加上我们四个东北青年。开始住在不到三间的土坯草房里,不久大队给盖了五间石头红瓦房,东边两间男青年住一铺大炕;西边两间女青年也是一铺大炕,两屋中间有厨房(外屋地)相隔。门前常年一个大草垛,烧火做饭用。上海人以水为净,一个盆子洗脸、洗脚还洗屁股;无论男女回到点里都脱去外裤,穿着内裤出出进进,我们东北叫"线儿裤",有的男青年穿着内裤,就到女宿舍,东北青年不好意思、不习惯,上海女青年倒是感觉无所谓。

先说老顾,那年 36 岁,没有对象,高度近视看东西几乎是在"闻",干不了农活就留在点儿里给大家做饭。腰间系个围裙,手里拿个抹布,一个大男人就这样里外忙活,据说这活还算"俏活"别人抢不上。我 7 月份下乡,正值青黄不接,陈粮吃没了,新粮还没打下来。那年代不许种自留地或菜园,小米饭干呼呼，黄澄澄，上海青年叫"鸟食"，菜是没有腌透的咸芥菜疙瘩。每日三餐从不变样，吃的我们比咽药还难。伙食不好，气不顺就冲老顾撒，他总是笑一笑，两手一摊："没有办法呀！"一幅无可奈何的样子。唉，真是"巧媳妇难为无米之炊"呀。也有好的时候，赶上过年过节生产队杀猪，我们每个青年都能分到一点儿肉，东北青年急着回家过年过节，等返回到青年点，一个肉腥见不到就气愤地质问老顾，他还是笑一笑，手一摊，操着上海话"没得呀"，蒸不熟煮不烂，气的我们直嘟囔。

再说老曹，那年好像 32 岁，个子不高，大脑袋。所以没有人知道他叫什么，"大脑袋"便成了他的名字。都说脑袋大聪明，那是一点也不假。他非常善解人意，乐于助人，总嘻嘻哈哈不得罪人，讨人喜欢。东北话说得不利索，滕、邓不分，黄、王不分，常管我叫"小邓"，跟小王叫"小黄"。同室的上海女青年背地里说：他总帮二队的一个老娘们儿干农活和家务活，那老娘们儿就给他做好吃的，说他俩有不正当的男女关系。当时我不理解，现在想来，离家在外，有个人知疼知热，也是人之常情吧！

老贾是副点长。二十多岁，干活积极要求上进，《毛主席语录》不离身。一帮人铲地铲到地头儿，别人都休息抽会儿烟、唠会儿嗑，他就独自一人学起毛主席语录。后来被招工进了县钢铁厂，1979 年许多招工进县城的人都放弃工作，把户口办回农村，然后再返城回上海。唯有老贾默默地留在钢厂，在东北娶妻成家。

青年点最漂亮的女青年叫沈丽。别人都能回家探亲，她却不能。据说是跟父母决裂了，揭发父母的"问题"，先是让父母住凉台,后又把父母赶出房子。也许是没有颜面见父母吧!一个女孩子,每天跟着社员出工干农活,对象先回上海,日子久了鸟无音讯,她就整天忧心忡忡,只能在青年点里度日月。

最娇的小咪。那是一个老姑娘,白嫩的脸上一笑俩酒窝。29岁的年龄看上去也就十八九岁,在家排行最小,可能是家庭条件挺优越,她从不吃青年点的饭,自己从上海大包、小包带回来的都是食品。每顿自己煮一些上海产的精制挂面,或者从铁盒里拿出几块点心、饼干之类的充饥,当然她是不会分给我们吃的,南方人太抠。她东北话说得很一般,有一次,一位东北青年用自行车驮着她去公社办事,她说:"你骑着我上公社"逗得东北青年捧腹大笑,她才明白自己描述错了。就这样文静的女知青,在冬天的晚上,领着我们两个东北女青年,把青年点的鸡偷回屋里,剁巴剁巴就在炉子上炖着吃。隔几天再偷来解解馋。

三十多年过去了,上海青年都回了上海,东北青年也都各有去处。唯有那见证知青岁月的青年点还伫立在乡村中,石头砌起的老屋风吹雨打更加沧桑;红瓦的屋脊日晒雪蚀更加斑驳;门前的草垛不知经历了多少代更新;两铺大炕也许早就被农户装修改变了模样……石头屋啊,你是否能想起操着南方口音的上海青年!红瓦呀,你是否能忆起屋檐下上工、收工的东北青年!大炕呦,你是否还能感受到热血青年们身体的余温,依然温暖。

历历多少事

人这一生会经历许多事,有些事随着时光流逝渐行渐远,而有些事则会沉淀下来,铭刻在心。

我的学生时代,是伴着"特殊时段"前行的。从上小学开始,少先队就改成了红小兵,没戴过红领巾,而是"红小兵"臂章。无论男孩女孩都穿一身黄"军装"、扎腰带,用木头做一杆"枪"扛着。天天背着红头丝编的网兜,里面装着主席语录,便于学习和背诵。胸前别着主席像章,感觉很自豪。每天吃饭前,整个大院的人都要到大门口"三敬三祝"。人们很自觉,因为到处张贴着"忠"、"公"两字,提醒你、约束你。尽管当时吃的是粗粮,需凭粮票限量供应,但人们很满足、很幸福。

学校各班级经常"讲用",意思就是:你是怎样活学活用毛主席语录的,怎样落实到行动上的。八九岁的孩子不懂"讲用"的真正意义,照葫芦画瓢,看别人咋讲咋说,跟着模仿。大都是帮助别人做好事,扶老爷爷、老奶奶过马路,帮着妇女抱孩子等。其实都是胡编乱造,哪有那么多老爷爷、老奶奶都过马路,还都让我们碰上。同班有个姓杜的女生站起来开讲:一天我放学回家,见张大娘家买煤,正往院里运煤,我就帮助张大娘往仓房用筐挎煤。张大娘说谢谢你! 我说不用谢,这时我想起了毛主席语录:革命不是请客吃饭,不是做文章……我浑身是力,最后帮助张大娘倒完了煤,高高兴兴地回家了。同学和老师都惊呆了,瞠目半天没缓过神来,感觉她把语录用错了。班级里常常"讲用",不能一个事儿总挂在嘴上,学生们都在不断地编瞎话,老师也心知肚明。用的语录也都是:一个人做点好事并不难,难的是一辈子做好事不做坏事……一晃我们都结婚生子,可孩提时代那些经历,每每想起我仍在苦笑。细想必是当初适合的语录"车轱辘"话用了无数遍,杜同学别出心裁地换一条用用?她也未必读懂那段语录的含义和用意,不该笑她,当时的形势就是如此,是那个时代造成的。

读中学的时候,老师在上面讲,学生在下面淘气。老师不能说,也不敢说,怕学生"反潮流"。作业布置了好几天,学生都不写,弄得课代表收不上作业很尴尬。有一件事却很踊跃,就是写批判文章、读批判稿。一位女同学说道:"我们要批林、批孔,因为'孔老二'要把我们变成'四体不勤、五指不分'的人,我们决不答应,决不能让他的美梦得逞。"孔老二是谁?是干啥的?哪个时代的人都不知道,就振振有词地批判。有的同学在下面偷偷笑,分明是"四体不勤、五谷不分",被她说成是五指不分,岂不成了残疾?说下课看看她五个手指是不是没分开,还连在一起。现在回想起来,她确实不懂那句话的真正用意,否则也不至于被同学们嘲讽和讥笑。

虽然我们都过了半辈子,但许多事好像就发生在昨天。我们都经历了从稚嫩到成熟的成长过程,孩童时代的梦想——当科学家、开飞机、驾驶汽车、当医生等,大部分同学的理想都没有实现。到了这个年龄,什么都释怀了,就像月有圆缺一样。同学们偶尔碰到一起,仍能回忆起过去的许多往事,不只是感慨和遗憾,更是悟出了人生的真谛。　　2014 年 1 月

觅银河

　　我曾无数次寻找,寻找夜空中那熟知的星星;我也曾无数次寻觅,寻觅夜空中王母娘娘划下的那条天河——银河。然而你是否和我有同样的发现? 夜空不再像小时候见到的那样群星璀璨,只剩屈指可数的几颗星悬在天上,白茫茫的银河不知什么时候已悄然匿迹。青山依旧挺立、清水依旧潺潺;太阳依旧东升西落,月亮依旧盈满亏缺,我那神秘的银河却不再依旧,还有迷失在黑夜里的牛郎、织女。

　　小时候稚嫩的双眸常常看着窗棂或透过玻璃看窗外的星星,夜空是那样的神奇奥秘,大大小小的星星,忽明忽暗地眨呀眨,若隐若现,我就数着星星入眠。那时候一个大院子里住着二三十户人家,共用一个户外厕所。晚间上厕所就得结伴而行,蹲着边唠嗑边抬头观星星,不知不觉认识了好多星星,知道了星星的名字和关于这些星星的故事:什么三星、七女星、北斗星、牛郎星、织女星……那故事真诱人,以至于每天晚间盼着上厕所,去熟悉更多的星星,挖掘更多的故事。院子里住着姓付的大爷,没有儿女又喜欢小孩,我们六七个孩子总拽着他讲故事:"从前有个善良勤劳的小伙子,因住牛棚与老牛为伴大家叫他牛郎,织女在天上看到牛郎受苦挨累,就爱上了他并下凡帮助他,过起男耕女织的快乐生活,不久生下一双儿女。传说天上一天相当于地上一年,玉皇大帝知道了此事就派天兵天将捉拿织女，牛郎用扁担挑着儿女追赶，眼看就追上了，王母娘娘从头上取下钗子一划，滚滚河水分开了牛郎和织女。"付大爷指着星空那密密麻麻的一条白道子，告诉我们："那就是天河，河的这边那颗亮一点的星星叫织女星，隔着河和她对着的中间亮、两边不太亮的三颗星星，是牛郎和他的一双儿女，统称牛郎星。"于是我常常枕着星星和故事进入梦乡。

有一年，我们家外屋厨房的房梁上，飞来两只燕子不知辛苦地衔泥草絮窝，小燕子嗷嗷待哺的时候大燕子却一整天没回来，饿的小燕子伸长脖子、张开黄嘴丫等着。姥姥说大燕子飞去搭鹊桥了，因为那天是七月初七，是牛郎和织女会面的日子。我当时还小，只记得姥姥一会儿去外屋瞅瞅小燕儿，一会儿回屋自言自语地唠叨……牛郎、织女感动了燕子，燕子感动了姥姥。

长大上学后，知道了牛郎和织女的故事只是个传说。人类生活在地球上，地球属于太阳系，太阳系又属于银河系，许多银河系组成了宇宙。我们能看到的密密麻麻白花花的一条子，是无数颗星星组成的，科学地说叫银河，不叫天河。学到了这些天文知识后，星空不再神秘、传说也不再诱人，随着光阴的流逝，牛郎和织女也被尘封在蹉跎的银河里。

星转斗移，我已从一个天真的小女孩，过渡到知天命的老婆婆，年龄越大小时候的事越清晰，特别是晚间散步时，我有意无意都在看夜空，想找回我童年的夜空和那些星星的位置，遗憾的是无论我怎么找，都找不到小时候的那片星空；无论我怎样寻觅，都觅不到那些曾经熟悉的星星和银河。有几次失眠睡不着,我扒开窗帘向外窥视,子夜后的街灯依然亮着,商家店铺的霓虹灯闪烁着,夜空点缀着几颗稀疏的星星,依然不见我那牛郎、织女和隔开他们的那条河……

去年7月,很多外地驴友来登朝阳山,县里组织相关部门参与,我也滥竽充数一同前往,因为有篝火晚会,大家就露宿朝阳山上。天渐渐黑了,载歌载舞的人们歇了,夜慢慢静了,山野里鸦雀无声。因临时搭起的帐篷里没有铺,怕地上潮湿且有一些爬虫,因此帐篷是不能睡了。车里又热又挤,憋得喘不上气来,索性坐在外边等天亮。我□望四周,朦胧的群山呈深黛色,所有的绿草和绿树都被这深黛色笼罩了。这黛色比黑色还恐怖,如临万丈深渊令人毛骨悚然,我下意识地移开了目光,不看群山,寂静的山谷里没有兽啼、没有鸟鸣。这死一样的沉寂让我领略到了什么是万籁俱静,这种静令人毛骨悚然。我漫无目的地仰头往天上看,幽深寂静的夜空无数颗星星闪烁着,细看,白花花的一条子从头顶划过,“银河!”我控制不住地叫出了声。北斗星、七女星、牛郎星、织女星,它们都在,都在跟我打招呼,我终于见到了小时候的夜空。久违了!我童年的伴侣童年的星;久违了!让我魂牵梦绕的银河,你们是否天天注视着我?你们是否知道我对你们的牵挂?我已经许久没见到这满天星斗了,我感觉自己离星空这样近,近的仿佛伸手可摘星星了!慢慢地我没有了恐惧,与星空对视相顾无言,唯有连续剧样的回忆……

城市的夜空,为什么见不到银河和许多星星?我常常幼稚地想:是不是现在婚姻自由、恋爱自主,王母娘娘自知无力抗拒,就收回天河了?我笑自己这种解释太唯心了;是不是城市里有灯光,星儿们为了节省能源就跑到山野里?我笑自己这种理解有悖科学;是不是城市里的霓虹灯和街灯又亮又彻夜不眠、城市中大烟囱冒的黑烟、汽车尾气等,影响了大气层,以至于我们看不到群星闪烁?我想这种推断也许最合理吧!有一点我确信,星星和银河从来没有离开过我们,永远都在夜空里默默地闪烁着。

　　未来日子里,我依然会在夜空中寻找,一旦捕捉到那些星星和银河,我会向长辈给我讲故事那样,把星星和银河的故事讲给孩儿们,会要求晚辈们再讲给他们的下一代听。我担心将来孩子们见不到这些星星和银河,因而听不到那些动人的传说和美丽的故事;我担心,我们老一辈在讲星星和银河时,颤抖的手会没有地方可指;我更担心,流传多年的民族传统文化因城市夜空的改变而失传;我更担心,这些非物质文化遗产慢慢地淡出人们的记忆……

2013 年 5 月

孤独的中秋

中秋是个团圆的日子，谁都想在这个夜晚，品尝丰盛的水果和美味月饼的同时，举起酒杯邀请明月，与亲友们共同沐浴月亮温婉的清辉，去感受月光那柔柔的清纯呢！然而生活就像月亮的圆缺一样，也有不如意地时侯。每当中秋节来临时，我都情不自禁地想起我曾度过的一个孤独的中秋夜。那种寂寞惆怅，凄凉又思念的感觉至今仍镌刻在心。

那一年我还未满 17 周岁，就随着上山下乡的队伍兴高采烈地来到农村。我所在的青年点，部分上海青年回家探亲没回来，当时只有八个人，五个上海青年有一三个北方青年。记得中秋那天晚上，五个上海青年早早就去了临近的上海青年点去会老乡，剩下的两个北方女青年，一个回城了，一个去亲友家。晚饭过后，寂寥无助又孤立无奈，我就独自一人来到了院内赏月。

一轮金黄的月亮，挂在深邃幽蓝的夜空；几棵弯曲的老榆树在月光中斑驳着、婆娑着；一架木梯一头儿斜搭在青年点的石头房檐上，一头儿杵在柴堆旁。我坐在柴堆旁的木梯上，大约是第二个木凳上，仰视那圆圆的月亮沉思着、遐想着。没有月饼可吃，没有亲人相伴，只有空旷的房子，松软的柴堆，粗劣的木梯和遥不可及的圆月属于我。

这场景像一幅画，也像一个梦境，更像一个童话，但都不是。在那广阔的天地里,在那大有作为的年代,独自一个人度过中秋夜的还有很多人,但在我们的青年点里便只剩我自己。吃不到月饼和水果,更别说是美酒。寂静的村子甚至听不到一声犬吠。我静坐在木凳上,嗅着柴草的气味,看着圆圆的、亮亮的月亮,慢悠悠地升上来,爬过炊烟散尽的农舍,又慢慢移过老榆树的树梢,像是读懂了我的心思,正深情地看着我。

也许那夜月亮的清辉无比美,但我却一点也感觉不到。我孤独的思绪中不免产生了几许恐惧。这也是我第一次离家在外过中秋节,我真的好想家啊!想爸爸和妈妈,想兄弟姐妹们。这个时刻的家一定是温馨的,一定会全家人团团圆圆地在一起,尽管那个年代生活很贫困,或许一家人就一斤月饼,即便能分到月饼的四分之一或二分之一,那香甜的滋味也够我回味一年;能分到一丫儿苹果、一块儿甜梨,那份喜悦也会长久地留在我的记忆中啊!想着想着,心里酸酸的、涩涩的,泪光浸湿了月光。

孤独的我对着恬静的月亮,真的是"对影成三人"。我安定一下情绪,驱赶着内心的恐惧,尽可能享受月亮射来的柔柔光辉,温暖我孤独的身心。渐渐地我似乎不那么孤单。我仔细地打量起月亮,试图用最美丽、最贴切的诗句描述那晚的月亮。总觉得它圆圆的,金黄的像个巨大的盘子,我不断地在心里重复着:"圆圆的月亮像金盘。"再也接不上下句,诗也没做出来。那一刻我仿佛看到嫦娥在向我微笑;玉兔手捧萝卜向我示好;吴刚献上桂花酒。我该庆幸,还有千千万万和我一样回不去家的知识青年们,还有坚守岗位的公职人员,还有离家在外的游子们，我的心情渐渐地平和了。

后来的中秋，都是在团圆祥和、快乐的气氛中度过的。特别是成家后。每年的中秋，我都为孩子准备葡萄、西瓜、香蕉、桃子等水果，还有枣泥馅儿、果脯馅儿、花生芝麻馅儿等美味月饼。我不想孩子有我那样的经历，在中秋之夜孤独，让孩子在团圆的氛围中，快乐地度过。

是啊，美丽的月亮从亘古款款走来，人类已无法计算她普照苍穹的时间。月亮啊，你经历了多少风雨飘摇，你领略了多少繁荣与衰亡的历史朝代啊！至今你还是那样的清纯和亮丽，把美好的祝福都送给人间。人们把你看作团圆的象征，赋予你美好的神话传说。其实你并不神秘，你最公正；你见证着历史长河中的每一个时代，也目睹着我们生活的每一个瞬间。

如今的中秋，没有人会孤独，不说各种美味月饼、瓜果梨桃，仅就那台中秋晚会、一顿视觉盛宴，便能伴你度过一个祥和、快乐的中秋夜。

2008 年 9 月

悠悠稚子心

是谁在拨弄我那尘封的记忆,将童年那段轻轻拎起?是谁将沉淀的往事搅拌,不惊的思绪便潮水般涌起?谁都有童年,谁都有童年难忘的记忆。那快乐值得我一生回味;那幸福值得我一生珍惜。悠悠岁月载着稚嫩的童心,盘旋成我人生的年轮。

从童年开始,我就有了积攒嘎拉哈的嗜好,一路走来这嗜好有增无减。每次参加酒宴,我都会注意有没有炓肘子这道菜。只要这道菜一上,我便顾不得吃别的菜了,两眼盯着猪肘子或羊腿,找啊找、看啊看,啊——嘎拉哈!我兴奋地、毫无顾忌地把它挟到自己碗里,将上面的残肉啃净,然后用纸包好,放进手提包内,带回家进一步清洗干净,用指甲油染色后收藏起来。累计已有几十个猪嘎拉哈,二十左右个羊嘎拉哈。

孩童时代,一铺大炕上,大人在炕头儿做活,几个女孩子在炕稍儿玩□嘎拉哈游戏。扔起布口袋,抓一把嘎拉哈,再去接口袋,赢了接着□,输了轮给下一个女孩子。那年月都铺高粱劈子编的席子,炕席劈子划破手,扎到肉里是常有的事,疼的龇牙咧嘴还不放手继续玩。扔出一大堆嘎拉哈,挑像耳朵那面的往出拣,我们把这面叫"珍儿",你扔完拣完,她再扔再拣;谁拣得多谁赢。嘎拉哈的四面分别叫珍儿、轮儿、坑儿、肚儿。孩子们最喜欢的是珍面儿,也就有了"搬珍儿"游戏。总之,玩法很多，嘎拉哈是我们童年的主要玩具，也是联络感情的纽带。哪个小朋友嘎拉哈多，哪个小朋友就是宠儿，因为她有"资本"，说带谁玩就带谁玩，惹得一群孩子都跟她屁股后转。家长们也愿意孩子们在屋里玩，即安全又不弄脏衣服，便于看管。

欻嘎拉哈，那是我们女孩子的最爱，拍皮球、抽冰尜也常玩，偶尔和男孩子打瓦、弹玻璃球……在我们成长的过程中，这些游戏——为我们撑起一片蔚蓝的天空；为我们铺就了春天般的草地；似阳光雨露哺育我们成长；把幸福快乐植入我们的心田。

我无从考究这些游戏的起源，只在电视剧里看到满族妇女玩□嘎拉哈游戏。我不敢将我那粗糙的嘎拉哈，同现在科学的、卫生的、开发智力的玩具一样媲美。但我相信人类文明的发展和进步都是有根基的。看似简单、其实复杂的游戏，需要心灵、眼睛和双手的配合与协调，这是多么好的一项多功能训练啊。没准，现在的某项游戏或某种玩具，就是在我那些类似□嘎拉哈的游戏中繁衍和派生出来的。

无论时光有多长，脚步走多远。我依然热爱我小时候的种种游戏，怀恋和小朋友在一起玩耍的日子。童年的记忆，永远不会变质，永远那么鲜活，永远留在内心深处最温馨的角落。我不会放弃这种收藏，我要用那粗糙的嘎拉哈，慰藉我那颗悠悠的稚子心。

2009 年 3 月

龙尾不知何处去

这个记忆太久远,久远的有些模糊,模糊的似一个缠绕的梦境,而梦境挥之不去令我留恋。于是偶然的一个机会,我问母亲:小时候是不是戴过"龙尾"?那是个什么节日?母亲回答:是二月二啊!

按常规,二月二是"龙抬头"的日子,烀猪头,吃猪头肉,这是多年来约定成俗的。早年都是一大家子人,烀猪头肉觉得热闹有趣。现在小家庭人口少,又没有大锅灶,所以都改变了方式,去熟食店买一小块猪头肉,足够二月二那天食用了。尽管养生专家不提倡吃猪头肉,说是胆固醇含量太高,对身体有害。但信仰和理念根深蒂固,谁都想讨个好兆头,多多少少还是要买点头肉回家吃。头肉价格也因此比平时高了很多,为了能"抬头"再贵也认;二月二剃龙头也是免不了的,不管是为了能"抬头",还是怕正月里剃头死舅舅,总之这一天"头"是要处理的。理发店也因这个缘由而忙得不可开交;实在没机会剃头的,就在家里洗洗头,也算应了时逢了景,静等今年时来运转,好上加好。唯独见不着有人给孩子穿龙尾,戴龙尾了。记得我小时候都是姥姥给穿好龙尾,缝在外衣胳膊上。几十年过去,我在怀疑我的记忆,难道这个民俗传丢了?还是这个风俗不重要了? 于是我上网查找二月二的相关资料。

二月二,全国各地的民俗和习俗真很多。有到河边、水边祭拜龙神之说,求龙王保佑风调雨顺好收成;有吃春饼叫吃龙鳞,吃饺子唤作吃龙眼;有祭灶、引钱龙回家;接嫁出去的女儿回家……找了很多网页,还是没有戴龙尾一说。

不死心的我,又回娘家刨根问底儿。母亲年龄已大,有些事也记不太清,只说在"下荒"和"胡地"住过。关于龙尾,也只记得出过"花儿"(天花)的孩子戴各种颜色都有的龙尾;没出过"花儿"的孩子戴纯一色红的龙尾。下荒应该是辽宁的某个地方,而胡地则应是过去满人、蒙人的聚居地。于是我又上网查找满族二月二的风俗习俗。

满族大部分习俗和其他地区有雷同,如:从井台用草木灰引龙回家、接姑娘、剃龙头等,竟然找到用线穿龙尾,用布当鳞片,缝在孩子外衣上。终于查到了,看来我的记忆没有错,不是梦,我真的戴过龙尾。

关于穿龙尾一事,满族习俗里有详细记载。从二月初一动手穿龙头、龙身、做龙尾。以各色布块、五彩绒线和秸秆为材料。这个手工制作由女人们完成,秸秆剪成扁指宽的节骨,再把各色花布剪成食指指甲大小的圆布。将红、绿、黄、蓝及各色小圆布串起, 每个中间串连山房草骨节, 作一大一小两个龙身。将各色布条串拢在一起,也做成两条龙尾。将这两条龙尾、龙身用五彩线串在帘子式的龙头上,整个龙就做成了。大人把它戴到孩子大襟上,祈祷在夏天老天打雷、天龙行雨时吓不着孩子;上山采菜、捡木耳、采榛子、捡蘑菇,有龙保佑。据说各色布龙身子和五色线避邪,孩子受不着灾,人人健壮结实,个个平安吉祥。

看到这些,我的某些记忆得以恢复。想起姥姥把彩色的花布剪成圆形，让我们去找秸秆，然后把花布搭配开，配上秸秆做龙骨，穿成两条龙尾，将两条龙尾缝在孩子的外衣上端、肩膀头处，我们带着龙尾，蹦蹦跶跶玩去了。刚刚几岁的孩子，哪懂得戴龙尾的真正含义，哪知道戴着的竟是长辈们的祈祷和祝福。

虽然我已找到了龙尾的来龙去脉，却很无奈，因为它已被人们遗忘。确切地说，没有被传承下来，这个祈祷孩子幸福平安的民俗已经被丢弃。几十年来，没见过谁家孩子二月二戴龙尾，我也不曾给孩子缝过。尽管现在医疗条件好，预防措施完备，孩子们都健康快乐地成长，没人信奉这带有唯心色彩的举动，可我还是觉得丢掉了很遗憾。中华民族传承下来的千年文化，很多民俗和习俗都带有唯心的色彩。我们都知道，自然界里根本不存在"龙"，龙尾则更不存在了；如同"凤凰"不存在一样，都是人们的想象。中华民族的习俗里，有哪个没有封建的和唯心的色彩？一切的一切，都是人们的愿望与祈福，都是人们的向往与追求……

龙是中华民族自古以来信仰的图腾，中华儿女都是龙的传人。几千年来，上至皇亲贵族，下至平民百姓，人们都把龙视为具有神秘色彩的吉祥物。"二月二"是龙抬头的日子，自然而然地成为民间一个重要的节日。"龙尾"作为二月二的一部分，应该回到人们的视线中来。

2017 年 2 月

歌声唤起的记忆

"太阳啊,霞光万道。雄鹰啊,展翅飞翔……"双休日,我正在家里洗衣服,一阵阵悦耳的歌声飘过窗棂,穿透纱窗,悠悠扬扬地回荡在耳畔。心想,这又是哪家的店铺开业了,请来歌手舞者大肆渲染。这么熟悉!蓦地,我被歌声吸引住,是那首歌——那首童年学会唱、并喜爱的歌!我陶醉了,沉浸许久,我又想起什么,片片段段、模模糊糊、朦朦胧胧,那么遥远却又近在咫尺。

那年八虚岁,因生日小不够七周岁,去学校报名上学,被拒之门外。无奈的父母和无奈的我没了选择。父亲将我送往农村的奶奶家。只记得那地方叫"共和"。奶奶家和学校隔一堵墙,说是墙其实就是个墙头儿。奶奶就跟学校商量后把我送去读书。比别的孩子晚上学两个月的我,天天从墙头上爬过来爬过去,墙头都被爬出了豁儿。虽说记忆中的学校和老师有些朦胧,但那是我人生的第一道起跑线,也是启蒙点,心灵的某个角落里,还存有星星点点的记忆。

奶奶家门前有一条公路,不知为什么当时的人们都叫"线道",道的一旁堆放着一堆儿一堆儿的沙子,我就在沙子堆里找那种透明的黄红色玛瑙样的石子。现在回想起来,沙子可能是铺路用的。而那种彩色的小石子我却再也不曾遇见过。隔着线道对面有个水泡子,引得一些鸭、鹅去畅游。总听大人们说:

偶尔还拾得鹅蛋和鸭蛋，我就总有一种渴望，梦想自己哪一天也能拾得一枚鸭蛋，这个梦想真的成了我一生无法实现的愿望。因为不久，我便转学回到了我现在居住、学习、工作的县城。

公社的广播喇叭经常放的一首歌，旋律优美，声调高远，优美动听。"太阳啊，霞光万道……"当时也不知道歌名，我也是不经意间，今天学一句，明天学两句，不知不觉的会唱了。姑姑、叔叔也唱这首歌，当时很流行，用现在的话说是风靡整个乡村。好像那时经常开"忆苦思甜"会，唱"天上布满星、月牙亮晶晶……"排练《我们都是神枪手》的舞蹈。就像刚刚学会一种技能一样，刚学会一首新歌，天天歌不离口地炫耀。当年的我，穿着妈妈为我准备的绿格背带裤，系着丝巾，"太阳啊……"唱着这首歌在线道上奔跑。二年级上半年，我已被评上红小兵，可还没举行仪式，袖章也没发到我手上，爸爸来接我了。好在老师理解孩子的心思，我手拿红底黄字的菱形红小兵袖章，离开了启蒙之地——共和，转学回到县城的家。

我慢慢地翻着记忆，那深远的记忆渐渐地清晰起来；我层层拨开记忆，那优美的歌却被压在记忆的最底层，后来才知道那首歌是著名歌唱家才旦卓玛的《翻身农奴把歌唱》。我那启蒙的小学校坐落在齐齐哈尔市梅里斯区，现在叫共和镇。

四十多年过去了，奶奶早已去世，姑姑、叔叔们也都离开共和进了城市。我几次想去共和找回一些童年的记忆。2006年去市里路过共和镇，当我们的车驶过共和镇的时候，我却找不到一丝丝感觉。记忆中的乡村、线道、水泡子早无踪迹，寂静的小镇，错落的房屋是那样的陌生，这哪里是我记忆中的共和啊！乡村在变，城镇在变，国家在变。线道、墙头儿、高音喇叭只能存放在心灵的最深处，偶尔拿出来晒一晒。

今天是这首歌唤回我的童年，唤起我那尘封的记忆，也唤醒我对那个时代的不舍。这记忆虽模糊不连贯，却占据着我心里一隅。哦，原来我的童年是那样美丽幸福！我不知不觉地哼唱起来"翻身农奴把歌唱，幸福生活万年长……"

2007 年 6 月

童年守岁

每逢除夕,总能想起儿时守岁的前前后后、点点滴滴,幸福和快乐夹杂在浓浓的年味儿里挥之不去。任时光匆匆,那年味儿冲不谈、流不走、醉不醒……

小时候,临近年关,最操心的人是姥姥。姥姥年岁大爱唠叨,什么事都想在头儿里,她小脚上街不方便,就催促妈妈和爸爸,该买什么、该做什么,妈妈和爸爸稍有怠慢,姥姥就"不着急、不抓紧、拖拉……"地唠叨,正应了那句:老不舍心。唠叨归唠叨,她还是任劳任怨地忙碌着。五个孩子的棉袄棉裤都是姥姥做,旧的拆拆洗洗,大人的毁给孩子、大孩子的毁给小孩子,破损地方打个补丁,好歹也算整洁暖和。炜肉、炜肘子也是姥姥的活儿,整天围着锅台忙前忙后。姥姥的拿手活是熬冻子,我们那时候小不懂事,只知道皮冻好吃,根本不关注怎么个熬法,后来姥姥把这个手艺传给了妈妈。姥姥最吸引我们的是她有一个大木箱和一个小木箱,她把家里抽过的烟盒拆开,捋平叠好,积攒起来,年根儿底用这些烟盒纸糊木箱,一张挨着一张地糊,有葡萄、握手、牡丹、前门、大生产等牌烟盒,大箱糊完再糊小箱,那些废旧的烟盒纸,经她这样利用,花花绿绿好看极了,木箱也神奇起来,好像是宝箱一样神秘。等到来年再糊一层新攒的烟盒纸,就像新桃换旧符一样,年年新气象。

最忙碌的人是妈妈。一家九口人的吃、穿、用都靠她张罗。

白天上班,商店关门后还要开会学习,回到家里洗洗涮涮、缝缝补补。尽管家里人口多,赚钱少,妈妈总是想方设法满足孩子们,她在商店买一些同颜色、不同花样或相近的花布头儿,拼接起来做成棉袄,既经济又好看;牵着我们去粮店,领回春节供应的每人二两瓜子、二两花生,过年时炒熟分给孩子们。大年三十儿晚间,妈妈端上一盆泡着水的黑乎乎花盖儿梨,一家人围坐炕上,从冰坨里抠出软乎乎的梨吃。都说姑娘要花、小子要炮,妈妈尽量给我们姐几个买来绢布制成的粉花或红花,过年那天别在头上。一年到头,棉被的被里被面、棉褥的褥里褥面都要拆下来洗,妈妈就用碱水泡一大洗衣盆,或用凭票买来的肥皂洗,晾干后再用线缝上,洁净的被褥软乎乎的,盖在身上那样温馨,做的梦都是香甜的。妈妈每年喂两头猪,过年时杀一头家里吃肉,另一头卖钱贴补家用。一到杀猪的时候,全家人都高兴,唯独妈妈,守在猪圈那儿,还在一瓢一瓢舀着猪食,一次一次地倒向猪槽子,一把一把地撒着米糠,目不转睛地看着猪“□□”地吃,气得爸爸直喊:“还喂!一会儿倒肠子不好倒。”

难度较大的活,非爸爸莫属。先说刷墙,爸爸找来一口破旧的八印大锅,把白石灰倒进去,倒上两三桶水,再撒进去两三把盐,用木棍子搅和均匀。后期为了墙有青白的效果,再滴几滴蓝钢笔水搅匀。爸爸穿上卖货时的蓝工作服,先踩着凳子刷上面,然后刷下面,两遍到三遍小屋就焕然一新了。糊棚是少不了的,用白面打一盆糨糊,爸爸就领着我们姐几个开糊,有往纸上刷糨糊的,有把刷好糨浆糊的纸递给爸爸的,再看爸爸——脚下踩着摞起的板凳,嘴里叼着笤帚,接过我们递过去的纸张,举过头顶,吃力地往棚上贴,再拿嘴里叼着的笤帚扫一下,棚纸平呼呼没有褶皱。记得开始几年是糊报纸,后来糊白纸,再后来就是蓝格或粉格印花的棚纸。贴年画也是爸爸的差事,早期的年画是胖娃娃和鱼,老寿星和桃,相继出现了雷锋、邱少云、黄继光等英雄,后来是三打祝家庄的连环画……年年买、年年贴、年年看不够。三十儿上午,爸爸照样把去年的旧对联扯下,贴上新对联,新的一年开始了。

最快乐的是我们几个孩子。除了帮助大人干些力所能及的家务,就自顾自己那点利益:把新衣服、新裤子叠好包好,放在自己认为比较隐蔽的地方,等到过年那天穿;把大人给的压岁钱——顶多五分钱或一毛(角)钱积攒起来,用花手绢包好也藏起来;记得我把"钱包"藏好却忘记地方,咋找也找不到,急得差点哭了,是姥姥从棉被垛里帮我把"钱包"翻出来的。再准备一个旧手绢,包妈妈分给我们炒熟的瓜子和花生,当然也都藏起来,留着自己吃。现在想起来好笑,干吗都藏起来?可见那时心眼多小。还有用罐头瓶自制灯笼,和小伙伴们藏猫猫,跑到别的小朋友家串门……疯啊!淘啊!只有这时,无论你怎样任性都不怕,因为大人是绝不会在这个时候打你的,过年了图个吉利。

现在每到除夕,都知道要守岁,小时候就知道"过年"。真留恋童年的时光,真想回到从前重温那种欢乐。

2014 年 2 月

三月三，春归的大雁

三月的春风并不柔和、甚至有些肆虐，然昨天含苞的枝头，今天已长满成串的树毛毛。我漫不经心地走在上班的路上，不经意地举头仰望，先是一振，继而兴奋不已，天空中那飞行整齐的"人"字形编队是什么？啊，是大雁！我差点叫出声来。

大雁——那是玩童时代刻进大脑沟回的记忆，是可望而不可及的神鸟，至今我也从未近距离见到它的尊容，只欣赏过它飞翔的姿态。说不清是春来还是秋去，长辈们在庭院里边干活边聊天，孩子们围在大人身边玩耍。偶能见天上飞着排列整齐、像阅兵式队形一样的雁阵，一会儿"人"字形、一会儿"一"字形，伴着"嘎嘎"地鸣叫飞过头顶，飞向远方。长辈们说是大雁，我们跟着叫大雁。长辈们说大雁春来秋去、长途跋涉、不吃不喝，我们表示明白地点点头。长辈们说雁能传书，我们就希望捎封信儿到北京，不是有一首歌唱到"远飞地大雁，请你快快飞，捎封信儿到北京……"

岁月比水流的还快。当年的玩童早已过了不惑之年，那优美的飞姿和整齐的编队被年轮层层覆盖，遗失在童话世界里，演绎并混淆成"鸿雁传书""鸿鹄之志""雁南飞"。懵懂中，便励志好好学习，将来做个有"出息"的人，似乎"鸿鹄之志"就是有"出息"，大雁也于"有出息"的相关词，存在某种联系了。

曾有人说来生就做候鸟。是不是羡慕雁儿能在蓝天下自由飞翔,盼望能像雁儿一样饱览秀美的江河湖海、山峦岭峰,还是渴望能与流云共舞,倾听天籁之音?许是妒忌雁儿朝吻霞光,晚伴夕阳的浪漫情趣?不,是敬佩雁儿搏击长空、任风刀刀刀刮脸,用羽翼丈量迢迢归途的坎坷旅历。

庭院中手指大雁讲述的长辈们也许没意识到,他们正在传授着做人的深刻道理。那些玩耍的孩儿们,慢慢地理解了大雁志向,不知不觉中,那传说、那志向已潜移默化地渗透到了孩儿们的心中,溶入孩儿们的血液,伴孩儿们成长,铸就成孩子们的志向。

回家的路上,我不时地□望天空,寻觅着大雁的踪迹,沉浸在对大雁的思绪中。常听说"人过留名、雁过留声",虽觉不见雁儿的踪影,听不到雁儿的鸣声,但我深知,雁儿一定去了百草丰茂的沼泽地,一定在那养精蓄锐,待再展鸿图。

临进家门时,见邻居手拿一把香,我疑惑地看,读不懂什么意思,她说:"今天是三月三。"噢!原来大雁比人还知道节气,我不禁感叹道:三月三,春归的大雁!

2009 年 6 月

艾叶飘香

不知是童心呼唤着节日?还是节日唤醒了童心?流连在挂满葫芦和香包的摊点前,想到那姗姗而来的节日,一缕芬芳飘然而至。是那嫩嫩的、醇醇的艾蒿香。一种遏制不住的欲望,令我不顾一切地奔赴郊外,扑向艾香。

黄昏的郊外风景别致,春风扯来厚厚的绿绒毯给大地盖上。放眼望去,朦胧的山恋;空旷的绿野;婀娜的绿柳呼应着萋萋绿草。徜徉在绿的海洋里,视线被染绿,心也被染绿。春的气息,春的蓬勃,春的诱惑令寻艾采艾的人儿赏心悦目,心旷神怡。嗅着泥草的芳香,我小心地绕行在绿树的缝隙间,穷极目光寻找有艾蒿地方。

记不清是哪年开始,每年的五月节,都随长我几岁的邻居婶婶去采艾蒿。黑黑的夜,深一脚浅一脚不知走多远,弯腰低头仔细辨认,采回的艾蒿里,总夹杂着其他一些蒿草。我们当地有个习俗,天不亮就得把艾蒿采回来,插到房檐上。若是等太阳出来了,采回来的艾蒿不灵验。因此,初四晚间的半宿觉别想睡踏实,一会儿一醒,很怕起晚了耽误出行。到了十多岁的时候,约好了同学,12点就开始东家西家的串联,早早地骑着自行车出发。把采回来的艾蒿夹在后车架上,再折一棵较大的柳枝搭在前车把上,带着胜利的喜悦,耀武扬威地往回骑。路遇比我们起来晚的采艾蒿人,一种莫名的傲慢和张扬,现在想起还忍不住窃笑。回来把自己家房檐上、仓房上、猪圈上都插上艾蒿，邻居几家也分别送点。一阵忙活后，等着、盼着、瞅着东方冉冉升起的一轮红日，心中无尽的惬意。掐一叶艾叶夹在耳后，扔几片艾叶在洗脸水里，那浓浓的艾味儿，香满屋、香满身。艾香伴着我童年的情，牵着我童年的梦，溢满了我童年难忘的岁月。

三十多年没采艾蒿了，年少时的童心和童趣早已凝结成了心曲，在音符的跳跃中，我成熟起来，更加关注艾蒿的实用价值和药用价值：能驱蚊虫、入药、入菜，艾卷熏穴位，治疗胎位不正等。

幽幽的柳林间，踏着杂草寻觅那熟悉的艾叶。看到了——菊花叶样的艾蒿！无须伸手，浓浓的艾香扑面袭来，掐一束捧在手；嗅一下盈满胸，几分痴几分醉，还是童年那个味儿，这些艾蒿也跟我走过了三十多年，该是蒿儿们三十多代的重子重孙了吧？密林幽静，草嫩花香。林中回荡的是布谷鸟的啼鸣和不知名幼鸟的叽啾声。用心聆听，想象那规律的节奏，仿佛是曼妙的歌声和抑扬的诗句。薅几叶"黄瓜香"用手拍拍，清香沁肺；摘一朵野玫瑰戴在发髻上，脸上绽放着笑意。看着艾蒿在这样的生态环境里，有那么多无名的蒿草相伴，装点着春色，不忍心再下手。

沿着堤坝往回走，零星见到骑摩托车和驱车前来采艾蒿的人，我差点喊出声来："明天才是五月节呀！"还有和我一样性子急的人？是改革开放把这古老的习俗也改变了吗？那悠久的文明和文化也随着时代的变化而变化？

晚霞洒在绿绒毯上，也洒在我的脸上。我沉思：五月节，不仅是一个民俗,更是中华儿女牢牢恪守的神圣日子,它的内涵远不止只为纪念伟大的诗人——屈原,它的灵魂是中华民族文明、文化所在。各地的美味粽子、赛龙舟、喝雄黄酒、插艾蒿等,是几千年中华民族传统文化的传承和演绎,正是这种传承和演绎,赋予了中华民族古老节日新的生机。听说有些国家与我们抢这个节日,还要注册?我们用事实告诉他们:我们会让艾香漂洋过海,让世界知道——端午节是中国人的节日!

2007 年 7 月

妈妈的皮冻香

岁月来去无声，不知多少个轮回过后，春又在悄悄地向我们招手。这不母亲打来电话，要我抓紧时间把猪肉皮买回来，春节前好把皮冻熬出来。我这才意识到又快过年了，母亲又要为我们这些嘴馋的儿女们熬皮冻。一种幸福感油然而生，久违的思绪也开始活泛起来。

小时候，每到过年，都是姥姥熬冻子，那时候生活困难，很少有人家能买得起猪肉吃。即使能买得起，也是凭供应票几两几两地买，母亲就把几两肉上那可怜的一点儿肉皮剔下来存着，留给姥姥过年熬冻。后来姥姥年岁大了，就把熬皮冻的技术传给母亲。

年复一年，母亲不厌其烦地为我们熬着皮冻。母亲不仅传承了姥姥的手艺，且花样翻新。清冻颤颤巍巍，晶莹剔透；混冻胶着厚重，层次分明。有时母亲还把鸡蛋打碎搅匀，洒在清冻里，金黄色的蛋花，凝固在其中像白玉的瑕。不，准确地说，是白玉的翡；有时母亲在清冻里撒几个菠菜叶，翠绿的叶子凝固在皮冻里，赏心悦目，就成了白玉里的翠。我常想，凝固在皮冻里的不仅仅是翡和翠，还有母爱的心声，更有母亲的祝愿。因为慈爱是母亲的姿态，奉献是母亲的情怀！享用这清香的皮冻，没有词语能形容出我们有多幸福，而母亲正是甘愿为这种幸福守候的人！

从前过年盼着吃肉，现在过年都嫌吃得太油腻，清凉爽口的皮冻就成了最抢手的菜。它虽说是凉菜，却没有一点凉意，浇上点蒜酱，夹一块送进嘴里，从舌尖经咽喉过食道进胃肠，一路清爽，滋养着疲惫的肌肉，松弛了紧张的神经。

这些年我也去过许多食堂、饭店和餐馆，吃过多种皮冻，都没有母亲熬的皮冻香。母亲每年都得熬两大盆皮冻，每顿餐桌上两盘还不够吃，急得母亲正月里再熬一次。亲戚朋友、左邻右舍经常夸母亲熬的皮冻好吃。看着儿女们吃着香香的皮冻，母亲总是在一旁幸福地微笑。这是母亲对生活的执着、对儿女们的热爱，家就是她和儿女们存放幸福的地方。

许是想继承母亲熬皮冻的手艺吧？那天，我问母亲是怎么熬出这么好吃的皮冻，母亲说："得先把猪肉皮用开水"浸"一下，把肉皮上的毛摘净，把肥油剔光，再把肉皮煮熟煮烂，然后捞出肉皮剁碎再煮，边煮边观察，不时用手捻一捻看肉皮汤是否发黏。汤太稠，出的冻又硬又哏；汤太稀，出的冻切不成型也夹不住。"望着母亲斑驳的白发，我和姐姐再也不忍心让她劳作。母亲却坚持说："还是我来熬吧！趁我还能动弹。"母亲讲解的看似轻松，可我这心里却是酸酸的，母亲毕竟是快 80 岁的人了！

当我奔向市场的刹那，看到街上攒动的人群，琳琅的商品、丰富的年货……我顿悟：是不是所有母亲都像我母亲一样，在为孩子们置办吃的、穿的、戴的？是不是也有像我一样的儿女们在购置鸡、鸭、鱼，等妈妈去做？

想着想着，母亲熬的皮冻又在脑海中浮现，我不禁有些飘飘然，似乎又闻到那来自于母亲的——悠悠皮冻香！

2010 年 1 月

时代的烙印

我真不敢相信自己的眼睛。当我和同事们下班往家里走，宽阔的白色路面上，映入眼帘的竟然是一摊马粪。我们都很惊讶。在文明、环保、机械化发达的当今社会，这东西早已销声匿迹，怎么会堂而皇之地摆在宽阔而整洁的路中央？同事们少有议论一笑而过。而我却别有一番感受，说它亲切可它又不是人；别人嫌它脏都躲着走，我却有种冲动，想视宝贝样把它拾起。这都源于我们这代人的特殊经历，是时代烙在心灵上的印记。

我上中学时，学校下午就两节课，放学后，老师交给学生的任务不是写作业，而是到大街上捡粪，然后送到学校。学校也常在大会上或间操时总结哪个班任务完成得好，送的粪多而提出表扬。寒暑假更不用说，只有送粪一项活动，老师也是凭着同学们送粪数量而评好学生、选班干部。学生们最怕学校要粪，每个学生都规定必须交多少筐粪。课外时间，我们挎着筐，拎着锹，站在大马路两旁。过来一辆马车，孩子们瞪大眼睛，紧盯着马的尾巴，见马尾巴有点往上蹶，就拎锹挎筐跟着马跑，如果马拉粪了，大家忙上去抢粪；跟了十米二十米远，马还不拉，才失望地悻悻回到原地等候。由于每个学校、每个年级都有送粪任务，拣粪的学生特别多。一辆马车过来，五六个学生跟着跑，偶尔一泼马粪，每个学生能抢到几个粪蛋儿。很多男孩子为抢粪而大打出手，也有女孩子为抢粪闹红脸，你不搭理我、我见你面就唾一口。我们也很得意，马尾巴的功能都研究很透彻，比电影里研究马尾巴功能的老教授还厉害。也有不如意时，一下午或半下午收获甚微，因为捡粪的学生比拉粪的马还多呀！

还记得有个女同学，因为常常完不成任务，就和比较要好的女生说：咱把壕沟边上的碎草末搅拌粪里，不就多出来几筐，我瞧见男生就有这么弄的。谁想到那个女生竟把她的想法报告给老师，老师不仅批评了要做假的女同学，还把她的红卫兵资格给"挂"起来。相当于现在的"诫勉谈话"，什么时候表现好了，再恢复红卫兵资格。

现在的孩子也许听不懂我在说什么，或者根本不相信会有那么荒唐的事。一个时代会有一个时代事情的发生，我们都会跳"忠"字舞、我们还会"讲用"、会写批判稿……知识的贫瘠没有影响我们快乐地成长，我们庆幸终于赶上了好时候。把我们的过去讲给下一代，把我们的苦乐传递给我们的子孙，让他们有取有舍，健康成长，有所作为。

我讲的不是笑话，也不是故事，是我的亲身经历，也是我们那代人的亲身经历——唉！一个特殊的时代。

2009 年 6 月

一兜爆米花

那是在"知识青年上山下乡"的年代,我也被时代的潮流卷着,被滚滚的人流推着,流向广阔天地,开始"大有作为"的知青岁月。

那年我还不满17周岁,人长得又小,多亏大队副书记是我家的熟人,在砖厂混了两个月后,便去学校当民办教师。开始担当课任老师,没过多长时间,新学期开始,学校安排我做三年级的班主任。

学校的条件很差,没有桌凳。说不清是秋秸,还是蒿草和着泥巴,抹成桌子和凳子的形状,算是学生的课桌和坐凳了,讲台也是泥巴堆砌。孩子们就趴在冰冷的泥课桌上写字,坐在硬硬的泥土凳上听课,没见哪个孩子有座垫。班级生火炉所用的柴草和苞米瓢子,都是学生从家里带过来;孩子们脏兮兮的衣服看不清颜色,麻土豆般的小手,黑黑的一层皱;男孩子灰头土脸,头发戗毛戗刺,几个月都不理发。也就在那时,我这个大姐姐老师学会了用推子。跟别的老师借来理发推子,胡乱地把男孩子们的长发剪短,好在他们也不嫌弃,也算是我为他们做了点事,家长们也很感激的,时不时地对我说声"谢谢"!当然也有社员和老师们,经常请我到家里吃简单的饭菜,正是这些淳朴的乡情,伴我度过那个年代。

当时的农村是集体所有制,社员都记工分,我们教师也挣工分,不到年末是见不到一分钱的。即使到了年终,劳动力少的人家,也分不着钱反倒欠队里的钱。粮食都是生产队按人口分配,也叫口粮,没有余份儿。不许种自留地,不许搞副业。可想而知,孩子们哪有好吃好穿?仅有的一点钱买学习用品都不足,铅笔头削了又削,剩下一点点,仅够小小手指头掐着。有的孩子想办法缠上或接上点什么,直到实在没法再用了;用过的本子,正面写完反面再写,密密麻麻舍不得扔。

记得有一天课堂上,教室里鸦雀无声,孩子们都在静静地写作业。我和往常一样,在教室里悠闲地来回踱步,偶尔看看孩子们写的怎样,间或指点一下有不明白问题的学生。走到前排时,发现班级里个子最小的男孩,低着头摆弄着铅笔。这是一个不太愿意说话,老实内向的孩子,淘气捣乱做坏事都找不到他。因此我对他的关注也比较少。我走上前低声问:“你咋不写?”男孩儿越发低下头,差不多要将头埋到了胸前,扑簌簌的眼泪,流经麻麻的小土豆脸颊,流成了两道泪沟。最后还是同桌替他说:“他没有本子了。”噢!原来是没有写字用的本子。我没加思索,从兜里掏出七分钱,给了小男孩,让他下课去供销社买个本儿,把作业补上。

没过几天,晚饭后的我正在青年点屋里闲来无事,有人喊我:“外面有人找。”我匆忙往外跑,只见我的学生,跟着一个农村妇女,站在青年点的门口。那孩子一个劲儿地往前推那妇女,他却越发往后躲,几乎要藏在女人的身后。女人手里拎着一个小布兜,冲我笑着:“听孩子说上课没有本儿写作业,是你给他七分钱买了本儿。回家非让我炒点爆米花,要来谢谢你,自己不好意思来,把我也拽上。”女人歉意地笑笑说:“农村也没什么好吃的,家里用笨办法炒的。"面对质朴的母亲和稚嫩的孩子,我深感她们内心的善良和知恩报恩的思想境界。七分钱与我算不了什么,挣工资的父母亲,会给我一些零用钱,而他们不到年底是见不到钱的。无意间的一个举动,换来了母子莫大的真情。我欣然接过那兜儿爆米花,一兜儿带有土腥味、煳香味、没有花的"哑巴豆"。

柔柔的晚霞散落在天际,暖暖的光线洒向乡村,炊烟散尽,鸟儿归巢,小村一片宁静。望着远去的村妇和绕在她身旁蹦蹦跳跳的小男孩,我呆立在青年点门口很久。这一兜爆米花,也许是从他们口粮中节省出来的;也许连孩子都舍不得吃,他们确报答给了我。

我已返城多年,已不记得孩子的名字和相貌,但那晚霞中远去的背影,宛如一幅山水画,挂在我的心中;那兜儿"哑巴豆",像一股涌泉煳香四溢,萦绕我胸中;麻土豆脸上的两道泪沟,似一缕乡愁驻足心灵,令我时常忆起我的知青岁月和人生的过往。

2005 年 3 月

久违的火炕

东北有句俗话："三九四九,棒打不走。"意思是说一年中最寒冷的这几天,尽量不外出。可散文创作组的文友们却偏要在这个"冻掉下巴"的三九天里去白山七村采风,欣赏那里冬季的田野,体味季节带给我们别样的感受。

白皑皑的冬雪填平了长长的田垄,凛冽的北风揪光了树枝上残存的枯叶。在通往乡村的雪路上,两道车辙延伸着,延伸着……前面不远处的小村庄,梦幻一样坐落在那里,散落的农房隐约可见,袅袅炊烟静静地飘向淡蓝色的天空。

车子终于停在一个质朴的农家小院里。一下车,我们就被排列整齐的栅栏所吸引,还有栅栏旁高高堆起的玉米棒子堆。白雪掩不住那黄灿灿的玉米棒,那黄白相间的斑斓色彩,是庄稼人的最爱。我们好奇的嘈杂声、夹杂着说笑声,引来柴垛旁拴着的老、中、青三代看家狗儿的狂吠,这些不礼貌的犬儿,对我们嚎叫不止,好像我们会对玉米堆有非分之想。整洁安静的农家小院,因我们的到来顿时热闹起来。

在主人热情的引导下我们鱼贯走进对着大门的那三间正房。

这是典型农家结构的房屋:一进屋是厨房,灶坑里的柴火噼啪作响,直把两口大锅烧得热气腾腾,散发出诱人的香味,那是好客的主人为我们烹制的农家菜。再往里面走便是集客厅与卧室于一体的里屋了。屋地面中央那个木板定做的方盖子下面,是储菜用的地窖,里面储存的土豆、萝卜和白菜,是主人一家整个冬天的主要蔬菜。靠近窗子的地方一个废弃的水果箱子里,栽满了嫩绿的大葱,浓密茂盛生机勃勃。靠北侧是一铺东西通长的大炕,炕面铺着方格花纹的地板革,散发着柴火温和的气息。火炕,我终于又见到火炕了!见到了那曾温暖我童年岁月,青春梦想的火炕!我情不自禁地合起双手在心里说:久违了——火炕。

文友们也像发现新大陆一样,不待主人发话,便顾不得礼节和斯文,七三八四地脱掉了带着寒气的鞋子挤上了大炕。许是和我一样想起了睡火炕的甜蜜往事;或许那些温暖的往事里,都是关于火炕的幸福回忆。霎时间,冻僵的双脚暖和了,火炕特有的热气温暖了周身。

记得小时候,家里是东西两铺火炕。姥姥领着我们姐儿三住东炕,父母则搂着两个弟弟住西炕。外屋有个灶台,做饭烧火的热气,在东炕的炕洞里串一圈后才从烟囱冒出去。不做饭了,还要压一块大头煤,慢慢自燃,以保持屋里火炕的温度。西炕没有灶台,就在屋里搭建炉子,炉筒子直接伸到火炕里,后来怕煤烟中毒,干脆把木材板子放到炕洞里烧。冬季姥姥常把晾晒在外面冻得杠杠硬的衣服拿进来,放到热炕上烙着,亲戚邻居来串门,挂在嘴边的也是:往里坐或上炕坐,炕里热乎。我们姐儿几个更是早早地把棉被铺上,钻进被窝热热地睡到天亮。

临近冬季,买秋菜、腌酸菜、糊窗缝,即使再忙,为了火炕热乎,父亲也得把炕洞掏一掏。掏出黑乎乎烧焦的炕坯油和细细的黑煤灰面儿,常弄得父亲满脸满身。

那年我下乡,青年点的房子是石头砌的,四处透风。脸盆里的水不倒掉,第二天就冻成了冰;擦脸的毛巾转天早起也是硬邦邦。我和另一个女青年合盖两床被子,靠着火炕的余温,维持着身体的热量。是火炕伴我度过了那几个漫长的冬季。

究竟是哪个民族的哪位先祖,在哪个年代发明了火炕? 真是伟大的发明啊! 让人类这样受益。从我记事起,便与火炕为伴。父母在火炕上养大了我们兄弟姐妹,我们在火炕上嬉戏打闹,在火炕上写作业做功课,在火炕上放一张小炕桌,一家人围坐在一起吃饭,在火炕上进入甜蜜的梦乡。在我的记忆里,火炕家家都有司空见惯,我甚至找不到任何华丽的优美诗句和绚烂的色彩来描绘,但火炕却始终带着温暖的母亲的味道,伴随我成长。

我沉浸于飘忽的遐想中,搜索与火炕相关的幸福收藏。被火炕暖得脸上红扑扑的文友们,都跑到后面的树林里踏雪拍照去了。我索性一个人静静地躺在炕上,让思绪任意起伏,飘得更远。我在体味,体味那曾经的温暖和闲适;我在寻找,寻找那曾经的故事和快乐。火炕上出生的我,虽然现在住着楼房,有着齐备的取暖设备和舒适的床上用品,但我依然留恋着火炕,留恋火炕的温度以及火炕带给我的安全感,更让我怀念的,还有生命里那段一去不复返的父母相依、姐妹相伴的浓浓岁月。

在回城的车里,火炕的余温不曾散尽。寂静的田野,银白的世界,那厚厚的白雪不再是冷的像征,与大地,它就像盖在火炕上的棉被一样,孵化着春天。

2006 年 4 月

老屋六十春秋

早春,恋恋不舍地冰雪,还执意地覆盖着大地;沉睡了一冬的植物们,虽没抻开懒腰,却都睡意惺忪。是啊,这是一个有梦想的季节,一个怀揣希望春季。我们姐弟五人陪同父母,一起奔回坐落在碾子山郊区,已经有 60 年风雨历程的老屋,参加舅舅孙子的婚礼。

行进中的车颠簸着,我的脑海搜寻着。搜寻一切关乎老屋的记忆,那记忆非常久远,像碎片样凌乱,然而捧起每一片细读,便又都清晰起来了。

听母亲说老屋是 1948 年买的, 当时正赶上土地改革斗争,东北解放了,房子也便宜。姥姥、姥爷便买下这三间泥草房,领着舅舅、舅母、姨和母亲十几口人,挤在泥草房里。伴着新中国的成立,母亲上学读书,接着就参加工作,成家后离开了老屋。

1958 年"反右"斗争,有人说爸爸有右派言论,就把爸爸下放到农村。1959 年新中国成立十年之际,即将临盆的母亲,因爸爸劳动改造不在身边, 没有办法回到了乡下的娘家——老屋,我也在老屋里呱呱坠地。我们姐弟五人,唯独我是在老屋里出生的。所以我对老屋的感情最深。

三年自然灾害时,城里粮食供应不足,姥姥和我们一起吃住,又没有城里户口,粮食不够吃,火车上又不让带。舅舅就挑着粮食担子,徒步 80 里地,天不亮从老屋出发,伸手不见五指才到县城我家,老屋是我们的坚实后盾。

老屋非常低矮,长长的一铺大炕,炕头的墙上有一个方形的洞(叫龛),放着一盏小油灯,外屋地是厨房,也能借着点亮光。老屋的村庄附近有几个秃山,只长些毛草,偶尔也见野花盛开;远处有座大山,看不到草和树,黛色的青石,据老人们说:这个山上的石头都是做碾子的好料。一条能通到苏联的铁轨从村旁经过,引得我们常去看国际列车。穿过铁道,是清澈的雅鲁河。夏天,在河里翻石头,抓"□蛄",冬天就在冰上滑冰车、打滑出溜。河对岸,有原始树木,能叫上名的有山丁子树、臭李子树、山里红树,听说也有橡子树、榛子树。

"文革"十年,正是我上学的十年,每逢寒暑假,我都要回老屋住上一阵。舅舅是生产队长,他在抗美援朝负伤后,组织上让他去大城市,他非要回家种地。因舅舅工作认真负责,社员有的给舅舅提意见,带头闹事的竟然是舅舅一爷公孙的堂弟,想要推倒舅舅自己当队长。一农户困难没房子住,舅舅就把老屋的一侧让给他们住,谁知,大革命他们要革舅舅的命,趁舅舅不在家,老屋里的外来户,竟理直气壮地把老屋的主人——舅母给打坏了。姥姥常常为这些事气的茶饭不进,虽然后来他们家成了舅舅家的"拐把亲家",但仇恨他们的阴影印在我心中始终不能抹去。

也有偷着乐的事,那时不让种园子,个别农户偷着种点"菇娘儿"、西红柿,我们这些小孩子联合起来趁着月色,爬过墙头,随意地薅几把就跑,不管是否成熟,当年就算城里的孩子,也吃不着这些东西啊。气的农户第二天骂街。那个年代没有电视,也看不到电影,冬天孩子们就到冰上摸爬滚打玩上一阵,冻得受不了跑回老屋,围着火盆烤火取暖。

改革开放后,农村分产到户。舅舅家把老屋在原来的基础上重新翻盖了,外墙贴上了红砖,草房顶也换成了瓦盖,旧式的糊着窗户纸的小格木窗,变成了大块玻璃窗。老屋的前院、后院都种上了各种瓜果蔬菜。舅舅也不当队长了,在老屋开起了个体食杂店。再后来,老屋里面有电视、冰箱;老屋的外面有摩托车、四轮车和汽车。鸡、鸭、鹅、狗、牛、马、猪、羊都属于老屋的财产,舅舅的儿子儿媳,孙子孙女像当年老屋里的人一样,快乐地生活着。

我们的车子开到老屋前,亲朋老邻都热情相迎,老屋的厨房和下屋热气腾腾,老屋放六桌酒席,邻居家再放几桌,一拨一拨地接待着前来祝贺的亲朋。我表示先不着急吃饭,便独自走出村头奔向小河。

小河还没有融化,薄雪仍覆盖在冰上。我顺着脚印踩着冰面上的雪亲吻着小河。不知为什么,我很激动,热血在血管里沸腾。我感激老屋,因我在这里出生;我思恋老屋,因我是老屋里放飞的风筝;我牵挂老屋,老屋有我的亲人,还有长眠在山坡上的姥姥。老屋虽小,却映衬出共和国 60 年的沧桑;老屋在偏远乡村,却与共和国一脉相连;60 年,老屋留给我多少难忘的故事;60 个春秋,老屋也见证着共和国的风雨历程。

我举头看山,多少年来,不知多少人采走了多少石头,做成了多少碾子,可山还是那样高,那样巍然挺立;我远眺看河,小河逶迤悠悠,带走那些曾经的哀愁,可小河仍载着历史不知疲倦地前行。

2009 年 9 月

白杨依旧

　　总想，总想回校园转转，看看红瓦白墙的校舍，环形跑道的操场，白杨参天的甬道长廊；可总是，总是从校园门口来去匆匆，忙于工作，奔波于生活，一次次与它擦肩而过。

　　是时差还是错觉，我终于回到了只有梦中时常相见的校园。还是那栋校舍，已在原来位置上改建成灰色的高大楼房；还是那个宽大的操场，原来能容纳四百米的跑道，如今扩建的能容纳几个足球场；曾经的果园和教学实验田，也都竖起了图书馆、体育馆和学生宿舍，只有，只有甬道两旁那两排高耸的白杨树依然挺立，像忠实的士兵一样，呵护着学生，守候着校园。

　　母校成立于 1953 年，在一片荒芜的坟茔地上，首批教师和首批学生像拓荒者一样自己动手盖起石头瓦房，铲草平地，用碎石头、碎瓦片和废弃的破砖，铺就一条笔直的甬道，在甬道的两旁栽种两行白杨树。从此，白杨树每天早晨迎来少男少女，夕阳西下又目送学生们离开校园。几十年的风风雨雨，白杨树迎来了一群群，送走了一批批，像个老者，见证着无数人的花样年华，陪伴着无数人的花季雨季。

　　翻开母校的校史，红色大字吸引着我的眼球：坚持党的教育方针，培养有社会主义觉悟的有文化的劳动者，为共产主义奋斗。这是建校十周年之际，时任国务院副总理陆定一的题词。也许当年我还不能完全解读这段话的含义，懵懵懂懂地视而不见，蹦蹦跳跳地与这段话碰撞而过。岁月变迁，时光荏苒，唯有这段话，一直悬挂在校园某个醒目的位置，成为母校五十多年为之奋斗的目标和宗旨。顽皮的孩童啊，你们是不是也像我一样，到了几十年之后，才真正理解这段话的意义！才能感悟到几代人付出的努力和艰辛！

历届考入清华和北大的学生，都记录在册，他们是母校为国家输送的人才；走向社会后，有辉煌成就的毕业生，母校都存有照片，他们是母校的骄傲，是母校的欣慰。一批批优秀的学生，犹如一茬茬粗壮的白杨，在母校的精心呵护下，耐心地培养下，都成为栋梁之才，肱骨之臣。

我虽生不逢时，就读在上学不上课、上课不学习的"文化大革命"年代，既不是栋梁，也不是肱骨，和许许多多学生一样，干着平凡的事业，过着平凡的生活，但我们没有怨言，就像理解母亲一样理解母校，因为母校也有它的无奈与无助。宛如"儿不嫌母丑"一样，我依然忘不了校园，忘不了母校对我的培养，忘不了甬路两侧的白杨树。春天来了，白杨又蹿高了一节，枝丫上褐色的小豆豆渐渐膨胀，突然的一天，冒出嫩绿的小芽芽，就像校园里情窦初开的少女样光鲜亮丽；炎炎夏日，树影婆娑，斑驳着甬路，我们绕树穿行玩耍，叽叽喳喳小燕儿般放学飞回家；斑斓的秋天，树叶萧萧下，还不懂悲秋、思秋的我们，脚踩松松软软的落叶，追追打打嬉戏树下；寒冷的冬日，望着光秃秃的树干，似乎懂得了盼春——春天，春天什么时候来呀？我们也在这盼望中长大了。

这些年，虽只是偶尔回过一两次校园，但从未像今天这样仔细打量它。校园的面貌焕然一新，现代化的教学楼、实验楼、图书馆……不变的依然是那条甬路和两侧的白杨树。从建校至今，甬路旁从未栽种过其他树种，白杨树是母校的唯一。每每从母校身边经过，即使不入校园，我已感觉到了它的气息，就像孩子能感觉到母亲的气息一样，因为我总能透过围墙和栅栏，看到高大的白杨树，嗅到杨树的芳香，感受到白杨树陪伴我走过的几个春、夏、秋、冬。

毕业40年小聚，同学们都有回校园走走的愿望。像迎接离家的孩子一样，学校为我们提供了畅谈的场所，安排我们在食堂就餐。食堂显示屏上赫然打出：热烈欢迎校友到食堂参观就餐！激动得我们眼啥热泪，大家都尽量掩饰，内心深处在喊：母校，你没有忘记我们！这是我们吃得最香甜的一顿饭。作为一名往届毕业生，我为自己骄傲，母校已成为省级重点中学和省级示范性高中。画册里国家级和省级的奖状，足以证明母校的成就和辉煌。

还是那条甬路，还是两排白杨，漫步在林荫树下，我们向校门走去，不愿离开，不想说再见。我突然意识到：老学员不走，新学员怎么进来？母校不就是这样培养、输送，白杨树亦是送走、迎进，学校是熔炉，是培养基；白杨树——放飞的是希望，守巢的总是你。

2016年8月

回眸时感动

如果与孩子们说，我们小时候，猪肉几毛钱一斤，那样便宜，还有许多人家吃不起，孩子们会惊讶！疑惑大人是不是在撒谎？如果再与孩子们说，我们上学时学生是要交学费的，每学期不超过五元钱，有些家庭都拿不出，许多学生因交不上学费不敢来上课，孩子们会觉得我是在编造天方夜谭。孩子们！真的，我说的都是真的，让我来说一段往事吧。

那是四年级下半年，班级里同学的学费都交得差不多了，只剩个别几个同学的学费还没交齐。老师在班上点名让这几个同学站起来，几个同学分别说出："没有钱等大人开工资。"或"家里有病人"等理由。只有一名姓杨的男生低着头回答不出来，老师怎么问，男生沁着头就是不吭声，气的老师："那你就站着吧！"。第二天，男生没来上课，同学们谁都没在意。好学生照样认真听讲，闲不住的学生仍然在下面捅捅咕咕，也难怪，十一二岁的孩子，正是淘气的年龄。第三天，杨姓男生来上课了，同学们仍然没注意他的到来。老师来了，表情庄重："我昨天下午去家访了，咱们班的杨同学家里非常困难，孩子多，上有老下有小，老人还有病。父亲一个人上班，挣钱又少。"老师接着又说："他妈妈打算把家里最小的妹妹送给人。"咱们的杨同学不让，他宁愿天天捡粪卖钱，养活妹妹，也不让家里把妹妹送人。老师越说越哽咽，眼里流出了热泪，教室里鸦雀无声,那一刻,似乎时钟停止了摆动,地球停止了转动,女孩子们在偷偷地抹眼泪,男孩子们不再捅咕,被这突如其来的消息震撼了,似乎感觉到了他们作为"男子汉"有责任,要承担责任一样。从此我发现捡粪的男生多了起来。

隔壁住着两户邻居,前屋姓王,王家三个半大小子,能吃能淘能打。女主人是家庭妇女,整天打骂孩子吵声不断。可有一点却都很执着,几个淘小子每天早晨,天蒙蒙亮着就起来捡粪。寒冬腊月,7点多才出太阳,淘小子们挎着筐、拿着锹,五点多起来走街串巷去捡粪。冷了用手捂捂耳朵,那年月能有几个孩子戴得起帽子,手套更是"奢侈品",何况他们家那状况。城市虽小,但毕竟是城市,牛粪和马粪不多,男孩子们很多时候得跳进猪圈里去铲猪粪,捡回来的大多是猪粪和人粪。冬季粪冻成了冰坨,他们就用手捧起粪坨,按长方形摆起,摆到一米多高、两米多长,就可以卖了,辛苦一个冬天能积攒一车。常有周边生产队的木板马车,将这些粪拉走,一车粪能卖三四元不等。隔壁后屋住着赵姓人家,男女主人都是上班族,家境比较好些。大小子和我是同年级,又是排长(体委),这样干净又文静的男孩,居然也天天捡粪,也同样摆起卖钱。那天我问丈夫:"你小时候捡粪吗?"他认真而肯定表示捡过,不仅要刨猪粪,还要刨厕所,并且几个人抢刨一个厕所。男孩子们就是用这种劳作换点零用钱,交学费和补贴家用。那些懵懂少年,在他们青涩的时代,以不算荣耀的方式,做着只有令他们自己回望一生,感动一世的平凡事。

小城里现在的孩子,连马粪、猪粪都不一定见过,很难想象父辈、祖辈曾有过的经历。过惯了"衣来伸手饭来张口"的生活,上学、放学有人接送,不是名牌不穿,游戏机、电动玩具陪伴左右。优越的条件和富庶的生活是社会前进、国家强盛,经济繁荣带来的福祉,当年的孩子如有这条件,谁愿意披星戴月起早捡粪呢?

光阴似箭,当我们还沉浸在曾经的风采中,还未从曾经的激昂澎湃中醒来,当年那些男孩已两鬓斑白,过了"知天命"的年纪。捡粪的往事也都已凝固成了历史,历史会越走越远,往事也会淡出人们的记忆。靠捡粪交学费的事例并不是什么壮举,更谈不上什么丰功伟绩。只是平凡的人以平凡的方式谋生罢了。但平凡的生活也有顺境逆境,只要我们努力前行,感动不了别人,感动我们自己也是一件幸事。

2014 年 3 月

长大后，我没成为你

喜欢听一首赞美教师的歌，不仅旋律优美，歌词形象生动、寓意深刻。"小时候，我以为你很美丽，领着一群小鸟飞来飞去。小时候，我以为你很神气，说上一句话来也惊天动地。长大后我就成了你，才知道那块黑板，让所有的难题成了乐趣。才知道那支粉笔画出的是彩虹，洒下的是泪滴。才知道那讲台举起的是别人，奉献的是自己……"直到今天，我才渐渐认识到教师这个行业的伟大与重要，渐悟教师——这个词的含义。

小时候我很怕老师，看着讲台前方贴着的毛主席像和"好好学习 天天向上"八个大字，总有份庄严感。因此我很听话，很少挨批评，老师委任我一个小组长，学校和班级的各种活动都少不了，我在快乐中学习成长。

升入中学，赶上了"不学数理化，也能走遍全天下"的年代。老师不敢讲，学生没兴趣听。学生胡闹，老师不敢管，更有些学生热衷于给老师起绰号，什么"大气压强"，"土耳其"让我们对老师有太多的不敬。

后来学校组织看了一场电影，苏联片《乡村女教师》，影片里女教师的丈夫在战争中牺牲了，艰苦的环境里，面对一群野蛮而无知的家长，天真而文盲的孩子，女教师经过努力，付出有了回报，培养了一群国家的栋梁，荣获苏联最高荣誉奖章。我和同学们一样感动的热泪盈眶。对教师有了重新的认识，也有了一份敬重。

17岁那年我高中毕业下乡插队，当了民办教师，教六年级、七年级的地理、历史。面对个子比我高、年龄比我长的学生，站在讲台上腿抖，拿起粉笔手抖，哆哆嗦嗦不敢讲话、不会写粉笔字，勉强维持了一个月，我接了三年级班主任。小孩更不听话，我尽全力帮他们理发，买本儿买笔，还常常被气得掉眼泪。更没面子的是："老师，你拼音拼错了！老师，你珠算算错了。"才知道自己知识困乏，教学生不容易，为人师表更难。两年后我像个逃兵一样，连滚带爬逃离了学校，逃离了课堂。现在想想真是误人子弟呀！

参加工作后，一次县妇联组织我们听演讲，第一中学一位女教师演讲的题目是三尺讲台写人生，讲的生动感人，我们听的激动，受教育和启发。三十六行，行行出状元，他们无愧于园丁的职业，更无愧于人类灵魂工程师的称号。

文化在发展，精神文明不断提高，教师越来越受到社会各界的重视，越来越受到人们的爱戴和尊敬。我很内疚误人子弟的那两年时间，也很遗憾没能把教育事业进行到底，如果有机会重来，我一定多学知识，好好育人。每当我听到《长大后我就成了你》这首歌时，总是在心里说："长大后，我没能成为你。"

2014年5月

不能丢弃的

不安分的脚，总是耐不住寂寞，不甘忍受袜子的束缚，时常探出脚趾头来四处张望。这不前几天刚刚扔掉两双破洞袜，脚上穿着的又顶出个窟窿。

从前袜子破了都习惯性地扔给母亲，即使成家有了孩子，依然是母亲缝补，破损严重的，母亲就留着自己穿，洞口小的用线撩撩让我继续穿。现在条件好了，母亲年龄也大了，我总是偷偷地将袜子丢进垃圾桶，这样都不用穿缝补过的旧袜子。

脚上穿的这双之所以不舍得扔，是因为我花大价钱买的名牌，而且只钻出一个脚趾头。想让年迈的母亲缝补，有点于心不忍，妈妈毕竟是耄耋之年了，老眼昏花。还是自己试试吧！我找出绣花用的彩线，手伸进袜子将袜子腾起，横着试竖着试，就是不知道从哪里下手，忽然想起姥姥缝补袜子用的袜底板儿，要是有那玩意儿在，该省事多了。

姥姥没有针线筐，一个包袱皮儿里包裹着破布条、碎布角，一个长方形的扁木头板，一头儿缠绕着白线，一头绕着黑线，线板上别着针，还有顶针儿，大小不同的几个袜底板儿。这就是姥姥的全部家当，只要做针线活儿这个包袱就不离左右。谁的袜子破了，就套在袜底板上，然后一手拿针，一手拿线，双手举起对着光亮，一遍一遍地往针里穿线，穿不进去就把线头儿舔湿，用手捻捻接着穿。我们在旁边看了捧腹大笑："姥姥，你根本没对上！""唉，看不着了！"赶上我们在旁边的时候，就央求着："二、三，（我和妹妹的小名），快帮我认上。"要是贪玩儿时，无论姥姥怎么喊，撒腿就跑，只剩她一个人在那里默默地穿针引线。

我如今虽没到姥姥当年的岁数，可不戴镜子是拿不起针线活了。现代人也轻易不缝补，破了就扔，旧了就换，谁还劳神费力，别说袜子，衣服都说扔就扔，汽车说换就换。钱赚多了，生活好了，不需要早些年提出的艰苦朴素了。

那年儿子单身住宿舍，我和丈夫千里迢迢赶往。宿舍里床不像床，被不像被，袜子更是乱扔乱掖，床底下、被子底下、枕头下都是，我收出十多双没洗的袜子，一并洗完晾晒。儿子见后："你费那事干吗再买几双不就完了吗！"我觉得儿子不是个例，现代的年轻人，女孩子都不会缝补，别说男孩子了。谁还穿破袜子？又有几家有包袱皮、针线筐？

听说有一位港台老板，来大陆发展，想寻找伙伴洽谈生意。大陆的一些企业家和经理们，纷纷前去迎合，吹嘘自己的厂子有多大、资本多雄厚、发展前景有多广……有的开着豪车，请老板去豪华的大酒店，吃山珍品美味；有的献殷勤，酒足饭饱还要打小姐，总之能想到的都用上了，老板还是无动于衷。正当这些人琢磨不透时，有一位企业负责人，找到了老板，请老板吃一顿便餐，每人一碗面，诚恳地谈了企业面临的现状、将来的打算等等。港台老板最后决定和这家企业合作。他很感慨：只有这样的人才能带好企业，只有这样的企业才有发展。一顿饭，吃好就足够了，干吗要那样铺张浪费？企业有多少钱能满足这样的带头人去挥霍！那些开着豪车四处躲债、欠着工人的薪水藏到"小三"屋里，这样的人是干不好事业的。

过去的一年里，正逢红军长征胜利 80 周年纪念，无论是电视宣传还是影视剧展播，都将当年红军爬雪山、过草地的场景展现得淋漓尽致。哪个战士的衣服没有补丁？穿的都是草鞋，哪有袜子穿？没有当初的艰苦奋斗，就没有共和国的今天。小家庭和大家庭一样，老一代人还能继承和发扬我们先辈的优良传统，年轻人，需要拯救的是年轻人。

我们告别了贫穷时代，扔掉一双袜子不能决定我们就因此贫穷，一碗面也不显得我们低气。要物尽其用，有些东西该保留的保留，该传承的传承，比如艰苦朴素的精神，如果不再保留和传承，未来的孩子们就会忘记、甚至不知道我们的前辈是怎么过来的。我最担心的是孩子们，他们可以没见过针线筐和袜底板，因为社会进步了，先进的代替了笨拙的。但我绝不赞成那些花着高价、坐着飞机、去国外买个马桶回来，这不单是艰苦朴素的精神丢失了，更是国耻和国威的头等大事。

2017 年 1 月

情思无限

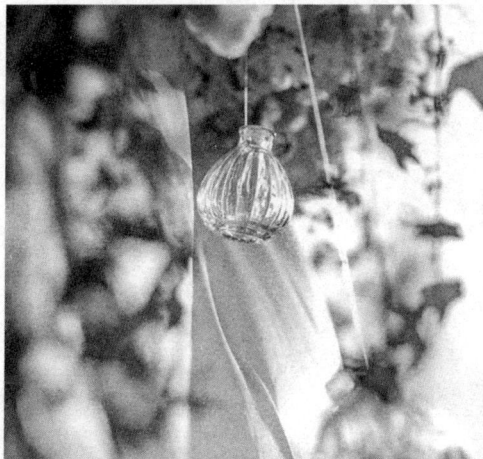

韶华已逝,岁月匆匆
我们感叹光阴无情时
也感谢岁月增添的记忆和情思
书香里奔涌的是
怀念和淡泊人生

雨中那棵树

灰蒙蒙的乌云从天上压下来，像一口黑色的大铁锅压得人们喘不上气来。我夺路狂奔、跌跌撞撞逃回了家，暴风雨就要来了！

屋里很黑，就像没开灯的黑夜，我忙将南屋和北屋的窗户关上，最后来到凉台关窗。这时窗外"黑锅"就像炸裂了一样，倾倒着夹杂白烟的雨水泼向地面，狂风夹着暴雨拍打在窗玻璃上。站在凉台里，任外面狂风肆虐，暴雨滂沱，庆幸自己躲过了这场"浩劫"。惊魂未定的我，听窗外的暴雨打在凉台的铁皮瓦上，像连串儿炸响的鞭炮；又像节律混乱的鼓点儿。洒在玻璃窗上的雨滴已分不清个数，泼成了片又淌成了流儿，阵阵白烟时而模糊了视线。窗前小区里用来绿化的花花草草被狂风吹弯了腰、被暴雨抽打垂下了头，哎呀！还有绿地中央那棵树，那棵视线常能触及、楼群间孤独挺立、微风中摇曳的树。

其实，我每天都在凉台上转来转去，那棵树也无数次地在我眼前晃来晃去。树有四米多高，褐色的树干约小碗口粗细，树冠如一把大绿伞撑开，葱葱的绿叶像黄瓜叶般大小，形状也似瓜叶、层层叠叠布满树干顶端的枝杈，微风拂过，叶片似蒲扇上下呼扇着并左右摇摆；每根树杈的顶端恣意地盛开着一嘟噜一嘟噜鹅黄色的小碎花，似北京那一带槐树盛开的槐花。花谢后结出细细的、长长的许是果实吧？像我们东北人夏秋季吃的"豇豆角"。这种树在我们东北很少见，也是近几年才引进的，有人说是梧桐，我不敢确认。

风越刮越猛，雨越下越大。那棵树没有了往日的温馨与恬静，正倔强地与暴风雨抗争着。只见它改变了平日里的容颜，不见了葱绿的叶面，露出灰白色的叶背面，如一件件风衣。一阵西风刮来，树向东弯下了三十度的腰；灰白色的叶背齐刷刷顶着西风，如一位迎风而立的女人秀发飘起；又一阵狂风刮来，树向东弯下来六十多度的腰，无数个叶背吃力地顶着，宛如一头"垦荒牛"在犁地，低头、弓背、蹬脚，艰难地挺着。风，一次次恶狠狠地抽打着树！树，一次次顽强地挺起不屈的腰身！咦？怎么不见那娇艳的鹅黄色小花儿？仔细观察，所有小花儿都被叶片包裹起来，风衣似的叶背面像女人呵护孩子样藏起花蕾，枝叶任狂风暴雨撕来扯去。

望着窗外风雨中倒下的那些无名草，芨芨草花儿、浦登高花儿、大芍药花儿和半尺高的大麻籽，无力抵抗，趴在地上喘息着，喘息着……只有那棵不知名的树，顽强地、倔强地一次次挺起。听着雨水敲打着铁皮和玻璃那乱如鞭炮和鼓点的声响，我不禁打了个寒战，树叶哪有铁皮和玻璃坚硬啊！被无情的暴风雨抽打着，树和叶不疼吗？要知道树也是有生命的！在这鸟儿进巢、动物进窝、人类进屋的时刻，有谁会顾及树所经历的伤与痛？

雨停了，那棵树又平展开瓜叶样的叶片，袒露出嘟嘟噜噜鹅黄色的小花儿，挺直腰身依旧微风中摇曳，风雨洗礼过的树叶更加清新，花朵更加娇嫩，果实更加修长，它骄傲地俯视着那些趴在地上叹息的花草。

我穿上鞋迫不及待地跑向小区的门卫，打听那棵树的名字，门卫的更夫告诉我说：叫梧桐树。啊！果然是梧桐树。不由地想起"凤凰落梧桐"、"没有梧桐树，引不来金凤凰"……千百年来人们赋予梧桐那么多神奇的色彩，我敬佩古往今来人们的眼力，梧桐称得上是树中的佼佼者，它也不负人类的期望，带给人类无限的憧憬和向往。也许有人会说：树就是生长在自然环境中的物种，其他树种也会同样抵御暴风雨的。是的，那我们人类能否从树的经历中感悟到什么？学到什么？

夜深了，那棵树与风雨搏击的样子总在眼前晃动，"咔嚓嚓"，几道闪电划破夜空，"轰隆隆"，几个响雷炸开在屋顶，我预感到到：暴风雨又要来了！那棵树又要经历一次更大的暴风雨洗礼！

2011 年 7 月

又是一年雨纷纷

清明将至,受父亲的委托,我和弟弟来到公墓,给长眠在那里的爷爷和奶奶扫墓。我小心翼翼地擦拭着墓碑、墓穴盖和两侧的石栏,扔掉上一年风蚀日残的旧花,像"新桃换旧符"一样把鲜艳的绢花束插上,将绢拉花缠绕墓碑上。九泉下两位平凡的老人,晚辈来看你们了!没有眼泪、没有话语,做着千万家庭都在做的事情,唯有那份绵延我们生命的感恩之情,内心永存。

对于爷爷真的没有什么可追忆的。他总像个学者,更确切地说像电视剧里的穷书生或穷秀才,诗书懂得不少,偶尔就讲讲古书或故事,引来一些老人和小孩恭听。白棉裤腰又肥又高,披着衣服,背着双手悠哉游哉。父亲说爷爷身体不好,在生产队干活抵不上一个半拉子,好像四十岁左右就不参加劳动,也不做家务,家里卖鸡蛋换回的那点钱,还得给爷爷买一小块豆腐或糖球,我们都眼巴巴地瞧着他自己享用。听父亲和姑姑们讲:爷爷是小老婆生的,寓意是小老婆养的孩子不争气。早年,太爷爷在辽宁新民是开粮栈的,有很多的家财和田产,娶了五房老婆,才生有一子便是爷爷,太爷爷已是几代单传,可想爷爷有多金贵。就在爷爷五岁那年,太爷爷不幸去世,五个老婆走的走、□的□。爷爷的三妈靠藏起来点儿地契,供爷爷读书,给爷爷娶妻。爷爷什么嗜好都有,就是不爱劳动,不会过日子。耍起钱来什么都不顾,自己手气不好,就带上八九岁的大伯去耍,应该是觉得小孩子手气好吧!就这样把本不富裕的家败光了,从此过着穷困潦倒的生活。解放初期划分成分,有人提议说是应该划成破落地主,最后还是划定了贫农。孩子们长大后提及此事,姑姑和叔叔们并不怪爷爷,他们说:还要感谢爷爷,要是地主成分,儿女们都要受影响,还要挨批挨斗,就不可能都进城工作,有的还当了领导。

说起奶奶,也不是穷人家的孩子,家里是开豆腐坊的。她读过书,八十多岁那年来我们家,还哄她的曾外孙——我儿子,给他念书、念报、读小人书,至今忆起,我都感到自豪。奶奶很勤劳,在生产队里干活,抡起打草的钐刀比男人还麻利;家里做饭,喂猪等活儿也是奶奶包揽,一家老老小小,靠奶奶一个人在生产队挣工分养活。大一点的孩子都出去工作了,还有当兵的、读书的。总之,她宁可自己挨累,也要孩子们有文化、有出息。模糊的记忆里奶奶家人多粮少,没有菜吃,奶奶就去园子掐来角瓜梗蘸酱吃,嫩嫩的、脆脆的咋那么好吃。以至于我到现在都没忘记那种味道,遗憾的是以后也再没吃到过。记忆最深的是奶奶领我去地里挖土豆,那时我还小,估计有六七岁的样子,奶奶教我:看地里哪块儿湿润,湿土底下一定是土豆。我就按着奶奶的指点,在空旷的地里寻找潮湿的痕迹,果然一挖就是一个蔫了吧唧的抽抽土豆。现在想起来,一定是土豆经过冬天被冻硬,开春冰雪融化,土豆里的水分浸湿了周围的土壤,很容易被发现。春天青黄不接,为数不多的蔫土豆也是补充粮食,赖以充饥的好东西。奶奶在那艰苦的岁月里,用她的勤劳和智慧,调剂着一家人清淡的生活;用一个女性的母爱，像"老抱子"护小鸡一样，呵护着她的子女们。

先人已逝，不同的时代成就了不同的人生。我们不求老辈留给我们什么，在生命的连环上，他们是延续中重要的一节。在华夏儿女纷纷悼念亡者，祭奠先辈之际，我们能做到的，就是感谢先辈们赋予我们鲜活的生命。也正因如此，生命才得以繁衍生息，人类社会才有了悠久的历史，也将清明这样的日子赋予了深厚的人文色彩，为后人提供了一个缅怀先人、纪念祖先的祭奠之日。

安息吧！为了儿女而劳作的爹娘们。

安息吧！为了后人而操劳的先人们。

2013 年 4 月

苔花小米粒 也学牡丹开

都说心语无痕，可我这段时间在心里默默地反复吟诵一句"苔花小米粒，也学牡丹开"。这句心语不仅在心底留下深深的痕迹，而且改变了我的生活态度，甚至影响着我今后的人生轨迹。

说不清从什么时候起，自己也像个年轻人一样，每到周六、周日晚间早早地等候在电视机前，观看令人心怡振奋的电视节目《非诚勿扰》。这是江苏电视台一个大型生活服务类节目，起初以为是搞对象、招亲的栏目，很多人建议我看《非诚勿扰》，说很有意思、很好看、很逗，我都以自己早已过了那个年龄，不屑一顾地拒绝了。后来闲来无事的浏览中，渐渐地喜欢上这台节目，从形形色色的男嘉宾、美丽动人的女嘉宾和聪明睿智、学识渊博、和蔼善良的三位主持人身上，看到、听到、学到了很多。不能忘怀的是一位貌不惊人、语言迟缓、从事着大概是植物染料研究的个体业主，这位男嘉宾虽然一切平平，也没牵手成功，但他却说出惊人的一句"苔花小米粒，也学牡丹开"的诗句，这句话成为他的人生座右铭，也对我的人生有所启迪。

第一次听到"苔花小米粒，也学牡丹开"，感觉非常在"理儿"，我久久地默念着，一种冲动迫使我上网查阅寻找出处。这是清朝袁牧的《苔》，原诗是这样写的："白日不到处，青春恰自来;苔花如米小,也学牡丹开。"意思说:苔藓生活在不见阳光的阴暗潮湿处,它还要顽强地生长,米粒小的花,也要像牡丹一样绽放,履行完它的使命,寓意它生存的价值,彰显它生命的权力。

牡丹是花中之王,是美丽的化身,是富贵的象征。我国有三十多个品种,古时曾被神化为牡丹仙子。小时候看过一部电影,电影的名字记不清了,大意是唐朝女皇武则天,在花草枯萎凋零的隆冬时节,命令牡丹花开,牡丹仙子不得不现身开放,女皇和文武群臣看着盛开的牡丹都喜笑颜开。今人对牡丹的喜爱和欣赏不亚于古人,绘画大师们笔下栩栩生辉的牡丹争奇斗艳,如齐白石的《群芳争艳图》价值连城;古装戏剧《牡丹亭》传唱至今;蒋大为的《牡丹之歌》家喻户晓;洛阳的"牡丹节"举世闻名享誉海内外;就连最新流行,倍受女士青睐的十字绣,也以牡丹图案最诱人,什么"七尺牡丹"、"八花九蕊"、"国色牡丹"、"花开富贵"……相比之下,有谁画过苔花,绣过苔花,用歌声赞美过苔花,用苔花命名?

我生长在东北,不曾见过牡丹花,总觉其神秘和金贵。苔藓倒是见过,在不惹人注意的潮湿地带,如过去石壁砌的水井,甚至是沼泽地或池塘之类的地方吧,密密麻麻地一层绿,因嫌弃它总是绕着走。从未认真地观察过,不知道它还能开花? 更不曾见过苔花。据介绍南北韭苔花、苦苣苔花、朵苔花、水苔花等。在查阅"苔藓花"时,却见到这样的记载:它是最低等的植物,无花、无种子,以孢子繁殖,我真的很失望,难道古人说的苔花不是指苔藓花? 还是我把概念混淆了? 不管怎样,我还是愿意相信它有花,因为我想学苔花、我要做苔花。

自从听男嘉宾说过"苔花小米粒，也学牡丹开"之后，我常常想，生活中，我们每个人都有上进心。从小到大都争着抢着当班干部、争着入少先队、入团、入党，当领导。工作中都有自尊心，怕落后挨批，想出人头地取得成绩。但最终有多少人能像牡丹那样又富又贵？又有多少人像牡丹那样被捧称国色天香？成千上万乃至上亿的人，每天像蚂蚁一样忙碌奔波，他们在平凡的岗位上、做着平凡的工作、走完平凡的人生。他们就是自然界里的苔花，不因环境的恶劣而丧失生长开花的勇气，即使生命卑微也要自豪绽放。

前些日子山东电视台报道了一位九十多岁的老妇人，丈夫年轻时牺牲在解放战争中，老妇人天天倚门朝南望，想着自己故去后与丈夫并骨。儿子来到那场战役的发生地，找遍了所有的陵园和墓地，没有发现父亲的名字，儿子确信，那几堆数千人合葬的无名墓里，就有自己的父亲，无奈的儿子，用手捧回一把泥土，算做父亲骨灰。我在想那些无名战士，为了民族的解放事业，默默地献出年轻的生命，战死他乡，诠释着他们"位卑未敢忘忧国"的民族精神，他们普通无名，就像自然界里的苔花一样，奉献自己装扮大地。

东北有句俗话是讽刺人的"给你点阳光，你就灿烂"！我说，不给阳光，也要灿烂！要像小小苔花一样，在阴暗潮湿的地方灿烂绽放，用自己生命和生存的权力，用自己微薄的绿，给世界一片春天，用自己若米小的花，给人一片新意，证明卑微的生命也如此壮丽。

2011 年 12 月

致敬！抗战老兵

在辽阔的中华大地上，高耸的何止是山峰，还有抗战老兵们昂起的头。流淌的不只是江河，也有抗战将士的血。阅兵场上举起的不仅是鲜艳的红旗，更有老兵们打着敬礼的手——因伤残而伸不直的手。

9 月 3 日，是中国人民抗日战争胜利暨世界反法西斯战争胜利 70 周年纪念日，天安门前举行了隆重的阅兵仪式。目注坐满老兵的绿色敞篷车缓缓驶过，我既震撼又激动。震撼的是抗战老兵们虽已满头银发却精神矍铄，佝偻的腰身尽可能挺立，牙齿不全却笑容灿烂，不标准的军礼依然执着地擎着。激动的是他们胸前那些枚闪闪的奖章和纪念章，正是他们忠于祖国、热爱民族、勇于奉献的真实体现。据介绍，老兵们的平均年龄在 90 岁，最长的已有 102 岁，有些老兵的身体里至今还存留着子弹或弹片。为敞篷车开路的是摩托车护卫队，前、后、左、右箭头状护卫，这是最高的国礼级待遇，阅兵场上所有的人，包括观礼台上的人纷纷起立，向抗战老兵敬礼！向从艰苦岁月中摸爬过来的将士们致敬，向从枪林弹雨中走过来的卓越功臣们致敬，向用血肉之躯筑起新中国长城的英雄们致敬。这是祖国的敬意，这是人们的敬意，这是华夏大地上高山和江河的敬意……

老兵们乘坐的敞篷车车身上，一幅幅浮雕定格着东北抗日联军艰苦斗争、卢沟桥激战、百团大战、淞沪会战、中国远征军等战役的历史瞬间。那是老兵们的亲身经历和痛苦的回忆，多少将士惨死在侵略者的炮弹中，多少亲人被日本鬼子枪杀。老人们也许忘记了亲戚、也许记不得邻居，但却牢牢地记住了战友、记住了血与火的战役。他们有的参加了救护队、支前队，救护伤员，支援前线；有的担任了交通员，秘密地送鸡毛信，传递抗日的重要情报；有的自制地雷，炸毁日伪军炮楼。粉碎日伪军的扫荡和围剿。那些残酷的战争，那段屈辱的历史，我们在许多电影、电视剧上都见到过，相信我们中华民族的子孙都不会忘记，也不应该忘记：侵略者惨无人道和灭绝人性，在中国犯下的滔天罪行；是中国人民不屈不挠的全面抗战和全民抗战，才取得了保家卫国的最后胜利。历史已经走远，硝烟也已散去，许多抗日将士陆续离开了我们，但他们的丰功伟业不能消失，他们的抗战经历不能消失。历史将永远铭记，中华民族将永远铭记，共和国将永远铭记。

老兵们，你们是抗日战争存留下来的活化石，是抗日战争的丰碑。我们希望和平，争取和平。为了和平，为了中华民族的每一寸土地，我们会像老兵那样，和侵略者拼到底。

2015 年 10 月

无悔的人生

每当有人谈起部队的事,我的心都会窃窃的自豪;每当有人炫耀自己是当过兵的人,我的心里也在暗暗地骄傲。因为,我的丈夫是位复员军人。三年的军旅生涯,锻造了我丈夫性格开朗、为人热情、乐于助人、豁达友善的品行。

算起来,他已离开部队好多年。但时光的流逝反尔使他更加不忘军营。平时在家看电视,他最喜欢看战争影片和军旅题材的电视剧;还喜欢唱军旅歌曲,什么《小白杨》、《咱当兵的人》等等他经常哼唱。在生活中,他无论在酒桌上,还是火车上,不管是什么场合,只要邂逅当过兵的人,立刻就凑上前去攀谈。这时,他就会眉飞色舞地打开话匣子,一谈到当兵的话茬,他的话语就像滚滚长江东逝水,滔滔不绝。

他常给我讲,他在部队学会很多东西,有些不愿做的事也能做了。如在部队每天很早就起床,打扫院子、打扫厕所。有时因为起来晚了,这些活儿就被别的战友抢着去做了。热爱连队生活只是一方面,更重要的原因是这些战士,大都来自农村,为的是好好表现,日后留在部队当志愿兵,否则就回家种地。最有趣的事是连队包饺子,每班发些面和馅儿,由战士们自己动手包。由于都是男孩子,在家时都没干过这活儿,不太会包又不会煮,不知道熟没熟,饺子下锅后,还没等捞上来就已经是一锅片儿汤,没办法,也都抢着吃了。我听了不由得笑出眼泪。

他真的很怀念部队，思念战友。我们平时每逢春节，他都把附近常来往的战友邀请到家里做客，吃一顿、喝一通、玩个痛快。"八一"建军节更是不放过，一年一个主题、一年一个地方，复员的战友们大家凑钱，照几张相，有时买点纪念品。他从不让家庭困难的战友拿钱，不足部分，由他和几个较富裕的战友包"葫芦头"，胶卷和洗像钱也都由他包揽了。

每当亲朋好友聚会，去歌厅练歌时，他依旧是军旅歌曲，依旧唱那些《说句心里话》和《十五的月亮》等。我总是笑他，就会那几首老掉牙的歌，干干巴巴的谁愿意听啊？可他却唱得很深情、很投入、很激昂。我不再笑他并深深理解他，因为这些歌在他心里已扎根，早已成了他的"心曲"。去年，他们单位组织文艺汇演，他一曲《咱当兵的人》，赢得同事们热烈的掌声，我当时在场也激动地流出了喜泪。最后他获得个人独唱二等奖，奖品是一个不锈钢锅。他也因此有了炫耀的资本，常常拿锅说事，来证明他当兵的历史和唱歌的实力。

他常挂在嘴边上的一句话是，军人以服从命令为天职。1998年发大水，他为自己没有亲临抗洪第一线而感到遗憾，不停地说，这要是在部队，早上前线了。可我知道，他在家也没闲着，跟着单位去我们附近的大坝巡逻执勤。这次汶川地震，他更是积极捐钱，并到县医院献出了400毫升的血液，回来后冲我欣慰地说：这血一定送到汶川去了。

这些年他念念不忘部队，甚至做梦都是当兵时的人和事。还总说在有生之年，一定要把我带到他原来的部队去，看看他曾经战斗过的地方。每当有战友回部队，他不停地打听营房还在不在？操场还能不能打篮球？当年的战友有谁还留在部队？我理解他的心情，因部队是他学本领，长知识的摇篮；是锻造他军人素质的熔炉。我更知道，他是一名最普通的复员军人，我们的国家、我们的生活中、我们的身边这样的复员兵千千万万，他们的身心已打上军人的烙印，那军魂已在他们血液里凝结，他们的军人气质和奉献精神是永远不会退役的。

受丈夫的影响和熏陶，我对军人——现役的和退伍复员的都无上崇敬，感受着他们那份荣耀和幸福。我也为自己的丈夫曾是军人而骄傲，我为自己是军人的妻子而自豪！正像一首歌词中唱的那样：一生中有了当兵的历史，一辈子也不会感到后悔。

2008 年 10 月

净土掩风流

即使我有能力打开记忆的闸门,任往事如涓涓细流,我仍无法找到哪是源头哪是尽头。你短暂的生命旅途, 似过客匆匆,却走不出我漫漫的心里路程。思念的分量很重,重的我举不起、放不下,沉甸甸地压在心头。我的老舅,是我母亲家族中第一个大学生, 是年轻有为的大学讲师,42 岁就撒手人寰,像一颗美丽的流星划过夜空。

老舅叫李树奎,生前曾就读于东北重机学院轧钢系,毕业后留校任教,成为一名大学讲师。正值事业蓬勃向上,如日中天时,突发疾病,连抢救的机会都没留下,留给亲人的只有阵阵的疼痛,深深的遗憾和久久的思念。

老舅很苦,四岁没了父亲,八岁时随母亲也就是我的姥姥来到我家。我们都叫他"小舅",比姐姐大八岁、大我十岁,他就像兄长一样呵护着我们姊妹。九口之家上有年迈的姥姥,下有挨肩儿的我们姊妹五个,又赶上三年自然灾害,窘迫的家境,我们的生活是可想而知的。小舅从小就很能干,邻居们说他"立事"早。冬季,他常与小伙伴出去搂柴禾,又瘦又小的他背回的柴草总比别的小伙伴多;夏季来临, 他就约小伙伴去钓鱼,每次他都能钓回来五六条、七八条鲶鱼,而最能耐的小伙伴也顶多能钓一两条。我们姐妹边吃着香香的鱼肉,边窃窃地笑话那些小伙伴。那时还小的我们却不懂得小舅这样做,是在尽量减轻家里的负担，更没能领会到小舅是在帮姥姥和我父母撑着这个家。

"文化大革命"开始了，小舅虽然也不列外地参加学校的一些活动，但回家后却从不忘记学习。我总是看见他捧着厚厚的书在看，我虽不确定他看的是什么书，可我相信那里一定有他渴求的知识和人生的哲理。

小舅下乡插队后很少回家，四五十人的青年点里，有时就留下他一个人在那里守着。一次他回来跟我们说，青年点很苦，饿得实在没有吃的，他们曾经把老鼠扒皮后弄熟吃了，听得我们姐妹毛骨悚然，吓得脑袋都快缩到脖腔里。真不知他是怎样吃到嘴里又如何咽下的！由于他的吃苦耐劳、兢兢业业、与人为善，不久便当上了青年点的点长。小舅的品德和实干精神得到同事和乡亲的赞赏与认可，一致同意保送他到全国重点院校的东北重机学院深造。姥姥骄傲，她苦命的老儿子上了大学；妈妈自豪，她苦命的弟弟争光耀祖了。不善言辞的小舅却没有一丝骄傲，一身洗得褪了色的旧衣服，一个旧的黄挎包，一个再也简单不过的行李卷，走进大学的门槛，开始他求学、实现理想的新生活。小舅虽说是工农兵大学生，但学习非常刻苦，成绩突出，毕业后就留校任教。同事和领导都说他是最有发展的年轻讲师。如果不是英年早逝，现在不仅仅是教授，更能为祖国的重工业建设发挥他的聪明才智。

小舅的离去，我们姊妹无法从痛苦的阴影中走出，常常回忆起舅舅和我们共同度过的日日夜夜。姐姐想起他买来的漂亮上衣；妹妹想起他给买的文具盒、大棉鞋；而我则想起他讲的"木乃伊"故事，想起他在富区给我找老师辅导功课……我们无奈、无奈怎样努力也唤不回小舅的生命,只能托焚烧的片片纸灰,捎去我们的哀思;我们珍藏,珍藏小舅留给我们的那种刻苦精神和高贵的品质;我们感叹,感叹生命的短暂,岁月的无情;我们思念、思念的泪滴都化作了清明雨。

小舅去世后,尸骨埋入祖坟。大前年,父母领我们姊妹去祭拜姥姥和舅舅。车子开到山脚下停下来,大家徒步上山,说是山还是叫丘更确切。早春,蓝蓝的天空艳阳高照,远看树木已不再是灰褐色,枝干泛绿。枯黄的野草下面,偶尔能看见星星点点的绿色蒿草和叫不出名的紫色小花儿。松软且没有一丝污染的土地上,漫散的牛羊悠闲地点缀其间。回头向山下望去,不远处一条铁路时有火车隆隆驶过;一条清清的小河伴着铁路蜿蜒而行;远处黛色的碾子山高耸入云,轻雾缭绕,越往上走视野越辽阔,心胸也随之开阔起来。我伫立在小舅低矮的坟头儿前,欲哭无泪,想想他短暂的一生,实际是艰苦的一生、追求的一生、奋斗的一生。是不是怕别人打扰,一个人在这儿钻研新的课题项目?是不是他的精神感动了上苍,安排小舅长眠在这如诗如画的美景中长眠?落叶归根,能在这儿守望着子孙,守望着老宅,守望着这片他出生的净土,也是最好的归宿了。

2010 年 4 月

不老的信念

得知儿子预备党员已经到期，今年"七·一"就要转正的消息，我和丈夫兴奋好几天。当我把这个喜讯告诉父母时，母亲说：呦！这小子还挺能耐，父亲则沉思一会儿，认真又严肃地说：这是正事儿，年轻人得有点约束。父亲母亲都是七十多岁的老党员，我和丈夫也是五十多岁的中年党员，儿子称得上是我们家族中年轻的新党员，党的接力棒在我们家传递，今后也许还会有子孙传递着。任岁月老去，任生命老去，永存的是信念。

母亲在新中国成立初年就加入了中国共产党，那时我还没有出生。从我记事起，母亲总是忙忙碌碌，白天上班工作，晚间去单位开会，深夜还要为孩子们缝缝补补，第二天起床发现，热腾腾的饭菜已经做好，母亲在百货商店"站栏柜"，没有星期礼拜。我也只有在放学时到商店去，站在柜台外边和当小组长的母亲打声招呼回家了。父亲是"文化大革命"时入的党，那时党员发展得少，考核也比较严格。我只记得父亲每天都早出晚归，为的是商店还没开门前，就把营业厅打扫干净；下班后，把单位后院打扫一遍。父亲经常出差"搞外调"，每次出差回来一算账都出"窟窿"，常常几个月工资都"搭"进去，搭工又搭钱的差事别人都不愿意去做，领导只好安排父亲去。现在谈起往事，父亲还开玩笑地说：要是现在还轮不到我那，都抢着去了，游山玩水、山珍海味，谁不想去？如今的父母已年老体弱，他们没有伟大的壮举,也不是英雄人物,他们勤劳默默地工作,孝敬侍奉着老人,培养教育着子女,是普通的党员、普通的社会分子。

说起我自己的入党经历,虽不坎坷却也漫长。从走出校门插队到农村接受再教育开始,我就写了入党申请交到大队党支部。根据当时的形势,知识青年只有入党才能进步;才能有机会被保送上大学;才能被招工进城,那是唯一的出路。看着青年点里那些还没有回城的大龄上海知青,身在异乡找不到工作,找不到伴侣。我便找准了要努力工作争取入党这条道,事后想起我自己也窃笑,当时要求入党目的也不纯,尽管是这样,党组织还是把我作为积极分子培养。第二年恢复高考后,我考学离开农村,入党的事就搁浅了。毕业分到县医院手术室工作,当时的医疗条件差,正规学校毕业的护士又少,工作量自然就大。记得有一次连台做手术,24 小时没下手术台,白天的绝育术还没做完,就来了一个阑尾炎穿孔,傍晚又进来一个外伤,是火车撞的,不知不觉天渐渐地亮了,精疲力竭的我长出了一口气,终于把外伤患者从死亡线上拉回来。手术多的时候常常一个礼拜回不了家,白天黑夜地连轴转。也就是在那时,我对自己的事业有了更高的认识,于是又写入党申请。党支部又把我作为积极分子培养,后来结婚生子,离开手术室,入党的事又放下了。我调到新单位工作,医院把我的入党申请和思想汇报都转给了新单位,随着年龄的增长和工作经验的积累,自己觉得思想逐渐成熟,不久便荣幸地成为一名中共党员。丈夫和我的经历差不多,当兵时就积极表现,想入党提干留在部队,最后还是走向工作岗位在单位入的党。我们这代人受传统观念和时代潮流的影响,还是一心向上要求进步的。

　　儿子就不一样了，大学毕业参加工作。他们这代人没吃过苦，生活条件优越，思想开放，我担心他也像有些年轻人那样对共产党的事业认识不足，不肯加入党组织。虽然他努力工作争取加入组织的过程我不了解，但党员转正的消息令我欣慰。

　　改革开放后，人们钱袋子鼓起的同时，淡漠了党的领导和党员的作用，看到的是一些共产党贪污腐败，也有人讽刺共产党。我们家三代党员，没想如何升官发财，只想本分地生活、默默地工作，拿到我们应有的报酬。作为人，吃好穿好也是我们想要的，我们没有英雄那样的思想境界，但我们有作为身在组织的人，该有的道德底线和法律底线，像父亲母亲教育我一样教育自己的孩子。今年建党 90 周年了，要是一个人，90 岁可谓高龄，作为一个组织，特别是共产党组织，还很年轻有朝气，去坚信它的前途和未来吧！

2009 年 8 月

我寄诗心于明月

一轮明月，款款走来，不见嫦娥翩跹起舞，也无桂树和玉兔相伴，而是载满先人们的诗词，挂在中国诗词大会的舞台上，引得无数诗词爱好者诗兴大发，文化的盛事和文学的春天叩击着无数颗诗心澎湃。我也被这次大会撩拨的诗心荡漾，仿佛此刻的心也随着这枚月亮来到会场，聆听着优美的诗句和诗词背后那些风趣感人的故事。

还是听"戏匣子"的时代，收音机里传来"劝君更尽一杯酒，西出阳关无故人。""莫愁前路无知己，天下谁人不识君。"两首诗的解读。这是唐代诗人王维的《送元二使安西》和高适的《别董大》。同样是送别诗，却是两种劝慰、两种胸怀、两种感慨……我全神贯注地听着播音员的讲解，被古诗词的魅力所打动，羡慕诗人的才思，向往诗句中所描述的意境，渐渐地把自己融入古诗中，从此，诗心开始萌芽。

懵懂的我虽不会写诗，却十分欣赏古诗词，特别是诗词的写作背景和风趣诱人的故事。记不得在哪里听说：苏东坡和妹妹苏小妹，两个人相互讽刺逗趣，哥哥："未出庭前三五步，额头已到画廊前。"讽刺妹妹额头大；妹妹："去年一滴相思泪，至今未流到腮边。"挖苦哥哥脸太长。瞧瞧，多风趣幽默。据传李白来到黄鹤楼，看到崔颢的诗，一时想不出自己该怎样描绘美丽的景色，一怒之下随手写下："一拳砸碎黄鹤楼，两脚踢翻鹦鹉洲;壮观景色写不出,崔颢有诗在上头。"虽说这都是野史,却引着我步履踉跄向诗词领域探头张望,从而感觉妙趣无穷。

诗词大会上学者们说:崔护的《题都城南庄》,"人面桃花相映红"被后人演绎成一个曲折、美丽、感人的爱情故事。汪伦邀请李白到家中做客,说有十里桃花和万家酒店。李白欣然应邀而至,却未见信中所言盛景。汪伦笑着告诉李白:"桃花者,十里外潭水名也。万家者,开酒店的主人姓万。"李白听后大笑不止,并不以为被愚弄,反而被汪伦的盛情所感动,作《赠汪伦》诗说:桃花潭水深千尺,不及汪伦送我情。成为流传千古的佳话。类似的故事很多,受感动的也不止我一个。几千年来经久不衰的佳句,被后人这样推崇与认可,正是我们民族传统文化的魅力所在。

鉴于这份喜爱,我的日子一直不单调和寂寞。年终岁尾挑选台历,一定购买诗词文化方面的。每天都有一首诗相伴,诗情画意中走过了一天又一天,一年又一年。最后我把诗句剪下来,粘贴成小本儿,便于阅读和保存,写文章时运用自如。写总结、写心得、写报告偶尔也能用上,既引人入胜又显得文章有品位。同事、朋友谈天论地,不觉话中带着诗句和成语,别人也会夸你出口不"凡"。当然这些都不是我看重的,我也期待自己的作品能像唐代诗人那样多少年后被吟诵和传颂,尽管是痴人说梦,有梦总会有追求、总会有奋斗。

我喜欢唐代、宋代的诗人,如白居易、孟浩然、杜甫、王维、杜牧、韩愈、柳宗元等,他们精美的诗句令我爱不释手。最喜欢的还是李白和苏轼,诗句大气、豪放、极富想象力。如"飞流直下三千次""手可摘星辰","把酒问青天""大江东去浪淘尽"都是流传千古的佳句。更喜欢他们诗句中的月亮,"举头望明月"、"举杯邀明月","千里共婵娟"他们把月亮当成朋友,可以和它饮酒,可以和它聊天。月亮是美的象征,诗的化身,它不在天上而在诗人心中。我更觉得那是诗人追求美好向往和内心丰富情感的寄托。

我最敬畏的人是陆游。初识陆游还是电影《风流千古》和那首《钗头凤》。一部凄美的爱情故事和一首哀怨的爱情词,成就了陆游和唐婉的千古绝唱。在衣着清一色灰和黄的年代,那部电影如一股电流热遍全身,诗人的才气更让我们羡慕和佩服。除了默默背诵之外,也关注诗人的其他诗作。电视大学毕业语文考试,一道填空题就是默写陆游的诗《示儿》:死去元知万事空,但悲不见九州同。王师北定中原日,家祭勿忘告乃翁。多么伟大的胸怀,临终之时想到的不是儿女、不是钱财,而是破碎的山河和水深火热中的人民。我因错写:到死元知万事空,而牢牢地记住了这首爱国名篇和这个伟大的爱国主义诗人,更被他的爱国精神所打动。

近几年我们国家举办了汉字听写、成语大赛、诗词大会,说明我们中华民族对传统文化的高度重视。坐在参赛席上的百人中,有小朋友和老人、有农民和警察还有癌症患者……不为别的,只为一份坚守和传承;试题中的诗句从春秋到近代,虽已时过境迁,却仍然受到众多人的喜爱。它是中华民族的宝藏,挂在会场的那枚明月,承载的不只是诗人和诗句,更是人们对美好生活的追求和向往。

伴随着诗词大会的结束,会场悬挂的那枚月亮也飞走了。我的心也跟随着诗月,去赶往下一个诗词盛会。

2016 年 11 月

难舍红盾情

来不及回味! 就像撕扯掉的一页一页日历, 我的工作生涯也随那废纸被一日一日的丢弃, 转瞬间, 卷进了流年的长河。来不及感慨, 想做的事情还没去做, 同事虽在, 情感难续, 我就像一枚落叶脱离树体, 被时光无情地冲散。我蓦然, 人生有多少事可以重来?

屈指算来, 从事工商行政管理工作已有 27 年, 我已经习惯把自己的言行和国徽联系在一起; 把自己的职责与红盾捆绑在一起的日子。扪心自问: 人生能有几个 27 年? 回眸身后走过的串串脚印, 这印记里掺他着我的情感和汗水, 细品这些脚印, 便读懂那曾经平凡而温暖的经历和酸涩的往事。

记得还是在基层所当内勤的时候, 辖区内有个食杂店, 店主是个朴实而不善言辞的中年男子。每月收费日一到便早早地过来交费, 长此以往也就习惯了。后来, 管户的管理员说: 他家住在几乎要出城的街边, 店内没多少商品, 两土篮子就能挎走。我将信将疑, 在一次下户走访时到了他家, 和管理员说的一样, 矮矮的小土房低洼到地面以下, 摆放的商品少得可怜。他的缴费数额与街里那些繁华的、琳琅满目大商店一样多, 可他从未攀比、连句牢骚的话都没说过。我真的很感动, 一位朴实而善良的个体户, 任劳任怨地为国家缴费。从他身上看到做人的闪光点。

一次清理无照经营,来到一无营业执照的"钉子户"店里时,所长讲形势、讲政策、讲法规都无济于事,我便附和着说了两句。谁知那业户便冲我来了,不但说了一些难听话,最后竟谩骂不堪入耳的脏话。我只能无奈地沉默,我清楚自己肩上的红盾和头顶上国徽的分量,只能把委屈往肚里咽,心里如何不生记恨?大千世界,啥人都有。多少年过去,一切都释然了。即使是伤心的往事,也成了珍贵的回忆。

婴儿奶粉出了问题,"大头娃娃"事件,将我们的"五一"黄金周休假搅黄了。走街串巷逐户排查,腿也抬不动,肚子咕咕叫,一连几天都没休息。看到别人全家出游那个羡慕,闻到别人家香喷喷的盛宴那个嫉妒,等自己下班回家,连走路的力气都没有了,还哪有心思做饭?事先承诺补假没补,补助误餐也不了了之。大家没有怨言,仍在忘我地工作。多好的同事,多富有责任感的"工商人",虽说是平凡工作中的小事,但你在他们身上看到平凡人拥有的朴实,没有誓言,没有壮举,每日上班工作,下班生活。他们就是你生活中的镜子,你会参照镜子不断修饰矫正自己,使自己也漂亮起来。

我就在这样的群体里慢慢成熟,在这样的岗位上不断历练,发挥着自己的哪怕是微弱的光和热。一连几年,我们都参加县里或市里组织的大合唱。一百多人,站成四排,身着整齐的服装,系着同一颜色的领带,鲜艳的红盾肩章和庄严的帽徽——国徽在舞台灯光照耀下闪闪放光。大家的情感随着悠扬的歌声而释放;激动的心伴着乐符跳动;领唱、轮唱、齐唱,每个人都融入了这个团体,迸发出超值的能量。保留曲目《山丹丹开花红艳艳》凝结着我们的团结的力量和共同的荣耀。大合唱，见证了我们是一个集体，为集体的荣誉每个人能拼尽能量，就像上战场冲杀一样，只不过这个战场是和平的、愉悦的。

说不尽道不完，二十多年的风风雨雨，岂是我这寥寥几笔能勾勒得出？岁月留给我们的是遗憾，经历留给我们的是收获。我已步入了人生的秋季，正在收获我的丰硕果实。我为自己曾是"工商人"而骄傲；为自己曾做过的工作而欣慰；为自己曾有过那么多好同事而感到弥足珍贵。岁月在流逝，人也会老去，但老去的是容颜，不老的是情感。

2014 年 11 月

撞痛的目光

今天，我又看到了那张网，那张让我想看又不敢看，不敢看又想看，然而又天天都能看到的细丝线编织的网——捕鸟的网。

像"黔无驴,有好事者船载已入"一样,本来很规范的楼区,本来规模不大的绿地,凋泠的枯花,泛黄的草坪,竟也不被放过,就有"好事者"弄来一张捕鸟的网立在那。起初我不知道那是干什么用的网,年长的邻居道:"捕麻雀",我如梦初醒,说实在的,尽管在饭店也吃过"炸铁鸟",也觉"味道好极了!"但真要把自由自在飞翔,叽叽喳喳私语的小麻雀,就这样捕杀了,实在可惜,令人心痛。从那以后我每天上自家凉台取东西,送东西,搞凉台卫生都自主不自主地往楼下看几眼,见还是一张空网,没有鸟被挂住,便轻松的喘口气,回厨房做饭。不知过了多少天,不知看了多少回我高兴了,不想那网和鸟的事了。

突然有一天,我又下意识发看那张网,终于,目光被撞痛,见一个人正从网上摘鸟,他摘一个,我心抖一下,再摘一个,再抖一下,可怜的麻雀,你怎么就撞到网上了那? 别再到这里觅食和歇脚,优美的环境有陷阱啊!

据老人们讲,解放初期,麻雀曾被当"四害"之一而全民诛之,险遭灭顶之灾,随着科学的发展,人类的文明和进步,证实麻雀是益鸟,它吃害虫,是人类的朋友,也是国家保护的鸟类,捕杀若干只,是要受到刑事处罚的。

不久前在电视上看到过一期节目,说的是一位老妇人爱护鸟的故事,她发现有两只麻雀到凉台觅食,老妇人就故意撒些小米并放碗清水,天长日久,两只麻雀引来四只麻雀,四只引来八只……老妇人乐此不疲,看到渐渐增多的鸟脸上露出了笑容。

人类为了保护动物,保护鸟类,保护植物,做了不懈的努力,甚至在人工繁殖,维护着生态的平衡。试想如果有一天动物都被捕杀光了,植物也被砍伐没了,地球上只剩下人类,那就只有人吃人了。

现在从中央到地方都在提和谐社会,这其中也包括人与环境的和谐,人与动物间的和谐,保护环境,保护动物,保护鸟类,就是保护我们自己。

2006 年 6 月

警徽闪烁

这是一个勤政的团体,这是一群为民的公仆,是面对邪恶敢于冲上去、哪怕是付出生命都不畏惧的勇士,是新时期和平年代最可爱的人。

都读过魏巍《谁是最可爱的人》吧?那是写抗美援朝志愿军战士的。如今硝烟散尽、战火停息,肉体拼杀的年代已经过去,然而看不见的战线依然残酷,打、砸、抢依然猖獗;黄、赌、毒依然泛滥;黑势力依然危害着人们正常的生产、生活。是谁在维持着社会的和平与稳定? 是谁在与这些不法之人做斗争、甚至付出生命的代价? 是我们的公安战士;是可敬的人民警察。

对于他们的勤政为民,我是感受颇深的,因为丈夫也是位公安民警。他的同事有的父母长年病卧在床需要照料;有的自己患有严重的糖尿病、肾病仍坚持工作,有的自己身体里还有占位性病变……越是节假日越是他们最忙碌的时候,越是自己亲人要陪伴与呵护的时候,他却呵护着别人、为老百姓站岗执勤。正月十五华灯初上,他在巷口站岗,我只能默默地孤自赏灯;中秋节家家团圆,他却在广场维持秩序;领导来视察、疑犯在逃,他又和他的同事们放哨、巡逻。那天在医院附近,远远地看见里三层外三层围着黑压压的人群,两个男人在厮打,其中一人已血流满面,只见两个过路的民警冲进去,我定眼一看是丈夫和他的同事,顿时心跳加快、后背冒凉气。孩子结婚那日,他开车送客人许久未归,我惦记着上街瞧:一家店铺门前围满了人,堵塞的行人和车辆无法通行,男男女女有四五个人扭打着、撕扯着,丈夫也混在其中,边打电话边拉架,一会儿,派出所来人把他们弄走了。每当碰到类似的情况,他总是上前制止,我总是喋喋不休地埋怨:不要多管闲事。他态度依然坚定:那能行吗?我就是干这个的。多么朴实的话语。作为家属,我理解他们的事业、支持他们的工作、感受着他们的喜怒哀乐。

常坐在电视机前的人们,经常会看到一些报道:某公安战士跳进河里救人;某公安民警被罪犯刺倒在血泊中;某人民警察在抢险救灾中献出宝贵的生命。新疆暴力事件,牺牲了多少公安干警?大家熟知的任长霞,是打黑除恶、执法为民的好警察,她生前多次深入虎穴,先后打掉七个涉黑团伙,抓获犯罪嫌疑人 370 名。当 14 岁的儿子想她来看她时,见到儿子脸上厚厚的煤灰、开线的裤裆和裂口子的运动鞋,她一把搂过儿子,这个坚强的女警察内心是什么感受?警察也是人,也有七情六欲,他们上有老、下有小,在平凡的岗位上默默地履行着自己的职责,不一定都有壮举,但面对案情和危险,他们会毅然地冲上去,惩恶扬善是他们的天职,他们的精神感天动地!我们崇尚人民警察的职业、我们宣传人民警察的模范事迹,正是这些平凡之人为我们正常生活带来安宁和安定,他们用责任书写着忠诚,用勤政诠释着爱民的赤子心,用行动谱写着无怨的奉献之歌,是人民群众敬仰的可爱之人。

那闪烁的不仅是警灯,闪光的也不仅是警徽,更有警徽下一颗闪亮的心灵……

2013 年 12 月

你是我的丰碑

月亮长满的时候，我总情不自禁地想起你；想起你的时候，我就出去看看月亮，这相依相伴的情结缘于一份报纸。

热爱文学创作由来已久，喜欢把自己的感想用笔记录下来。偶然一次机会，我的一篇很不成熟的文章，经过编辑的修改后在《鹤城晚报》上发表了，自己很高兴，从此试探着将作品往报纸上投。那以后，只要有文章发表，我都把文章剪下来，加上红字印刷的报头，粘贴到一张白纸上留存起来。按着编辑改过的稿件重新校对底稿，发现不足之处，错别字也都加以改正。当然别人写的文章，能打动我或能提高我写作能力的作品，我也剪下来阅读，学习借鉴完善自己。

有一天下午文友打来电话，说是《鹤城晚报》副刊上发表了我的作品，非常醒目配图也漂亮。我急切地说：你快拿给我。文友说等他下班就给我带过来。我焦急地盼啊等啊，时间咋这么漫长？仿佛一个世纪也不过如此。焦躁的心令我什么也干不下去了，按捺不住情绪终于跑到大街上，远远望见一个骑车人像是文友，急忙迎上去，到跟前一看不是。几个骑车人过去后，终于盼来了那份报纸。

我顾不得斯文，在大街上阅读起来。2008 年 9 月 16 日 16 版，鹤鸣文学副刊。版面的中间有一篇文章《孤独的中秋》，便是我写的那篇下乡插队时，独自在农村度过的一个中秋之夜。

整篇文章用黑色垫底,白色字体浮其上面更显文字的醒目;黑底的上部,白色小框印着文章的标题和作者姓名;右下角约三分之一部分是一幅配图,图中一位漂亮清纯少女,在月亮的映衬下,沉思着遐想着。女孩略尖的下颌形成脸部的瓜子型;毛茸茸的黑眼球大大的丹凤眼;细细的柳叶眉;樱桃小口略带笑意;稀疏的刘海浓密的长发;颈部裹着薄薄的丝巾,圆圆的月亮被她头部遮挡,露出半个呈月牙状。捧着这份报纸,高兴得我不知说什么,自问:那女孩是我吗? 激动得我左看右瞧读了一遍又一遍,有点怀疑:是自己写的吗? 原本兴奋激动的我,这会儿怎么就泪眼朦胧? 分明知道图中月亮下面的女孩不是我,但我的潜意识中,那女孩就是我,是我在月光中思念父母,遥想我的兄弟姐妹。

我把文章拿给丈夫看,丈夫也很高兴,当晚我俩邀请了几个文友小聚,大家坐在一起吃顿便饭。席间文友们都替我高兴,我也愿意大家来分享我的幸福和快乐,不是舞文弄墨的人,是感受不到这份喜悦和小有成就感的心情,也许会笑我痴、讥我呆傻。这篇文章的发表,更坚定我继续写下去的信心。

从 2006 年开始,到目前为止,我在报纸上发表的作品有几十篇,其中《鹤城晚报》上发表的占三分之二。我也把这些发表过的作品剪下来,粘贴成册留存。每当我翻阅这份自制的文档,都有不同的感受。《鹤城晚报》——你是我的良师益友,指点我从蹒跚走路到一步一步走稳;你是我的知心爱人,我愿意把喜悦和感受,变成文字的形式与你一起分享;你是我的丰碑,记录下我的写作生涯。

2015 年 4 月

几度笑春风

春风吹醒了沉睡的山脉，山笑了；吹开了冰封的河面，水笑了；吹绿了枯萎的花草，花儿笑了……人也摆脱冬季的瑟缩，在春风中舒展腰肢，喜迎又一季春天的轮回，人笑了。

我也笑了，喜欢花花草草的我，每年这个时候，早该邀文友去看达紫香花儿开，或去郊外的田间地头、林间草地采挖蒲公英了。今年我却另有打算，一个前所未有的大举动：就是在城郊的蔬菜队承包一块菜地，尝试一下"锄禾日当午，汗滴禾下土"的农耕生活。虽比不上陶渊明种植桑麻、采撷菊花的归隐田园生活，但自己播种、不施化肥、不洒农药，吃点纯绿色蔬菜，满足自己健康需要还是可以的吧！

阳春三月的北方，春风总是要料峭一番，不招待见的气温就像过山车，高山低谷样折腾。我这个新"菜农"着实有点等不及了，因为我要在这个春天里耕种。清明三天假，我一天都没闲着，买来两把翻地的叉子、一把镢头、一把搂地的耙子、铁锹、锄头等，总之用得着的都置办齐全，迫不及待地上"阵"了。一切都没有想象的那么美好，叉子踩下去，撅起干燥的黑土，土随风扬起，劈头盖脸刮回来。半天儿功夫，手起刺儿、脸晒黑、腰酸挺不直，灰头土脸没了模样。耕作的春天远没有采花儿的春天那么美好和惬意，归隐田园也并不都是温馨和烂漫。无奈承包菜地的钱已交，农具也都买回来了，硬着头皮咬着牙也得干下去,想当"陶渊明"还真得付出辛苦。扬沙和尘土虽讨厌,毕竟能怀抱春风,领略春蔚,当仰望蓝天,观云卷云舒,方觉春心丝丝荡漾。更何况有春归的大雁,"嘎嘎"地鸣叫,每天一行接着一行从头顶上飞过。心想:大雁用羽翼丈量天空,我用叉子丈量大地,有苦有累但都快乐着。

翻整完毕的土地,种玉米的地方备垄,种菜的地方打池子。菜农们倒是不吝啬,传授技术、施舍菜籽,热情而且忠恳:"你得撒上除草剂"、"还得洒上营养液"、"打点农药,小心虫子把菜籽吃了"、"你不上化肥呀?菜长不起来!"我领会他们的好意,心里说:我千辛万苦地耕作,就是为了吃点不上化肥、不打农药的纯绿色食物。

为了我的"纯"绿色,拉亲戚、找朋友,弄来一车猪粪和一车羊粪,我和丈夫一车一车地推到地里,我又一锹一锹地将粪散开。周围的菜农都竖起拇指"你真行!""你们不行吗?"我不解地问:"傻丫头,一车粪二百多元钱,还得到周边的农村去买,弄不起呀!每年只买一两车,种点菜留着自己家吃,上化肥的就拿到市场上卖。"我愕然但却不奇怪。记得于丹老师在《文明之旅》讲座时,就提到了这种现象,她说农民把上有农药化肥的粮食卖给别人,自己是不会吃的。当上"菜农"的我。理解了他们的处境和苦衷,如果不是为了自己享用,我也许会将上市的蔬菜施肥洒药,赚取糊口钱。不信你看,过去见到蒲公英,我会像宝贝一样挖进囊中,甚至不惜驱车十多里地去采撷。而今在自己的菜地里见到蒲公英,我会立马将它挖出并扔掉,我担心周围的"工业户"们发现,踩我的地,破坏我已撒上菜籽或长出牙牙的菜池。

种菜的初衷,不单是为了自己吃,规划好给亲戚些,朋友也送点,文友也可以请来品尝……让他们也都吃上"纯绿色"。而现实让我看到了自己的天真和幼稚。一亩地的菜,能分给多少亲戚和朋友?能满足他们一顿"纯",却不能保证他们顿顿"纯",就算我自己,也只能是一季,而不是四季,冬季寒风袭来万物枯萎,我依然要食用那些外地的"舶来品"。更何况菜"纯"了,米饭、面粉纯吗?水稻和小麦的种植就没污染?转基因种植与人类是福是祸?这些都不是我力所能及的,也不是我一个人的困惑。食物不是人生长寿的决定因素,但一定是人类健康的相关因素。

医学越来越发达,疾病越来越古怪,看看周围的人,有多少病与吃有关?又有哪些病是吃出来的?医生会给我们肯定的答案。草枯了可以再绿,花谢了可以再开,人就没有那么幸运。我们年年盼春天,岁岁笑春风,就有人等不到某一季春雨的滋润。我们感叹人生几何,担心幸福还会几度的时候,我们内心渴望的是:福如东海长流水,寿比南山不老松。

树还未绿,春已阑珊。当我们听到"立夏"的脚步声逼近,"立秋"也将接踵而至;当我们感慨"光阴似箭,日月如梭"的人生旅途时,唯有真诚地祝愿我和我的亲戚朋友们都幸福安康,再笑春风。

2016 年 3 月

魂归来兮

表舅去世了，骨灰从千里迢迢的北京运回故乡小村。

那座他曾经放牧过的荒山，默默地等待着，等待着它的孩子归来，因为他是山的儿子，他的足迹踏遍山上的每一寸土地；那片他栽种的林子，默默地等待着，等待着它的主人归来，因为他赋予了它们生命，葱郁的林子已能为小村遮风挡沙；那些他资助过的村民们，默默地等待着，等待着他们挚爱的亲人魂归故里，从此不离不弃朝夕相伴，永久守候。

表舅是母亲的叔伯弟弟，和母亲是一爷公孙。记忆中的表舅是家里的独子，成家以后的日子很不富裕，总是穿着一件破羊皮袄，怀里抱着一杆鞭子，生了挨肩儿一堆闺女，大孩子扯着小孩子，到第八胎才是小子。就为这，家里的东西都被罚走了，最后，连修房子的几百块砖也充当了罚款。有一次母亲去乡下回来说，表舅家啥吃的也没有，锅里贴一圈大饼子，一个葫芦瓢盛着稀溜溜的酸菜汤，一群孩子抢着吃；还说表舅的母亲病重，没钱看病，也没有细粮补补身子，买回两个馒头算是病号饭。

土地承包后，农村的生产生活都发生了惊人的变化。那年清明，正逢姥姥去世十周年。我们全家驱车去乡下给姥姥扫墓，带着祭品和冥纸正要上山，被当时看山护林的表舅拦住，他说：今天风大，上面强调注意防火安全，不让在山上烧纸。二娘（我姥姥）活着的时候你们都挺孝顺，今天就别上山了，在山下意思意思就行了。无奈，我们就在远离墓穴的公路路基下面，找个空旷地界祭奠了姥姥。原来，勤劳的表舅已承包部分荒山，并栽种上许多树木，风雨不误地巡山放牧。

岁月在春花秋月中不知不觉地溜走。表舅一晃也六十多岁了，听母亲说，他已随女儿们去北京发展，开起了大型服装加工厂，在北京和广州都有分店，与俄罗斯、波兰等国都有边贸生意。但每年夏季他都回到小村，在老屋里住上个把月，瞧瞧荒山和绿树，资助一些贫困乡亲。当然也不忘来看望我的母亲，吃顿饭唠唠家常。

前年我去北京，参加中国散文家协会举办的散文峰会。父母亲怕我人生地不熟，就给表舅打了电话。表舅派女婿和儿子开着宝马车，把我接到他那里，邀我参观一下自家的服装加工厂和正准备开发的一块空地，宴请我吃一顿北京大餐，非要留我在他家住。表舅家很宽敞，三室一厅两卫，客厅就有一百多平方米。表舅妈对我非常热情，说起生老儿子——老八那年，我曾经"下奶"随过五元钱的礼金一事，她念念不忘。不过就五元钱，她居然还记得？闲谈中，我才知表舅得了癌症，刚做过手术不久，现在恢复的还挺好。他说自己一生最大的遗憾就是没有入上党，尽管他已很努力。我窃笑，心里说你这超生游击队队长够格吗？他常跟儿女们说有钱了，不能忘记家乡。家乡的人来北京，他都好吃好喝好招待，还让女儿们多次给家乡捐钱，前不久还捐了十万元，用于家乡的建设。当时我很感慨，想想表舅家过去，看看表舅家现在，变化多大呀！

没有低沉的哀乐为你奏起；没有簇簇鲜花伴你左右；没有

悲痛的悼词将你的生平叙述,呜咽的乡亲,把你缓缓送入山林中。山在呼——声声呼唤他的儿子;树在摇——叶叶招手迎接他的主人。

我料想,你的灵魂也一定跟随骨灰回到山林中,因为你舍不得这座荒山,舍不得这片树林,舍不得这里的老宅,更舍不得艰苦日子里和你厮守的乡亲们,你的灵魂只有在这里才能得到安歇。我料想,今年的清明会下雨的,那是山的泪、树的泪和乡亲们的泪,滴滴都化作了清明雨。

2012 年 1 月

夕阳更有情

父亲和母亲又争辩起来，起因是煮饺子和吃饺子的数量不相符。母亲说：我煮了34个饺子，一对儿一对儿往锅里数的。父亲说母亲：你吃了12个，我吃了18个，还剩三个，那不是33个吗？两个人你一言、我一句，谁也说服不了谁，总之是丢了一个饺子。

最近几年，这样的事常常发生。小事情不了了之或有一方妥协，严重的时候，竟需要我们儿女前去调解。都80岁的人了，越来越像孩子。记得有一次俩人吵得很凶，母亲打电话把我们都叫去了说：你爸要和我离婚。父亲显得很生气，说自己受了一辈子气，这回不受了，不和你生活在一起了。活了这么大岁数，离婚让人笑话，各过各的日子，看看你要啥？剩下是我的。母亲一看父亲要来真的，也不示弱地说：我要现金！每次想起，我们几个子女都忍不住笑，"要现金"成了经典词。

父亲心脏不好，母亲腿脚不好，冬天寒冷出不去屋。闲着没事，总想找人打麻将，可打麻将又影响身体。由于惦记他俩，我每天都要打电话，后来发现，母亲只要说：今天没事，不用来了，那一定是成局了。因为我们儿女们总是阻拦，反对他俩打麻将，弄得他俩就像是做错了事的孩子。恰巧碰到的话，母亲也会赶忙解释：你爸没打或他就玩一个小时，是我一个人在玩。看看，学会"包庇"了。后来我们儿女商量，只要他俩高兴,那就玩吧!儿女对于老人,不仅是"孝",还要"顺",就顺从他俩吧!

父亲患高血压多年,连累了心脏。那年突发心肌梗塞后,去省里的医院心脏放了支架。此后的日子里,常年吃药、经常住院。每当父亲住院,母亲在家里就坐不住了。几个儿女白天黑夜地轮换护理,母亲则坚决要求去医院,说在家待不住不放心,白天还能陪陪父亲。是啊,这几年,我们从母亲电话的口气了里或从母亲的表情上,就知道父亲的身体状况——如果母亲接电话的声音响亮利落,不用问便知父亲一切安好;或是我们一脚跨进家门,母亲笑盈盈问长问短,不用说,父亲这几天一定身体很好。反之,母亲一脸愁容,吃不下饭时,一定是父亲不舒服或犯病了。相依相伴了五十多年,相知相融了半个多世纪,彼此的内心世界都是相通的,这份情岂是语言能够解读?

几年前,父母腿脚健壮时,我们全家每天晚间都出去锻炼。夕阳的余晖照着一前一后的两个老人,前面的是父亲,手上拎着兜,兜里装着几个座垫。跟在后面走路一晃一拐像个"企鹅"的是母亲,我们远远就能望见。找个宽敞地方坐下,父母给我们每个能来的儿女分发座垫,一家人开聊。认识或不认识我们的路人,都投来羡慕的眼光,感慨地:"瞧这一家子!"我们孝敬父母的小礼物,父母分发给我们的东西,都会在这个场合交换。说说笑笑,其乐融融。父亲说:我年轻的时候不懂得健康的重要,现在落下一身病,你们从现在开始要注意养生和保健,注意饮食多锻炼。他每天都看《养生堂》,拿着笔认真地记录,然后打电话告诉我们:今天讲的病和你有关,你要特别注意,参照专家讲的尽量去做。

　　不知从什么时候起,父母离不开"天气预报"了。看完县里的天气预报,再看市电视台的,市里看完再看省台的,最后看中央电视台的天气预报。我们都糊涂了,你俩也不出门,需要啥我们都能去办,老看这个有意义么?后来弄明白了——常常能接到电话:不用来了,这两天降温,家里啥也不缺;明天有雪,在家好好待着吧!我和你妈都挺好,没事,不用惦记。多好的母亲,多么体贴的父亲。人说:七十岁有个家,八十岁有个妈,儿女们感受到了"有妈的孩子是个宝"。我们该有多幸福!平凡的生活中,浓浓的亲情无处不在。

　　随着年龄的增大,父母的身体越来越差,但他们有家务活都尽量自己做,外面的事也尽量自己跑。他俩说:儿女们都忙,都有家有工作,尽可能不拖累孩子们。多好的老人,多善解人意。每每听到父母这样的暖语,我都感觉内心愧疚。想想他们年轻时受累吃苦,过着拮据的日子,总想努力做一些回报。我在暗暗地告诫自己,也想告诫他人:珍惜吧,有父母的儿女们,行动吧!有良知的孩子们,莫留遗恨。

2014 年 12 月

久别又重逢

七月的骄阳,宛如一团炽热的火,燃烧着、升腾着……我的思绪也在燃烧和升腾。因为,想到即将要与分别近三十年的老师和同学们相见,我真的难以控制自己的心绪!我感谢七月,给了我炽热的渴望。是啊,我与老师和同学们重逢的梦,就要在这流火的七月里实现了!

想到明天就要与亲爱的老师和同学们见面,我已毫无睡意,真是心难平,寝难眠啊。我的脑海在翻腾、在想象、在推测,她们现在都什么样了呢?是否幸福安康?是否风采依然?我索性找出了28年前我们毕业时的照片,看看从前的我们。望着那45朵鲜花般的笑脸,我的眼睛湿润了,慢慢地闪出了喜悦的泪花。

我们就读的是齐齐哈尔医学院,坐落在富拉尔基美丽的嫩江西岸。我们学的是护理专业,全班45名学生,清一色的"娘子军"、"花木兰"。正因为如此,命运决定了我们未来都将是医疗战线上的"白衣天使"。我是七七届的学生,是恢复高考后第一批考入到医学院的。

我们这次相聚,是因为医学院下周就要从富区搬到齐齐哈尔市里。所以,老师和同学们都想在富拉尔基再聚一下,再回味一下我们难忘的学院生活。时间已定,给每位同学都发了邀请。除市里和富区的同学外,像我在周边外县的人不多。我接到通知后,正赶天气预报说有大暴雨,还可能有地震灾害。尽管单位通知不让外出,亲友们一再阻拦,可我期盼相聚的欲火已无法熄灭,渴望重逢的烈焰已冲向九天! 因为,我的心已飞回了校园,飞到了美丽的嫩水江边。

翌日,起初天气还有点阴云,但慢慢就散开了。似乎老天也为我们的相聚而助兴。在温和晴朗的天空下,在热烈友好的幸福中,我们相聚了,我们重逢了! 老师逐个握着我们的手,我们拥抱着老师。看着那既熟悉又陌生的张张笑脸,我试着叫出她们的名字。随后,大家在欢笑中紧紧地拥抱在一起。这时,我们已不在笑了。是啊,分别得太久了,谁不期盼相聚啊! 老师和同学们都哭了。这是伤心的泪吗?不,这是企盼的泪、这是思念的泪、这是感动的泪、这是幸福的泪。28 年的思念、28 年的情感,此刻,都凝聚在这紧紧地拥抱之中。

两年的同窗共读,两年的同学情谊,铸就了我们一生的感动和情愫。回忆过去,我们常常是拥作一团,打成一片,只为那个讲"城里的人没人味儿,蚊子都不叮"的笑谈;捧着人的头盖骨回寝室,走到二楼停了电,大家惊慌四散,喊声凄惨;还有那手拿书本,漫步在丁香树下苦读,感动得丁香花也笑开了颜等等有趣的故事。

岁月啊! 你能风化世间的一切物质,可你风化不了同学间姐妹般浓浓的情;你可以淡化人们的愿望和追求,唯独不能淡化我们同窗间深深的爱。

想到过去,我们有太多太多的感叹,太多太多的感慨,太多太多的感动! 我们来到了嫩江边,同学们在这里拍照留念。昔日的红岸公园,已旧貌换新颜。我久久地伫立在堤岸的围栏边,望着蓝天飘过的白云,对岸葱绿的树林,江心缓缓驶过的小船,江桥上飞驰的列车,不禁浮想联翩。28年前,这里曾留下同学们的足迹。谁还记得我们的青春靓颜?江水悠悠,日日东流;你承载着岁月,也承载着我的思念。虽然同学们都各奔东西,但大家都没有忘记培养自己的老师和校园;没有忘记秀美如画的江岸。如今,我们回来了,望着那为我们插上腾飞翅膀的校园,望着那为我们放飞理想的嫩江大桥,心潮怎能平静?隆隆而过的列车啊,你载不动我的思念;滚滚东去的江水啊,真希望你能慢点流,因为,我们不想说再见,我们不愿说分手!

回到酒店,大家平静了许多。我们围坐在餐桌前,像品味美味佳肴一样来品味我们的相聚。可大家同时心里也清楚,这顿午宴将意味着欢聚的结束,也预示着再聚的开始。同学们纷纷发言:"我们不后悔,我们不遗憾;老师!我们没给您丢脸,我们没给医学院丢脸;我们对得起"天使"的称号,我们都是精英,奋战在医疗第一线。"我站起身,举起酒杯说:"我想为大家唱首歌。"大家给予热烈的掌声,我唱到:"久别的人谁不盼重逢,重逢就怕日匆匆……"大家不知不觉跟着唱了起来,老师低下头去拭眼泪,同学们也都边唱边擦眼泪,哽咽的声音,唱出了不成调的歌;有两位同学忍不住跑了出去。

接着,同学们又陆续唱起了:"相逢是首歌……"

2009年9月

寄语孔明灯

这是一次最愉悦的放飞！我望着冉冉升腾起的孔明灯，交织在璀璨绚丽的火树银花中，缤纷着元宵节亮丽的夜空；这是一次最壮观的放飞！孔明灯载着我新年的企盼，万事如意的心愿和对亲朋好友的祝福，缓缓升起，辉映着霓虹闪烁的楼群，奔向那柔柔的、皓皓的、圆圆的明月；这是一次超越梦想的放飞！我亲手点亮的孔明灯，正融入从"志刚广场"起飞的孔明灯群，络绎不绝地汇成一条灯河，徐徐攀升，像家乡的航天英雄翟志刚一样，飘向宇宙，飞向太空。

"灯树千光照，明月逐人来"。正月十五刚吃过晚饭，人们纷纷走出家门涌向街头，传说这天夜里出门散步，能祛除百病。再说，有谁愿意舍弃这人如海、灯如海、星如海、礼花如海的美好良辰？邀上姐姐一同出门，边散步边赏夜景。听那鞭炮声声，淹没了一切嘈杂，看那彩色的礼花炸开在空中，火花迸溅，真是"东风夜放花千树，更吹落，星如雨。"

举目望去，我忽然看到空中自西向东飘着红红的、亮亮的、比星星大的飞行物。姐姐高兴地说："是孔明灯！"说真的，我还是第一次看到孔明灯，顾名思义，一定是诸葛亮发明的吧？我顾不得考察这灯的来历，有什么样的历史背景，历史人物和历史故事。兴奋地站在原地数起来，一个、又一个、再一个……无数个，它们从同一个方向飘来，阵势如飞机的编队，就像国庆阅兵时飞过天安门上空的飞机队形一样，又都向着同一个方向飞去，奔向刚刚升起的那轮圆月。姐姐又说："好像是从志刚广场放飞的。"我终于忍不住了，跑回家叫上丈夫一起前往广场。

街上人流已不那么密集，空气中还夹杂着硝烟味，所有的街灯、彩灯、霓虹灯都已点亮，把楼区和街道装扮得灿烂辉煌。流连忘返的人们走走停停，指指点点；被爸爸妈妈抱在怀里，骑在大人脖颈上的孩子们，手里拿着彩色气球、彩色亮棒、冰糖葫芦，好奇地东张西望；各街道和路口停着执勤的警车和巡逻的警察，维持着治安秩序；效益好的店铺门前仍燃放着鞭炮和礼花，用这种形式答谢顾客。越接近广场，越能看清飞过头顶的孔明灯群。

广场里人头攒动，黑压压的人分不清个数。看到了，高大的翟志刚铜像，在橘黄色的灯光照耀下雄伟庄重，更显英雄本色。看到了，刚刚起飞和人们手里正在点燃的孔明灯。我拉着丈夫的手，拨开人群，寻找着灯的出处。两个年轻女子，叫买并讲解着，收钱付货忙得不可开交。我忙上前探听："这是孔明灯吗？""是，也叫'许愿灯'。""给我来个红色的。""对不起，没有红色的了。"一对年轻的情侣，正用蜡烛点着红色的灯，又指给我旁边的一家店铺：那里有。我们夫妇马上奔了过去，店家正忙着找笔，嘴里不停地说"卖没了"。店内还有人在往灯上写着什么，我们凑过去，啊！原来是在灯纸上写心愿或祝福的话语。正当我们失望地往回走，在志刚铜像的北侧，围了一大群人，熙攘中，听不清叫卖的是什么，我抱着侥幸的心理，拉着丈夫钻进了人群。几个年轻人高声叫卖着：许愿灯、孔明灯。居然还有红色的！我和丈夫兴奋极了，争相掏钱往年轻的商人手里塞，遗憾的是没有笔，只能回家后写上心愿和祝福再放飞了。

不知为什么，我的心情格外的轻松和愉快。广场虽然人很多，仍挡不住我的视线。射灯、红灯笼、闪烁着的彩灯把广场映照得如同白昼。三三两两的人们，正围着志刚铜像拍照，我也围着铜像仰目注视。航天英雄翟志刚身着威武的航天服，面带微笑，左手拎着航天工具箱，右手高高地举向天空，像是指挥着无数的孔明灯去太空的方向；更像是招呼乡亲们：走啊！我们一起去太空！这一刻，仿佛我的躯体在变轻飘飘欲仙，已搭乘孔明灯去遨游太空了。仰望铜像，我沉浸在自豪和荣耀中。家乡虽小，小得在世界地图册上甚至没有痕迹；在中国地图册上也许只是个小小的点。但人杰地灵的龙江县，因航天英雄翟志刚的丰功伟绩而被国人重视，被世人知晓。我作为龙江人怎能不骄傲？怎能不自豪？

我们疾步回家，找出笔开始书写。先写企盼家乡富裕，大河有水小河满么；再祈祷父母安康，父母在家就在；最后祝福孩子事业有成，孩子是家的希望，也是祖国的希望；也捎带上对亲戚、朋友的问候。然后，去室外放飞那载着我夙愿的孔明灯。

2010 年 3 月

车　窗

　　人生中最枯燥与单调且无聊的事莫过于坐火车，特别是长途火车。许多人挤在狭窄的车厢内大眼瞪小眼，吸着掺杂别人呼出的不流通的"空气"，随着列车的节拍咣当咣当地前行，忍受着十多个乃至二十多个小时的煎熬。

　　我百无聊赖地坐在卧铺床上，想看书没兴趣，想休息不能入眠，索性到车窗前。按下那个仅能坐下半个臀部的弹簧凳，无精打采地将目光投向窗外，打发着寂寥的时间，渐渐地眼球被窗外吸引去。

　　蔚蓝的天空，几抹白云像被扫帚扫了几下，松松散散地拉着几缕长丝。铁轨路基下面，有无限延长的隔离带，它们镶嵌在绿茸茸的草坪中，成纱网状一块连着一块，固定在水泥柱上或拉着带刺的铁丝，形成一堵镂空的墙，不仅保护铁轨和列车，也庇护了人畜不被撞。隔离带的外侧是成排的防护林，绿林分不清个数地闪过，车速慢的时候还能分辨出杨树或松树。时常有喜鹊、乌鸦在林中和草坪间飞来飞去，很多时候那些树都被疾驰的列车"唰唰"甩过。林带外侧是无际的农田和沼泽铺就成广袤的绿洲，农田里站立着一行高大的铁架子，不用说那是高压线，和小时候语文书里画的一样。零星的耕作人在田里忙来忙去，沼泽里有叫不出名的水鸟盘旋，飞起落下。随着列车的行进，看到了公路、桥梁、绿树红瓦的村庄。绵延的山恋,潺潺的河水,高楼林立的城市,现代化的站台和大箱小包匆忙上下车的人流。看着看着我便有了兴趣:山有山的风骨,树有树的品格,农田有农田的姿态,村庄有村庄的历史,鸟有鸟的欢乐,人有人的故事。

我有所醒悟,车窗像一台移动的照相机,将这一幅一幅景色拍摄下来;车窗还像是一部放映机,将苍天赐予自然的无限风光一个画面接着一个画面地播放。我不再寂寞,死死地盯着窗外,欣赏着大自然的无私馈赠,人类有什么理由不尊天亲地?透过车窗,我所能见到的只是地球美丽的容颜、漂亮肌肤的一小部分,视线之外的遥遥景色还很多,留给我们揣摩与想象的空间。车窗就是心窗,外面的景色美了,心里便觉亮堂了。

我环顾一下车厢,看是不是有人和我一样,也把车窗当成了眼睛。还真有人和我一样,一动不动地望着窗外冥思苦想,我虽猜不出他们在想什么?但料定他们同样看到了慰藉心灵的美景,不然怎么会那样痴痴地目不转睛,旁若无人地看傻了,看来他们的心境进入最佳状态。说到这儿让我想起苏东坡和佛印的故事:两个人打坐,苏问僧人"你看我打坐时像什么?"僧人说:"像佛!"。僧人问苏:"你看我打坐时像什么?"苏说"像粪!"最后苏小妹解释说:僧人心里有佛,看什么都是佛;哥哥心里有粪,看什么都是粪。看来一个人的心态会影响心境,看似寂寞的旅途,有这些变动的山山水水相伴,心里勾勒出的永远是一幅美景,不用花钱买门票就能欣赏到的画卷。

太阳下山了,齐嗤地扯走了披在大地上的红纱衫。当晚霞的余晖散尽,远处的景色朦胧成黛青色,渐渐地树也已分辨不清颜色,黑咕隆咚地"唰唰"闪过。更远处星星点点闪烁着红的、白的光亮,那是附近农家的灯光。乘务员过来拉上窗帘催促休息,我悻悻地爬上中铺,闭目准备就寝。脑海里依旧像过电影样,护栏、绿树、庄稼……想起欧阳海舍身拦惊马,早年要是有护栏,受惊的马车也不至于蹿上铁路,让他搭上年轻的生命。

不论随风飘来的树籽扎根发芽,还是人工栽种的树林,成排的防护林就像肩并肩的战士,防范着风沙佑护着水土。一代一代的农耕人,靠着庄稼打出的粮食,供养人类繁衍生息。过去进京赶考要走几个月,现在只要十几个小时就能到达。人类在发展,社会在进步,生活在这个时代的我们应该自豪。

细想人生又何尝不是一次旅行,人在□途时就多望望"窗外",那些澎湃着生命活力的自然风光,会给我们一些启迪和前行的动力,让我们每个人的人生都不虚此行。就像练瑜伽状态的冥想,我枕着车轮摩擦着铁轨的声音睡着了,因为我的心灵找到了栖息的归处。

2014 年 7 月

老赵迎奥运

这几天，大家都在谈论着奥运的话题，可我总是觉得奥运离自己很远。尽管电视里天天在说奥运，乃至火炬都传到了齐齐哈尔，我还是觉得奥运和自己没有多大关系。所以，我仍然循规蹈矩地上班、下班、洗衣、做饭。我也在心里想过：奥运会这么大的事，与我一个小老百姓有什么联系呀？

夜幕降临，华灯初放。我散步回来刚走到小区门口，看到楼区空地上站着不少居民，围观的人三五一帮、四五一群，有说有笑地正看一个人在忙乎。我凑上前去，只见我的同事老赵，正在摆弄一堆鞭炮和礼花。我便问："你这是干什么呀？"老赵冲我说："你快来帮忙吧。""干吗呀？这么晚了，还弄这些鞭炮？"我表示疑惑地问。老赵笑着说："一会儿奥运会开幕，我就开放。我这是用实际行动迎奥运嘛！"我恍然：一会儿奥运会开幕式啦？我像个听话的孩子、又像个服从命令的士兵，乖乖地帮老赵将鞭炮平铺在地上，又跑上楼去取来一瓶冰冻的矿泉水递给老赵，以示将功补过。

啊！奥运真的来了，来到我的家门前，真的和我有关系了。我像等待过年看烟花一样，催促老赵："快点放吧！一会儿还看开幕式呢！""忙啥？半年都等了，还差这几分钟？"可不是嘛，小区管理员说："这炮和花是老赵年前买的，就等着开奥运会时放。"老赵一看时间已到，就下"开放"的命令，几个年轻人纷纷点火。

"叮、咚"二踢脚腾空炸响,引来楼里的住户都从阳台或窗户探出身子观望。一串串鞭炮噼里啪啦,围观的人都用手捂住耳朵。阵阵蓝烟弥漫着、萦绕着、升腾着……不知为什么,我感觉今晚的鞭炮特别响、硝烟的味道还特别的香呢! 老赵亲手点燃了礼花。五光十色的礼花在天空绚丽着、璀璨着。这时,四面八方也传来炮声和礼花声。哦,原来迎奥运的不止老赵一人啊! 望着天空此起彼伏的礼花,我的心在起伏着。它虽比不上北京奥运会的礼花宏大绚丽,但也不失斑斓。他们和我都是普通的市民,大家都在有准备地迎奥运,我为什么没有想到呢? 我在自责着……

老赵是我的同事、邻居,是再普通不过的一个中国公民。他的举动是全世界爱和平、爱奥运精神的一个缩影。他的行为让我想起了著名主持人杨澜讲过的一个故事:1968年墨西哥奥运会上,坦桑尼亚男长跑选手阿赫瓦里。刚跑出19公里处,因气候不适应眩晕摔伤了右腿,他拒绝了汽车和担架。当比赛已结束一个多小时,观众都离开了体育场,工作人员也在收拾东西准备离开时。突然,开道的警车闪着灯进来了,一个运动员腿上缠着绷带,一瘸一拐地跑了进来,他,就是阿赫瓦里。他说出了奥运史上最朴实、最震撼人心的语言:"我的祖国把我送到这里,就是要我完成比赛。"

奥运会是个神圣的会议。它把全世界人民连在了一起,它用五环神奇的力量,给全球的人民创造了一个集中交流的机会。作为我们主办国的公民,有什么理由不去积极地为它的到来而欢呼呢? 兴奋中,我似乎领略到了什么。望着天空中那五彩缤纷的礼花,不知不觉我的眼中涌出了泪花……

2008 年 10 月

何时不宜春

丈夫别出心裁,竟要骑自行车上班,这对于开车几十年的老司机来说,他的举动确实有点出我意料,还要求我也坐在车后架上,载着我一起出行。

夏日的早晨,空气格外清新,阳光暖暖的照在我俩的身上和脸上;马路上车辆还没有那么多,行人也很稀少,平时拥挤的路面,此时倒显得宽阔了许多;路旁的野草许是刚经过露珠的洗涤和浸染,挺直了昨日还低垂的头颅和腰身,是要迎接午时的炎炎烈日?只有路两侧的绿树在微风中婆娑着、摇曳着,发出沙沙音响。

很久没有这样出行了,紧贴着丈夫宽大的身躯,久违的感觉涌上心头。不等我吱声,丈夫也似有察觉,回头冲我说:好像初恋那会儿。我笑笑回道:何止是初恋,结婚那天你就是用自行车把我接走的。

我和丈夫从小青梅竹马,因两家的父亲是好朋友,所以孩子们来往也较频繁。我家弟弟小,有些力气活他就来帮助干;他家女孩少,年终洗被子收拾屋子就我们姐妹代劳。年龄渐大接触增多,相互有了好感,虽也遭到家里反对,最终还是走到了一起。结婚那日,丈夫骑着一辆"凤凰牌"锰钢自行车,身后一群亲戚、朋友和同学。我手捧一束塑料花,坐在后车架上。"别张大嘴笑,让人看了多不好。"妹妹的提醒,让我一下子收敛起来,觉得是该矜持些,虽没给娘家掉几滴"金豆子",脸上也要装严肃,幸福和浪漫且藏在心里。

像小鸟筑巢一样,我和丈夫风风雨雨经营这个家。期间有摩擦、有打闹、有温馨、也不乏浪漫。记得那年丈夫过度公务员考试,单位准假在家复习。我担心他文化水平低,记忆力差又不得学习要领, 就督促他看书。经常提问他背诵过的时事政治,每天陪他一起复习。尽管生活不宽裕,我依然买一些"智强核桃粉"给他喝,以增加大脑记忆。每天我上班都要嘱咐"在家好好复习!"而当我下班之时,总是看到他趴在凉台上,像个雏鸟样等着我,一种莫名的激动。去市里考试那天,我发现还剩有几小包核桃粉没带走, 我追到火车站。同事们开我俩的玩笑,可我知道,玩笑里也有羡慕的成分。终于他由司机过呀到公务员,完成他人生中最华丽的转身,我也因此而沾沾自喜,因为军功章也有我一半呦。

本不热衷于驾驶的我,在他的鼓励和引导下,先是学会了骑摩托车,后又尝试着驾驶汽车。一有空闲,他把我带到一个废弃的飞机场,在荒草遍地凹凸不平的场地上练习,半百之年的我,终于考取了驾照。这还不算,丈夫热爱游泳,每逢夏季天气炎热,他都要去郊外的大河中畅游。每次都商量我,带着我一起去,他说两个人在一起,走到哪里哪里就是家。郊外的空气好,一望无际的农田,婆娑的绿树,自由飞翔的喜鹊,时而跳出水面的鱼儿……置身其中真是一种惬意和享受。流动着的河水没有污染,游泳又是一项很好的健身运动,看着他划水游向远处,我也尝试着在河边的浅水里扑腾,每每见到,他不厌其烦地师范,教我先练习憋气把身体飘起来,手脚并用像青蛙……知天命的年龄学会了游泳，我自己都觉得自己了不起。见我高兴，他就开心，他常挂在嘴边的一句话：秤杆离不开秤砣，老头儿离不开老婆，引得大家哈哈大笑。细细品来，话糙理不糙。山无棱，天地合，怎敢与君绝，那是小说和电视里的词儿，红尘中的我们，没有轰轰烈烈爱，倒是磕磕绊绊地一路前行。

"我能想到最浪漫的事，就是和你一起慢慢变老，"一路上收藏点点滴滴的欢笑。其实，变老的过程并不都是浪漫和温馨，一路上捡拾的也有烦心和不悦。紧张的工作常使我们倍感压力；生活中的柴、米、油、盐也会让我们意见分歧；上有老下有小的责任和担当会感到身心疲惫。在磨砺与磨合中，我们最终都会求得统一。回忆共同走过的路，共同生活的场景，缠绵和浪漫越来越少，沉淀下来的是相互理解、知疼知热，淡然的心态去应对一切。都知道初升的太阳最温暖、最明媚，但它总是要变成夕阳；四季当中春天最美丽、最富生机，然而终将被夏、秋、冬所更迭。只要心里装着春天，何愁阳光不灿烂？只要心态不老，何时不宜春，何处不胜春？

2017 年 1 月

忧喜两茫茫

朦胧中,丈夫又在玩弄手机,哈哈地笑出了声。梦境被打破,"大早晨你……"我刚要冲他发火,他拿手机的手伸到我面前,我不禁睡眼惺忪地笑了——是孙子的照片。

最近半年多时间里,丈夫对手机非常热衷,晚间我不知道他什么时候入睡,早晨被他扰醒,气得我常常大吼,他就戴上耳机,继续他的手机之旅。有时家务事忙不过来,喊几遍他都听不见,气得我自己解决;有时我刚安静地看一会电视,他的手机"哇"唱出了声,搅得我对电视没了兴趣;正想甜甜美美地睡一觉,他又拿着手机凑过来"你看",让你跟他分享。等我要跟他聊几句知心话,他又只顾手机没兴趣理我,他除了上班,就是遨游在他的网络世界。这让我忧心,令人废寝忘食的"微信"真有这么大魔力?未来的日子还怎么过?

前些日子,父母也抱怨:你小弟弟回来就知道玩手机。弟弟大学毕业后,留在省城工作,平时难得回家看望父母,赶上出差顺路回家。许是工作上的事宜或是朋友间的联络?或像许多年轻的"低头族"?总之,父母看不惯,不停唠叨。

我突然想起"世界上最远的距离,就是你坐在我身旁玩手机。"是谁总结出这句话,太睿智太形象了。打开电脑,一信息栏显示,某小女孩孝顺地给母亲捶背,母亲却一直低头看手机,全然不顾孩子的感受。前几天外出,一路上瞧见多是"手机族"，公交车上就有人拿着手机随车颠簸；火车站候车室里，年轻的父母边抱着孩子，边玩着手机，他们没有意识到手机对孩子是有辐射的吗？上了火车情况更甚，几乎每人拿着手机，躺在卧铺上，车厢里倒是安静，真真正正成了陌路人。电视报道：一女子自顾玩手机，孩子在身后溺水全然不知，一个生命消失了。开车司机玩手机酿成车祸……

今年的"3.15"晚会，披露用手机诈骗、获得个人信息、套取银行密码和现金的大量实例，本想也在网上开个人账户、在网上购物的我，不得不望而却步。

一个晚辈亲戚即将临盆，我千里迢迢赶过去。她居然也玩手机，作为长辈的我，不好直说，只能含蓄地劝：要注意身体，手机有辐射。她却和颜悦色，"我这是孕妇、产妇圈，这里也有医生，便于交流和指导。再说现在哪里没有辐射？"我无言以对，她笨重的身体不方便出门，在家里就能了解到一些信息，免掉了打车去医院和排队挂号的烦恼。如同我们吃粮食一样，明知道是施化肥产出的，可还不得吃吗？谁能躲得掉。想想自己真的落伍跟不上时代了。你看，就连月嫂都在发红包、抢红包，在月嫂圈里联系业务。这一切似乎应验了古代那句：秀才不出门便知天下事。

儿子成家后，与我们相距甚远，小孙子的降生，令我日思夜想。儿子、儿媳就每天将孙子的照片和视频发到手机网上，好在儿媳帮我建一个"亲宝宝"，随时都能看见小宝宝玩耍。丈夫只要在家，就要求和孙子视频，我因为怕手机辐射孩子的身体，影响孩子健康，常常责备他：不要天天看，一个星期看一回就行了。结果还是控制不住，每天看孙子在手机那边手舞足蹈,沐浴抚触,咿呀地偶尔出声,那幸福和喜悦没有词语可形容、无有音符能表达。

相隔千里却能天天见面,我感受到再远的距离,也不是距离。是手机圆了我思念孙儿之苦,想见孙儿之梦。看着孙子渐渐长大,一天一变化,漂亮的各色小衣服和多功能玩具。我也天天发表一下评论、赞许或笑脸。不知不觉中,我也快成了"手机族"。

唉!手机呀手机,想说爱你不是件容易的事;想说不爱你又离不开你。

2016 年 11 月

破土的向日葵

今年又多了一块地，是我去年承包的土地主人无偿让我耕种的。之所以无偿，是因为这片地已经荒芜了几年，蒿草众生，荆棘绊脚，他们觉得撂荒着颜面不好看，也容易被紧挨着的几家一点点蚕食成废弃地，才"慷慨"地让于我们。我和丈夫觉得受点累，权当是锻炼身体了，种点得点，便欣然接受。

这块地东临一座暖窖子，西接壤一个水房子，北面是一堵两米高的长墙，而南面一条窄窄的羊肠小道外，就是另一户人家的塑料大棚。这么个四面不通风的地方，种什么庄稼都不一定能长好。我和丈夫用了三天时间，将这里的垃圾、杂草归拢到一起，趁早上风小点燃，又燃烧了三个早晨，终于种上玉米。将近二十天的时间，偌大的一片地，稀稀拉拉地长出来高低不等的苗，蒿草却层出不穷，铲不尽、薅不绝，心想：钢铁是怎样炼成的？农民是怎样种地的？这回终于尝到了滋味。

见东、西、北靠墙的地方还有空隙，我便不规则地刨一些坑，随意地丢几粒向日葵籽，本来嘛，也不指望这犄角旮旯能产多少，玩玩而已。连日几场大雨，向日葵没出，蒿草却又疯长起来，于是我又铲又薅，浮土夹着薅下来的杂草，一片狼藉，完全记不得哪里种过向日葵，索性再补几棵玉米苗吧！向日葵的事扔到一边不考虑了。

不经意间，我发现了向日葵，一棵、两棵、无数棵，它们夹杂在乱草中,倔强地挺立着。没有杂草高、不及篙子壮,有几棵紧挨着补栽的玉米苗。两个豆瓣儿样的小叶片,有的已经张开、有的还并拢着,它们需仰视周围高出它们许多的蒿、草、苗。我好激动,看到它们顽强的敢于和高出自身几倍、几十倍的蒿草拥挤着,我读到了它们的雄心和自信,不久的将来,它会比身边的所有蒿、草、苗都高、都壮,它会微笑着俯视身边的一切植物。

我感叹种子的能量,心里默默地说:是种子总会发芽,定能破土。有点同"是金子总会发光,"但我又反驳自己,金子埋在土里,是不会发光的,即便是发光,别人也看不到;而种子埋在土里,不需要被发现、不需要借助外力,它会主动地、勇敢地、不顾一切地,钻出地面,来展示它的生命、展示它的存在、展示它的价值。因为它知道它生命的意义——就是破土、成长、传播。

是否有人注意到,偶见长在楼顶的一棵小树,单薄的身躯随风摇曳,忍受高温、承受霜寒;缺少水、肥的滋养,贫瘠的水泥房顶,是它扎根的立脚点,它是飘来的一粒种子,在怒放着它的生命。一些蒲公英,在墙与地面的夹角处、在路基石的缝隙间,任猫、狗舔食,任路人践踏,有谁注意过它们仍在那里开花,种子飞往下一个春天?

人那,还是别做金子,也不可能都是金子,做一粒种子吧!飞到哪里就在那里扎根、在哪里发芽、开花、结果。今天中午《今日说法》栏目,报道了肇东一女孩,将其母亲捆绑在椅子上七天,不给饭吃、不让喝水,至其母亲死亡一事。气愤之余也为这个家庭感到悲哀。家长都希望子女好, 但有时候家长给予的,不一定是孩子想要的。高考也不一定都能考上好大学,考上好大学也不一定都有好工作,三百六十行,行行出状元。学生不要好高骛远,家长不要苛求于孩子,一切顺其自然,随遇而安。要像种子那样,在哪里都能发芽,都能生根,都能创造人生价值。就像我的向日葵,在那样恶劣的条件下,在那样杂乱的环境中,依然自得其乐的生长。

我期待着大大的、黄黄的向日葵花,迎着朝阳,再目送夕阳;更期待着它微微低垂的头,承载着饱满的籽粒,来向世人证明它不屈的一生、奋斗的一生、收获的一生。

2017 年 6 月

生日不快乐

明天就是我的生日了。按照姥姥和妈妈传下来的习俗，早餐做手擀面，再加两个煮鸡蛋是一定的，寓意是长生不老吧！这顿不算奢侈的早餐，我竟然忐忑半宿，近乎失眠。

三年前单位组织体检，无意中发现自己的血糖不正常。接下来的日子里便是"少吃饭，多运动"，时不时地检测血糖值。可肉眼凡胎的我，还是抵御不了中华美食的诱惑，不知不觉中糖尿病的症状逐渐显现，最终还是住进了医院。

一路大军浩浩荡荡地疾走着，汗水流过他们的脸颊滴落脚下。他们仍像急行军样甩着膀子、迈着大步，无怨无悔地自觉前行。队伍中有男有女、有老有少，只是他们行进的路途不在竞技赛场，也不在柏油马路，更不是荒郊野外，他们行进在医院病房的走廊里；他们不是军人，不是运动员，是一个患病的群体。

就像"入乡随俗"一样，我也成了行进大军中的一员。无论早餐后、午餐后，还是晚餐后，都要在医院的长廊里走半小时以上，以消耗能量维持代谢平衡。住进了医院，采血化验是免不了的。最初从血管里往出抽血，七八个小塑料管，每个都装有多半管儿血。后来每天用针往手指肚上扎，一天六七次，半夜三更也会被扎醒，扎的手指肚如同"筛子"眼儿，那个疼呦！心想我这是招谁惹谁了？同房的病友跟"横路敬二"样听话，伸出手指任护士扎来扎去。令我佩服的是：病友们每顿饭前，自己给自己扎一针，推一些胰岛素，扎的肚皮也像"筛子"眼儿。

吃饭就甭说了，没有了往日在家的随意，即使每顿饭都不敢吃饱，还顿顿饭都超量。无奈的我，那天早餐吃一张煎饼卷大葱，哪知餐后血糖也超出了标准。佳肴不敢想，美味不敢食，粗粮淡饭填饱肚子都成了奢望，我真的郁闷了。进食堂打饭，眼睛总是盯着包子、饺子、韭菜合子，猪肉粉条……可就是不敢买，忍一忍，买个馒头加盒烩菜，慰藉我那咕咕叫的肚囊，那一刻我真佩服自己的控制力。

想想从前小时候过的啥日子，白菜、土豆都供不上，一家子一个月吃不上二两肉，大米、白面一个人每月几两，五元钱去饭店能吃一桌子套菜。那时候也是吃不饱，可那是穷的呀！现在的家庭即便是普通工薪阶层，每月收入也达几千元，算不上大富大贵，吃喝穿戴还是能随心所欲，一顿饭店也不过几百元钱。生活好了反倒不敢吃饱吃好。大家看看周围，"三高"的病人有多少？正如一位养生专家说的：排着队就来了。"三高"的病因我们都知道，还不是好东西吃多了？

听同病房的一位病友聊，某家条件好，从小就不给孩子喝水而喝饮料，结果孩子长到八九岁，得了糖尿病，家长后悔不已，"为孩子好"竟坑了孩子。我办理入院那日，接踵而来的是一位在校大学生。男孩高高的、壮壮的，因为得了这病郁郁寡欢。他妈妈说：他几次想跳楼都被家人劝说住。他们还小，还要成为国家的栋梁，小小年龄被病魔所困，未来的路是否好走？是该引起家长重视、引起社会重视了。屠呦呦为对抗疟疾，已研究出了"青蒿素"，哪位科学家快点研究出医治糖尿病的药，那不仅是我的期待，也是一个群体的期待。

医生很负责地在出院小结上写道：注意饮食，面条、粥、油炸食品不能吃。思来想去，生日还是要过的。虽说衡量生日快乐的标准不取决于膳食，但没有美味的生日也会枯燥烦闷；面条还是要吃的，谁不想"松柏常青，日月长明"？谁都想自己"福如东海，寿比南山"，这寓意长寿的白面条不让吃，吃碗荞麦面总是可以吧。

2015 年 12 月

山水行吟

人生如行路
一路征尘,一路风景
看不尽流水飞花,赏一够云淡风轻
即便有难认企及的天涯或海角
也厚重了岁月,更充盈了心灵

千年古镇 同里水乡

秋天的江南，仍掩映在无际的葱茏中，绿色不仅恣意在眼，还渗透于心。这绿——是渊源流淌的碧水；是遮天蔽日的翠树；是不老的传奇，延续的民俗和经久吟诵的过往……

嗅着桂花儿的芳香，我走进了水乡古镇同里。同里位于太湖之畔、古运河之东，有着一千多年的历史。镇内纵横着15条河流，49座桥梁连接着七个小岛，形成了家家临水、户户通舟的格局。缓缓地河水，像一条长长的彩练，串联起桥和房；拎起彩练，就拎起了整个同里镇，同里也因水而兴、因水而美，因水而享有"东方小威尼斯"的盛誉。

这里到处都能见到枝繁叶茂的香樟树，据说这树是苏州的市树。早年，女孩子出嫁前基本不大出门的，如何让人知道家里有个女儿呢？就是女儿一出生，父亲就会种下一株香樟树。香樟树和女儿一起长大，有一天香樟树伸出了院子的围墙，说明女儿长大了，街坊四邻便知道这家有个待嫁的女儿。媒婆自然会上门提亲。女儿嫁出去的时候，香樟树被砍倒，做三个陪嫁的樟木箱子：第一个箱子装满珍珠，一是当地产珍珠，最主要的是女儿是父母的掌上明珠，希望女儿到婆家也会被视为掌上明珠，受宠爱而不受气。第二个箱子装着蚕丝被，苏州当地的蚕丝是全国最好的，隔潮防潮，早年是皇家贡品。第三个箱子装着绫罗绸缎，希望女儿嫁到婆家一辈子不愁穿。

都说江南出美女,有这样的关爱与呵护,身心愉悦的女孩们,怎能不楚楚动人呢?

从前一说起"门当户对",只知道是男女对象,两家轧亲家之事。这次在同里见到了真正的"门当"和"户对"。门当和户对是古代大门建筑中的两个重要组成部分。门当原本是指在大门前左右两侧相对而置的一对呈扁圆形的石墩或石鼓,从门当雕刻的纹饰上能看出主人的身份和地位,是几品文官还是武官?或许是商人?如果两家要联姻,一方就会派人暗暗到对方家门前看看门当而做到心中有数。户对则是指位于门楣上方或门楣两侧的圆柱形木雕或雕砖,一般为短圆柱形,每根长一尺左右,与地面平行,与门楣垂直,由于户对位于门户之上,且为双数,有的是一对两个,有的是两对四个。五品以下官员只允许两个门当,四品以上的可以两对四个或三对六个。有门当的宅院必有户对,所以,门当、户对常常被同呼并称。生长在东北的人,很少见到过门当和户对,但它不是南方的特产,我们北方也讲搞对象"门当户对"呦!

同里镇有个珍珠塔景园,园里流传着珍珠塔的故事:南京监察御史陈王道做官清廉,为人正直。其妻方氏刁蛮任性、势力无比。其女如花似玉,知书达理。方氏的侄儿方卿家道中落投奔姑姑,想借些银两赴京赶考,姑姑不仅刁难侄儿,还说些难以入耳的话予以羞辱,命丫鬟将侄儿赶出后花园。小姐从丫鬟处听说此事,为母亲的做法感到痛心,连忙赶到后花园,并将装有传家宝"珍珠塔"的点心盒送与表弟。监察御史狠狠地数落了方氏,将大门关闭说:若想大门开,要等方卿来。三年后,方卿高中状元初任巡按,扮成道童来到姑母家,回击了当年姑母的羞辱,最后官轿驾到,与小姐完婚。

在同里,每个园子都有传说和传奇故事,比较有名的还有"退思园"、"松石悟园"等。这个千年古镇,明、清两代的园宅就有 38 处、寺观祠宇 47 座、绅士豪富住宅和名人故居数百处。状元、进士、文武举人多达百余人,厚重的文化底蕴为同里增添了人文色彩。

我夹杂在游人中,走过象征平安的太平桥、象征好运的吉利桥和象征长寿的长庆桥,望望桥下淙淙的河水忽然顿悟:这桥下流淌着的分明是古镇千年堆积的故事;聆听到的潺潺之声,分明是它们轻轻地讲述……

2013 年 12 月

桨声汩汩东逝去

有时会像个孩子样按捺不住冲动：读了陶渊明的《桃花源记》，总想去寻觅文中描绘的那个世外桃源；看场电影《少林寺》，想去嵩山学武功；欣赏了朱自清、俞平伯《桨声灯影里的秦淮河》，心里惦念杜牧笔下的商女，是怎样在秦淮河上唱歌？十里秦淮，你虽圆了我追寻多年的梦，却让我在每一滴水的折射里，看到你曾经的辉煌与沧桑；在每一刻河水的律动中，听到你以往的哀怨与悲歌。

秦淮河是中国第一文化历史长河，全长110公里，故称十里秦淮。古称淮水，也有人说是秦始皇南巡时所开。分内、外河，内河在南京境内，是十里秦淮最繁华之地。杜牧诗中"商女不知亡国恨，隔江犹唱后庭花"，指的就是秦淮河上的歌女。杜牧是中、晚唐诗人，《后庭花》是亡国之君陈后主所著的靡靡之音、亡国之曲。诗人夜晚来到秦淮河，船在靠近酒家的地方停泊，目睹了河上船来船往，歌女、商人、墨客也不乏政客云集于此，夜幕笼罩下，挑灯夜欢的生活场景。诗人所忧虑的仅仅是商女不知亡国恨吗？还有泊在秦淮醉生梦死的达官贵人、昏庸荒淫的统治者……眼见唐朝国势已衰，那穿梭于秦淮河中汩汩的桨声，寄托了诗人忧国忧民的无尽忧思。

没走进秦淮之前，不知道还有"秦淮八艳"等才艺名妓，但李香君是知道的，因为看过电影《桃花扇》。那时不仅年龄小，爱情故事在那个年代是不可触摸的，只记得当时为李香君和侯方域惋惜，咋没成呢？多般配的一对呀？那滴在扇子上的鲜红血滴，点缀成一枝美丽的桃花……懵懂中好像男主人公做了对不起李香君的事，最后扇毁人散。现存的"秦淮八艳陈列馆"，除李香君还有陈圆圆、董小宛、柳如是等，她们八位都经历了明到清的动乱时代，被逼青楼，她们虽是社会最底层的女性，在民族危难之时，表现出崇高的民族气节，与贪生怕死、卖国求荣的男人们形成了鲜明的对比。秦淮河岸至今留有她们的遗院，乘船夜游仍能见到李香君的故居，许是媚香楼吧！十里秦淮，能容纳多少商女歌女的辛酸事？桨声汩汩，能载动多少才女佳人的血泪史？

秦淮河一畔是教坊、名妓聚集地，是美女们歌舞升平的场所，与之一水之隔的另一畔则是江南贡院，是名士们科举考试的地方。从写着"夫子庙"匾额的大门进去不远，就是江南贡院，狭窄的号舍也叫号棚，三面是墙壁，只供一人囚犯样坐着。众多号舍、官房、膳房、杂役兵房等规模宏大，创造了中国古代科举考场的辉煌与鼎盛。长廊里陈列着从这里考出去的名人名士，照片与简介，第一名就是风流才子唐伯虎，还有我熟知的：文天祥、吴敬梓、袁枚、林则徐、施耐庵、曾国藩、左宗棠、李鸿章和陈独秀。这等历史上的风云人物，是不是能抵得住秦淮河上淫歌艳曲、纸醉金迷的诱惑？贡院书屋与阁楼红帐只一水之隔，而与子午线重叠的文德桥恰巧坐落秦淮河上，为谦谦君子与婀娜佳人搭建了通道，怎样约束他们呢？就有了"君子不过文德桥，过桥非君子"的说法，唐伯虎就因过了桥，被后人称是：风流才子！然而过与不过，歌女也好、才子也罢，他（她）们都已成为历史,悠悠岁月伴着汩汩桨声随着河水流逝了。

为什么要夜泊秦淮?夜间游秦淮票价比白天贵,游人们宁愿等到夜幕降临,灯光闪烁,才肯上船。朱自清和俞平伯笔下的"七板子"和载送女郎的"艇子"是寻不到了,取而代之的是马达声响的机动船;坐在船头招揽生意的歌妓和"摊开歌折"的伙计没有了,只剩挂着排排红灯笼的现代船穿梭河道上;"从生涩的歌喉里机械地发出来的"歌声听不到了,只有船舱里播放着事先录制好的标准话解说词。游船载着游人缓缓行驶,金碧辉煌的二龙戏珠、伸向河道的串串灯笼及灯笼上的"秦淮人家"、桥洞石墩上不知是哪些先人篆书着遒劲的大小字迹,流动的河水影映着霓虹的光束不停地晃动,被染红的河水斑驳着、迷离着。船行至王导、谢安纪念馆前,我恍悟:一句古诗,引用了几十年,知道用意却忽略了出处和历史背景——乌衣巷在秦淮河南岸,是三国时东吴的禁卫军驻地,因禁卫军身着黑衣而得名。东晋时王导、谢安两大家族居住于此,乌衣巷是豪门望族的聚居地,到了唐代沦为老百姓的住地,唐代诗人刘禹锡曾讽刺道:旧时王谢堂前燕,飞入寻常百姓家。这首诗脍炙人口,广泛流传,伴着汩汩桨声流向大江大海。

千百年来,到过秦淮河的人已不能用数字来量化,多少文人墨客抒发感慨之情,怀古之作?秦淮河像个历史大舞台,伴着时光隧道一路走来一路上演,一个时代的人演完了,落幕了,又一个时代的人登场了。我们这个时代也将成为历史,我们都免不了是时空的过客,秦淮河是永恒的,它累积了历史,流逝了岁月,流逝了汩汩的桨声。

2014 年 1 月

北国红叶

醉了!醉了!

醉了眸,醉了心,醉了魂。

这是红叶的摇篮,这是红叶的故乡,这是吉林蛟河的红叶谷。我不知道该用怎样的词汇描述你——红叶!也拿不出琼琚般的诗句赞美你——红叶!你的姿色是大自然的馈赠,你的风貌来自天籁。

国庆节前夕,几个文友随黑龙江报业集团奔赴长白山余脉的老爷岭山谷赏红叶。大巴车颠簸在乡村的公路上,临近山区,远远就能望到绵延茂密的森林,绿色、黄色、红色、橘红、褐色夹杂在一起五光十色,像华丽的彩装覆盖山体上,似锦缎缤纷在蓝天下,如画板斑斓着北国的黑土地。这天赐之美,恢宏而壮观,撩得车里人目不转睛,贪婪地用手机、相机拍照。

喜欢红叶,源于小时候看过的一部电影,电影的名字和内容都记不得了,只记得有句插曲:满山红叶似彩霞……从此,那透着血色的五齿叶片静静地沉于心底,默默地伴我走过了近半个世纪。几年前上网发文章,和文友商量后注册了网名:北国红叶。之后,我就用北国红叶这个网名发表作品,回复帖子,没人知道我是谁,多大年纪,都知道红叶是我,我是红叶。我很欣赏自己的网名,也沉醉于别人叫我“红叶”,虽然那是我不曾谋面的叶,是我无缘睹到的美,可我心底某处有它的一席之地。诚实地说,不知道东北有红叶,只知道北京的香山有红叶,总想找机会去香山看红叶,可惜一直没能如愿。去年听说我们东北的吉林有个红叶谷,我兴奋了365天。

还没进到谷里,就能见到近旁和远处夹杂在广袤林丛中那红红的树——团团簇簇,像熊熊的火焰热烈地燃烧,微风中摇曳的舞姿,在蓝天的映衬下那样鲜艳、那样的夺目、那样高贵,为我们开启了一席视觉盛宴。谷门口赫然悬挂"金秋染红叶"的条幅,同行的人们摆出各种姿势争相拍照,很难说清是秋染红叶,还是红叶渲秋。据说:只有经历过寒冷的秋风和秋霜后,叶子才能变红。我们来的时间有些早,因为没有下霜,部分树还没红透。仅这美丽的风景已叫我们留恋,一叶红便能赢得世人永恒的尊重,何况山上、谷里这么多红叶?

漫步谷中,望不尽远处那朵朵红叶树隐在绿叶树或黄叶树中,你会觉得安静了视线;舒缓了神经;而眼前的棵棵红树撑开红红的大伞与绿伞争夺着空间,你会不自觉地在红伞下驻足,多吸几口气,清心润肺般惬意;抬头仰视手可触及的是红叶,刚刚高过头顶的小树,也争着秋色,红红的展示自己;不可思议的几棵树——枝杈下部的树叶翠绿翠绿,尖部的树叶透红透红,和谐地厮守一个树枝上,在阳光照射下熠熠生辉、光鲜亮丽;低头瞅瞅脚下,松软的地毯也是红叶铺就,尽管叶已枯黄干瘪,但我知道:那是啼血后的残躯、燃烧尽的骨骸,因为红叶经历了涅□后,就要回归大地等待重生,等待下一个轮回。不是所有的树种经历过风刀霜剑都能变红,我查阅了资料,只有枫树、槭树、漆树、黄栌遇冷变红、经霜尤美。我们平时见到的杨树、柳树等秋风一吹,无边落叶萧萧下,秋霜还没来就先凋零了，这种反差和对比不言而喻。多少年来，红叶树祖祖辈辈相拥相抱在谷中，在深山峡谷中静静地展示着自然的风姿，原生态之美丽，忠心耿耿地守护着大山，佑护着脚下的土地和山林里一切有生命的生灵，履行着自然与历史交汇的责任。红叶无声，静静的没有哀怨！红叶无言，默默地倾囊奉献！

这么美的红叶，我只顾欣赏它血染的风采，竟没仔细观察叶片的纹理和脉络，只是大概观其形状，像五个手指的是枫叶，椭圆形的红叶就叫不出是什么树。因我终不忍揪下哪怕是一枚叶片，我怕因为我的一己私欲而终止它经霜尤茂的风骨；我怕影响它生命的怒放而玷污了它傲霜斗雪的品格。

人们在赞美南国的红豆最具相思之情的同时，是否想到北国的红叶更具相恋之意。不是么，凡是见过红叶的人，谁能忘怀？不思恋它的红？不眷恋它的美？我爱红叶，因为我有一个与它相同的名字！我爱红叶，爱它浴霜更美的容颜！我爱红叶，它有抵御寒冷的傲骨！

2014 年 10 月

泰山感怀

中国十大名山之一的东岳泰山,被誉为"天下名山第一"。古往今来,多少人游历此山,领略了山的雄伟与博大,峰的叠嶂与巍峨。

那日,我有幸到泰山脚下,只见连绵的山峰,重峦叠翠、高耸入云。我指着最高的一座说:"那座可能是泰山。""这算啥?泰山在它后面比它高多了,现在你看不见。"一位下山的游客笑着对我说。

早年曾在资料上得知,我国有五岳:西岳华山,南岳衡山,北岳恒山,中岳嵩山,东岳泰山。泰山为五岳之首,在山东省中部,山峰峻拔,气势雄伟。登临绝顶有"旭日东升,晚霞夕照,黄河金带,云海玉盘"等奇观。

我是在平原长大的,仰慕泰山已久,眼前这些山已叫我很兴奋,听说还有更高的山,真想一睹为快。旅游客车载着我们在盘山道上行驶了约 40 分钟到了中天门。事后看旅游图方知,中天门海拔 940 米,距顶峰玉皇顶还有 584 米。我随人流边登山边拍照,美丽的大自然让我不忍心停下手里的相机。这是"望人松",导游指着几棵形态各异的松树告诉我们。在悬崖峭壁上探出身子,向来往游人展示着松的倔强与挺拔,葱茏与高洁。这就是泰山顶上一青松吧?我摆个"郭剑光"的姿势留个影。

一位老婆婆也在家人的陪伴下顽强地攀登着。"老人家，多大年龄了？""66岁。"我感叹自愧不如，猜想她是怕有生之年看不到泰山的美景，留下遗憾？还是求泰山上的神灵保佑她的子孙们平安幸福？是哪种力量我不得而知，感觉是："你看那白发的婆婆，挺起了腰杆也像十七八。"

攀登的途中，随处可见历代帝王上山封禅留下的遗迹和御笔，文人雅士的诗文篆刻，都庄重地彰显在泰山石上。从古至今、上至皇帝下到平民，都把泰山视为离天最近的地方，只要在泰山上有所表示，似乎天庭的神仙们就能看到知道。

一个三十多岁的男士，身上背着几根粗大的香，汗流浃背。我好奇："山上不是有卖香的吗？"他说："越往山上越贵。"听了此话，我也就近买几根让丈夫背着，因为我们还有一个任务，就是去泰山奶奶庙烧几炷香。丈夫的老家在山东德州一带，很崇拜"泰山奶奶"。婆婆近几年身体不好，嘱咐子女们有机会一定去看看"泰山奶奶"。不知攀登了多久，也不知拍了多少张照片，路标显示到了"十八盘"。

陡立的十八盘，犹如云梯直下，7000余级石阶立陡立隘。我上三级一歇、登五级一喘。就这样登登停停、停停登登，再也顾不得什么壮观美景，相机也成了累赘。突然想起"逼上梁山"那句话，心想自己这是"逼上泰山"呐！一步一喘地问下山的人："还有多高了？""快了，不到500米。"那是下山的游客为鼓励上山的游人说的谎言，实际距离甚远。真想跟下山的游人一起往回走！又恐前功尽弃，不及六十多岁的婆婆。登过泰山十八盘的人，都会有一种感受，那是考验耐力的一次大比拼，考察毅力的一回大测试，每个人都咬紧牙坚持着。四周的景色越来越模糊,头发已经湿透了,是汗?是雨?还是雾滴?搞不清楚。

终于到了南天门。导游说:南天门就是天庭的大门,也是仙境的大门,迈过门槛就成了仙人,不许乱说话。我们理会导游的用意,怕惊扰了天神而给自己带来晦气,都不声张地小心前行。沿着天街往上走,远近有几处摄影点,几位身着大黄棉袄的摄影员来回踱步,我下意识地看了自己穿的短袖衫,也觉几分冷意,真是高处不胜寒! 放眼望去,天上没有太阳,山峰、奇树、鲜花、流水什么都看不见了,灰蒙蒙、阴沉沉、湿漉漉,像云? 像雾? 还像烟? 忽然想起"不畏浮云遮望眼,只缘身在最高层"的诗句来。

沿着天街向前走就到了碧霞祠,这里供奉的就是"泰山奶奶"了。偌大的祠中冷冷清清,只有两个道士打扮的人和三个前来上香的游客。那"泰山奶奶"衣着陈旧,辨不清颜色;满脸满身的灰尘与灰网。有种"泥菩萨过河"的感觉,还能保佑别人?糊弄点钱儿而已。违心地烧了香,磕了头,算是完成了心愿继续前行。又往前走了很远,终于到了泰山的最高峰"玉皇顶"。一个大殿里,正中坐着玉皇大帝,两旁一个是王母娘娘、另一尊女塑像不知是谁。此外,左排有四员大将、右排有四员大将。我只认得"托塔天王",他们也满脸满身的尘埃,冷清而寂寞地独守这方寸之地。年复一年,他们快乐吗? 幸福吗? 一切的一切不过是人们的想象而已。难怪黄梅戏《天仙配》里,七个仙女羡慕人间男欢女爱、男耕女织的人间生活。

许是阴天,我们都在云雾中,没有看到:旭日东升、晚霞夕照、黄河金带、云海玉盘的美景。就连杜甫《望岳》中"会当凌绝顶,一览众山小"的视觉都没尝到。但我仍自豪地说:泰山,我来过了。

坐着缆车下山了。雾渐渐散去,景色渐渐清晰。只见山势雄伟,葱翠绵延。极目远眺,峰峰相连,峦峦相抱,青山绿谷,绿意盎然,山水相映、古刹幽深,令人目不暇接。我吸着清新的空气,闻着诱人的花香,清楚地知道:泰山是大自然赋予我们人类精神的、物质的、文化的、历史的宝贵财富,没有神灵驱使和主宰。它经历了时代的更迭依然恬淡安详,就像个沧桑老者,把它的雄伟与巍峨展现给世界;把它厚重的文化内涵和清新的自然景观,留给它的子孙。

2005 年 7 月

江南三月花烂漫

只为 20 年前那次擦窗而过，我在苦苦地错过了 19 个春天后，于今年的三月启程南下，再一次踏上四季常青的"天堂"之地——江南。

三月的江南繁花似锦，我日思夜想的玉兰花儿就在这个季节盛开。那是 20 年前的一次公出，我和同事们乘坐的面包车行驶在上海的公路上，路旁闪过一种树，光秃秃的树枝还没长出树叶，满枝芽生长出大大的、白白的花和蕾，冰清玉洁地伫立树枝上，与我们乘坐的车窗一闪而过。好想能亲眼瞧一瞧，亲手摸一摸那白玉般娇嫩的花，只那一眼便终不能忘，一次邂逅便魂牵梦萦，赏花的夙愿也随花开花落从春天盼望至秋天失望，年复一年，演绎成 19 个年轮。

行进在江南，满目鹅黄，灿灿的油菜花儿无处不在、无处不开。南方人很会利用土地资源，田垄上、沟渠旁、林间空地、地头儿田间、房前屋后、池塘边，见缝插针般黄黄一片。嫩嫩的油菜花引来了蜜蜂，也迎来了全国各地观光的游客。蒲公英也在公路两侧的绿草丛中摇动着；公园里、路基旁的迎春花儿，串串的黄花布满枝条相拥相挤，黄色成了这个季节的主色。鲜艳的黄花，撩得大巴车里的黑龙江游客一阵骚动，不住的惊叹。导游取笑地说：一会儿停车你们就站在油菜花田里照相，你们都成了"黄花儿大姑娘"，一阵哄然大笑，北方人爽朗的笑声,回响在黄金铺就的南方大地上。

　　熟悉的一幕再度重现,车窗掠过,公路旁一棵棵盛开的玉兰树擦窗而过,不同的是,这次盛开的玉兰,多数是紫色的,偶尔见到有白色的。我多渴望能近距离观赏到那高傲的花儿,急得在车上直跺脚,嘴里不住地喊:"玉兰,玉兰!"导游慢条斯理地:不急,多得是,一会儿下车你就看到了。走进景点的大门里,远远望见两株玉兰花正热烈地盛开,团团簇簇绽放枝头。我们蜂拥过去,一阵淡淡的幽香袭过来,那些花儿——有对着蓝天白云张嘴大笑;有见到游人抿嘴微笑;有像个待嫁的姑娘矜持着害羞不笑。我知道最终它们都会笑,因为花开一季,会把最美丽的一面奉献出来。同伴们抢着与玉兰花合影拍照,手扶玉兰露出笑脸,灿烂的笑容与花儿一样美丽,一样动人。玉兰花没有绿叶陪伴但不孤独,有我们人类的笑意相迎、笑脸相伴,依然清纯地傲放。

　　三月的江南春寒料峭,街上行走的人有穿棉服的,有穿棉马甲的,和我们北方的气温差不多,整个行程我们都没觉得热。带去的夏装一件也没用上,六个人竟有三个人患感冒了。在这样的温度里,花儿竞相盛开,且不止娇媚的玉兰花和金黄的油菜花,还有红彤彤的山茶花,粉嫩的梅花和樱花,绿绿的兰花草举着淡紫色花,红色的郁金香,粉红的海棠花……花开似海,姹紫嫣红,它们都是江南的迎春花。想来这些花儿的枝干也经历了严冬的考验,花的根部扎根土壤里,吸吮着大地的精华,努力地孕育这些鲜艳的花蕾,这个过程是无声的、漫长的,最后努力绽放。花儿带给人类和大自然的是芳香,是美丽,是快乐。

　　　　　　　　　　　　　　　　2015 年 4 月

难忘萨马街

汽车朝着阿尔山方向疾驶着。途径内蒙古的蘑菇气镇时，我的心便激动起来，再往前就是萨马街了，那里有高大的莫里根雕塑，有我向往的自然生态景观，有好客的少数民族朋友，更有美丽的红毛柳。

今年5月份，我陪同喜爱根雕的朋友来到萨马街收集根雕，一位达斡尔族牧民朋友领着我们进山了。草还未返青，树也没吐绿，微风中的树干和枝条已呈现出灰绿，偶见有的柳树稍长满串串白嘟噜的柳花。途经一条二三十米长的小桥，清凌凌的河水在桥下缓缓流过，河两岸长满密密麻麻高低不等的树。"看，鸳鸯！"顺着牧民手指的方向，桥西侧有两只鸳鸯在戏水。它们追逐着，一会儿扎进水里，一会儿又钻出水面，由于距离稍远，看不清五颜六色的身姿，但我断定，那定是一对甜蜜相伴的雄雌鸳鸯在卿卿我我。扑棱棱一只鸳鸯飞起，原来是一群羊来河边饮水，惊飞了鸳鸯鸟，另一只随即也淹没水中不见踪影。我本能地向桥东望去，有三个小东西在岸边游玩，便问牧人，他说也是鸳鸯，奇怪，鸳鸯都是成双成对的呀？那多出来的是它们的孩子吧？真想下车去探个究竟。长这么大，还是第一次见到活体真货，优美的体态在悠闲地嬉戏着，谁见了都会喜爱的。

往前走，来到一座堆满碎石的山坡前，我们就在这石堆里翻找树根。有柞树根、杨树根、榆树根。大的树根几个人都弄不动，小的树根也就手指头粗。它们被埋在石头缝里，无法泛绿、失去了生机，这是人类采石造成的。人类在满足自己生产生活需要的同时，不惜毁掉其他物种，某种意义上讲是在自掘坟墓，这就是人类的可悲之处。

山脚下是条道，道的南侧是河床，河床上站立着杨树和柳树。一部分树在春风中挺立，待机勃发；一部分树则东倒西歪，横七竖八，甚至倒在地上死掉，看了揪心。沿着河床信步走去，河冰还没完全融化，河水在冰层下哗哗地流淌。吸着清新的空气，嗅着被河水润湿的泥土散发出的芳香，欣赏着河水撞击着冰碴泛起小小浪花，有说不出的惬意。猛地，闯入视线的是一棵红红的大树，足有三十多米高。只见它亭亭玉立，暗红的枝条向上生长着，形成红色的树冠。偌大的树冠舒展开来，像棵出水的红珊瑚，还像一把火炬，更像一个着红裙的翩翩少女或害羞的新娘。在这为数不多、称不上林的树中，它非常抢眼。问过牧人，方知这树叫红毛柳，是柳树的一种。我想起那年去头站乡采风，绰尔河边密密麻麻的柳条如灌木高，有文友说是红毛柳。因那个季节柳树正枝繁叶茂，看不清枝干是红色，留下了遗憾。这次能捕捉到红毛柳最美的盛装，真是有幸。离开的时候，我不舍地回头望着，那团火仍在熊熊燃烧，火光四射温暖着河床。

就在余兴未消的状态里回到牧人家。牧人领着我们去猪圈参观，里面有一头捕获的野猪。女主人正忙活着炖鱼，都是早晨打上来的野生鱼。牧人的母亲不会说汉话，拉着我指着那些野生鱼比画着，虽不懂她肢体语言的含义，但她的热情和亲切让我感动。牧人东屋的东墙上，壁挂着有雄鹿角的标本，西屋的西墙上也有同样标本。还有一些少数民族的装饰和用具，到处弥漫着少数民族的家庭气息。据牧人讲："萨马街"在少数民族语言的原音读"萨马拉"，是巫医跳大神的意思。现有蒙古、鄂温克、满族、汉族等七个民族居住，从早年的狩猎逐步过渡到农耕，生活习俗和劳作方式的改变，很多家庭还不适应。当初曾发生过将上级发下来种地的种子，被男人们换酒喝了；鼓励牧民们发展畜牧的种羊也被宰杀吃肉了。如今家家都有农耕机械，开始农耕作业，结束了放牧狩猎居无定所的游荡生活。

　　午餐开始了，女主人和牧人的母亲没有上桌，我想她们一定是还保持着某种习俗，只有牧人陪着我们一同吃喝。四个菜全是野味，野生鲫鱼、狍子肉、野猪肉和松鼠肉。野猪肉和松鼠肉我是第一次品尝到，松鼠肉比鸽子肉还香，那种香沁人心扉，回味无穷。品着美食心里在想：这是高级别的招待宴了，也许他们只是偶尔去掠杀这些野生物种，但这样下去用不了多久，原生态的物种也会消失殆尽。嘴里吃着美味，心里想着保护野生动物，我自嘲是"鳄鱼落泪"。

　　萨马街，这个少数民族聚居的小镇，那里厚重的民族文化令我觉得神秘，那里风光秀丽让我陶醉，野生物种多样叫我留恋。然而，那里也有我的心痛和担忧，更有我的期待和憧憬。

2012 年 12 月

兼葭芦苇荡　今昔沙家浜

　　我上中学的时候,正是"样板戏"兴盛的时代。那时,只要一听说学校包场电影,同学们便兴奋的饭都吃不下去了,眼巴巴地盼着那张电影票,乖乖地站好队"一、二、一"进入电影院。看过电影出来,淘气的男生手舞足蹈,学着里面的俏皮话或精彩的片段;女声则小声学着哼唱,看一部样板戏,得折腾一阵子。那时候没有电视、电脑和手机,看场电影就是最大的享受。

　　每逢学校汇演或搞庆祝,各班级演出的节目也都是样板戏,自导自演。脍炙人口的当属《沙家浜》"智斗"那场:蠢笨的草包司令胡传魁,聪明机警的共产党员阿庆嫂,阴险狡诈的参谋长刁德一,经同学们一扮演,即稚嫩又可笑,即有漏洞又有相像之处。又比如"坚持"那场,郭建光的"要学那泰山顶上一青松",那铿锵的唱词和唱腔响彻校园,以至于我成年后,终于登上泰山去看那青松。还记得我下一年级有个女班长,扮演郭建光,她同班的另一个女生扮演沙奶奶,"一个个像座黑铁塔",精妙的唱词唱出了浓浓的军民鱼水情。那时还有封建思想,男、女生不好意思一起演戏,女扮男装一身灰制服,扎着腿绷,唱的全校师生"呱!呱!"鼓掌。尽管时光流逝冲走了许多记忆,但这红色的记忆仍伴随我们成长,影响着我们未来的人生。后来,我才知道,那精美的唱腔也同样影响着成年人,大人们茶余饭后都在不自觉地哼唱,是那时代几辈儿人的精神食粮。

历史无声，精神永恒。我终于走进了向往已久的沙家浜，有幸阅览了热血铸就的革命纪念馆和芦苇密布的阳澄湖。打开这一页闪光的历史，我读到了那些动人的故事和《沙家浜》的人物原型。指导员郭建光的原型是由三个人组成：郭曦晨、李建模、夏光，各取他们名字中的一个字。他们三人都是抗日志士，后来都成为将领。其中的夏光，就是36名伤员之一。1939年新四军西撤，留下了36名伤病员在沙家浜养伤，他们坚持与日伪斗智斗勇，伤愈后成为常熟一代坚强有力的抗日武装。这和《沙家浜》里所说的十八个伤病员有出入。阿庆嫂的原型：范慧玲和陈二妹，前者是名党员，为革命辗转于常熟一代；陈二妹丈夫是名地下党员，她开的茶馆是地下联络站。沙奶奶等是千千万万抗日群众的代表。《沙家浜》的前身是沪剧《芦荡火种》。1963年进京演出，经毛主席提议改名《沙家浜》，后又改编成革命现代京剧样板戏。纪念馆里陈列着血染的旧军衣，开线的鞋子，褪了色的军背包，子弹夹和旧军帽，裂缝的钢盔，斑驳的长枪和短枪，锈迹斑斑的长、短战刀。陈列品无言，却在声讨着侵略者的罪行；陈列品无声，却在高唱着中国人民不屈不挠、坚持斗争的民族凯歌；陈列品无语，却在向后人叙述这里曾经硝烟伴着战火，及战火中的动人故事。

沙家浜不仅是块革命热土，这里环境优美，芦苇茂盛，久负盛名的阳澄湖吸引着全国各地的游人来观光；肥美的大闸蟹令游人们不得不慷慨解囊前来品尝。没到沙家浜之前，我常弄不明白，芦苇荡能藏人？而且还是一群人？想象不出稀稀拉拉的芦苇丛、茎和叶不比草粗，不比草高多少，是怎么把伤病员藏起来的？进了阳澄湖，我震惊了！粗壮的芦苇和浩瀚的芦荡一望无际,碧绿的湖水苇荡中穿流。阳澄湖的芦苇比我们这儿的高粱秆还粗,芦苇叶有如我们这儿的玉米叶,苇高都能过房顶,五六米高的芦茎举着浅褐色的芦花,在阳光的反射下光鲜亮丽,硕大的芦花儿有一尺多长,像把大扫帚随着微风扫来扫去。株株绿苇相拥相抱密不可分,别说十几个人,千军万马也能隐匿其中,兼葭的苇荡真乃天然屏障!说出来有些汗颜:我们东北的芦苇跟江南的芦苇没法比,大概不是一个品种吧!坐着手摇橹船,听着船桨划着湖水"哗啦哗啦",穿行于湖道中,高高密密的芦苇丛在身边慢慢掠过,甚至伸手就能薅一把苇叶,那种愉悦不身临其境是体会不到的。穿着蓝底白花儿小衫的村妇,打扮成阿庆嫂的样子,边摇橹边讲解。我们边询问边琢磨令人半懂不懂的南方话。大概意思还是听明白了,生活在沙家浜的人们,养殖的阳澄湖大闸蟹很畅销,旅游旺季像她们摇船的妇女,每天也有七百多元的收入,男人们更是闲不着,不难想象他们过着富足的日子。

沙家浜景区秩序井然,大型船、机动船、摇橹船各有各的游览区域,互不相扰;景区路牌上箭头标向——红石村,那是当年伤病员从芦苇荡转移去的地方;小街上人来人往,不算豪华的露天戏台正上演着京剧《沙家浜》片段,略微发胖的阿庆嫂表情丰富地唱着,唉!条件好了,阿庆嫂也长肉了;春来茶馆门前摆放着桌凳,供游人休息;昔日的伪军司令部刁家大院,深色的门窗把房屋显得暗淡冷清。

人去物存,阳澄湖还在、芦荡还在、茶馆还在,是它们见证了沙家浜的流光岁月。郭建光走了、阿庆嫂走了、沙奶奶走了,是他们谱写了民族战争的壮丽史诗。

2013 年 12 月

一路芬芳

南北朝时期,民间流传着一首民歌:"天苍苍,野茫茫,风吹草低见牛羊。"这次去内蒙古游玩,我就见到了这样的景象——蓝天白云、茫茫绿野和成群的牛羊,更有艳丽的鲜花。

阿尔山之行,最养眼的是绵延的重重群山和缭绕群山的薄云轻雾,触手可及的是清新的绿树和娇嫩的碧草,愉悦身心的是怒放的灿烂鲜花。

坐在行进中的汽车里,欣赏着蓝蓝的天,白白的云,绵绵的山,绿绿的树,吃草的牛、马群,感受天有多大,草原就有多大;天有多远,草原就有多远。草永远是这里的主题,花儿便是这里的风景。"看,大烟花儿!"公路旁,随风摇曳着几枝细茎高挑、顶着淡黄色花瓣儿的野花。我这一惊呼,引来同车人的共鸣,司机无奈,停车满足我采花儿的欲望,接着便是红的野百合、紫的桔梗花、黄的野菊……就这样走走停停,而我也已采集起一把花束,眼见散开在绿草丛中的花越来越多、越来越密。我再贪婪,也不能将所有的花儿都揽入怀中,再说前面还有很多景点需要游览,更不好意思拖累大家陪我采花儿,还是继续前行吧!我手握芬芳鲜艳的花束,联想到小时候借挖野菜之际而采花儿的情景,仿佛又回到了童年。花香弥散在车里,冲淡了令人作呕的汽油味儿,车里人嗅着花香心潮也澎湃起来。

到了柴河,花瓣滴落,花束黯然失色,我既怜悯又心痛,怜悯花儿这么快就凋零了,心痛自己无意间成了杀手。柴河是醉美的,远山并不远,清晰地能见到山前的薄雾在慢慢地蒸腾,像云还像烟,似轻纱笼罩山前,如轻烟缭绕山间。如果没有山,就衬托不出雾;如果没有雾,也许山就不朦胧,正因如此,柴河的山和雾令人陶醉。文友们顾不得一路疲惫,跑上一个小山坡去抢拍。我不是好"摄"者,尾随其后观山望景。

这是一个不高的小山,我们顺着缓坡一路上行,一条不规则的小径是旅游观光者的足迹。我却没走小径,哪里有花儿我就奔向哪里,深一脚浅一脚,脚脚都惊飞无名的昆虫和蚂蚱,"沙!"一个黑红色的沙虫飞起,落在前方的草丛中;"蝈!蝈!"躲在暗处的蝈蝈鸣叫不停。我全然不理,自顾采花儿。这回我按颜色搭配、按大小搭配,金黄色、粉色、紫色、红色的大朵配上白色、淡黄色的小碎花儿,还有些毛毛草,组成了色全鲜艳的大花束。手捧花束,登到山顶,眺眺苍茫的远山、望望眼下的卧牛泡、看看身旁盘旋的苍鹰、瞅瞅脚下的敖包,我长出了一口气,好像把几十年的不快和郁闷都吐了出去。文友提议:见到敖包是有仪式的。我绕行三圈,捡块石头放到包上,双手合十默默许愿来祈求花儿们的原谅:我不是劫匪,我只是喜爱自然、喜爱花草,我抱不动大山,也揽不住大地,只有摘束鲜花来慰藉枯燥的心灵。再见了敖包!再见了仍在绽放的花儿们!再见了无忧无虑的蝈蝈和蚂蚱!

回到小旅店,见到一个塑料瓶,插着一束干枯的花束,是哪位爱花的游客留下的?即使是枯枝也韵味十足,我被提醒了。于是,我也找来随行的矿泉水瓶,放满清水,把我心爱的花束插在里面。第二天出行，我就把花束瓶插在汽车座椅的背后，任车子怎样颠簸，鲜花依然美丽，花香依然四溢，这便是我制作的第一花束，有了这束鲜花的陪伴，心情分外舒畅，无论是登山游天池，还是冒雨游石塘都不知疲劳，其乐融融。

向着阿尔山方向，沿途片片花海虽然吸引着我，我却没有采摘的欲望，那漫山遍野的油菜花田、驼峰岭上黄灿灿的黄花菜，能消炎利喉并禁止采摘的金莲花，它们都不属于我，它们是人类的财富。第二束花是在游天池、看石塘、走三潭等景点时收集的有代表性的花朵，特别是阿尔山脚下，望着茫茫无际的葱葱绿草，点缀着斑斑点点的鲜艳亮丽的野花，悠闲啃草的牛群和追逐奔跑的骏马，真让我留恋，竟有点忘记了采花。

回来后，我把两束鲜花放在茶桌上，淡淡的花香弥散开来，那样的温馨，又那样的质朴。嗅着花香，会觉得灵魂得到净化，上班也精神抖擞，回到家做家务也不知疲倦劲头十足，仿佛情感也得到了升华。那两束鲜花持续盛开了一周，渐渐地干枯成了标本。

花干枯了，但我们的心情不能干枯；花凋零了，我们向往一切美好的内心不能凋零。人的一生，容颜会慢慢变老，亲情随着岁月也许会淡泊，友情终将也有散去的时候，但心情不应该老去，无论你 50 岁还是 70 岁，心中永远是花季，心花就永远盛开。

2012 年 7 月

小桥　流水　人家

　　那天和儿子讨论旅游之事,儿子说:旅游就是在一个自己待腻了的地方,到一个别人待腻了的地方。我听后大笑,继而咂咂嘴,觉得说的有道理,我又何尝不是从自己呆腻的东北,夹在拥挤的车流和人流中,挤到这江南古镇周庄,饱览着马致远笔下的小桥、流水、人家。

　　古镇周庄现有桥14座,都建自元、明、清时代,比较有名的八座石桥,形态不同、风格各异。最具代表性的、也是周庄的标志性建筑是双石桥,建于明朝万历年间,一座石拱桥和一座石梁桥构建组成,一横一竖的桥型,像一把古代的钥匙,当地人叫它"钥匙桥"。我承认来得不是时候,双石桥来往的人蜂拥着、僵持着,上不来也下不去。想拍一张石桥,可拍到的是黑压压的人头。想起电视上说:黄金周期间西湖的桥也是这样,被人挤得看不到桥只看到人,有人哂笑说:估计法海来了,也会被挤到河里去。周庄还有一座贞丰桥,因张艺谋和巩俐在此拍了部电影《摇啊摇,摇到外婆桥》后,此桥便改为外婆桥,应运而生的便是外婆饭店、外婆住宿之类的店铺。远离人满为患的地方, 还是能看到古镇的这些桥连接着河道两旁的粉墙黛瓦的房子,桥上行人穿梭,桥下流水缓缓,桥边绿树掩映,桥洞小船悠悠划过。偶见村妇站在石阶上浣衣洗菜, 好一派古镇神韵,好一幅水巷风光。为了留住桥与小巷相连,桥与流水相恋,桥与人家相亲的美丽场景，最后买了一套画着周庄八座石桥的鼻烟壶，带回家珍藏。

周庄的水是迷人的，它伸展臂膀，一边挽着若干石桥，一边揽着众多"白房"。正因如此周庄也被誉为"中国第一水乡"，中国文联文艺家生活创作基地也设在此。水道代替了巷道，我想威尼斯也不过如此，只是房屋的建筑风格不同罢了。进得周庄，就能看见河道的两岸，全都是石头垒砌，微风吹皱碧水，水中倒映着古朴的房子和葱绿的树木。岸边婀娜的绿柳，飘逸的柳枝垂向水面，像女人纤细的玉手，撩拨着碧绿的渠水。碧水舒缓，流经每座房前屋后，一些人家门前下几道石阶，就触到水面了，居民用这水洗衣做饭，千百年来周而复始。据当地人说：早年这水渠里是有鱼的，过去很多人都以打鱼为生。现在旅游业发展了，鱼也少了，很多人都已转行。但摇橹划船是周庄人的看家本领。不信，你看那些头戴草帽，身穿蓝底白花小袄的村妇，摇着乌篷船，载着游客，慢悠悠地划行于河道中，穿梭于粉墙黛瓦间。

周庄人居住的房子，和我们北方是不同的，其独特之处就是房子都建在水上。房子底部的石头，也就是我们北方所说的地基，离水面不足一尺，石头的上方粉刷成白色墙面。房顶的青黑色小瓦，紧紧密密的一片压着一片，有些房子房顶四角翘起，这种墙和瓦组成了"粉墙黛瓦"的别样建筑。也有一些新建的商家和店铺，飞檐朱栏、雕梁画栋，配着串串红灯笼，更衬托出古镇的古香古色，淳朴典雅。周庄人就在这样的房屋中进进出出，过着日出而作，日落而歇的生活。

周庄有九百多年的历史，其中各朝各代不乏名人名仕。明太主朱元璋时期的沈万三,家财富可敌国。朱元璋要在南京建都,准备扩建应天城,没钱修城墙,沈万三出资并亲自督建。因工程比皇家修建的还好且快,朱元璋感觉很没面子,龙颜大怒,将沈万三家财没收并发配充军。乡里人打出"万三蹄□、万三猪蹄"的熟食,其店铺遍及周庄的街头巷尾,赶上旅游旺季,周庄人家在河道两岸摆上餐桌,游人图方便在岸边就餐。很多人说周庄的"商业化"味道太浓了。是啊,大小店铺一家挨一家,喧嚣的小镇人头攒动,熙熙攘攘的人流塞满了本不大的小街,摇橹声、流水声、叫卖声充斥着这个"东方威尼斯"。

听人说:周庄最美的时候是清晨和黄昏,听着悠扬的钟声,默默地欣赏着宁静而安详的周庄,静静地观赏着小桥、流水、人家,那该有多么惬意。周庄,有机会我还来,我会避开旅游旺季,美美地欣赏你的容颜,深深体会你厚重的水文化。

2013 年 12 月

走进大峡谷

该是怎样的力量，能将地球撕裂？当你战战兢兢地面对这个被撕裂的口子时，你会觉得自己惊悸的心也被撕裂了；当你深一脚浅一脚走进口子底时，你真的被它吞噬了——这就是阿尔山大峡谷留给我的感受。从阿尔山游玩回来，几次提笔都无法进入状态，最怕的就是那个大峡谷，它像个魔窟一样，令我毛骨悚然。但我又忍不住想向人们说起它，因为它给了我太多的感悟，太深的感慨和太强烈的感叹！这恐怖的一幕给我以启迪，这惊魂的一景给我以激励。

正值草原最美的季节，我们游历了阿尔山的几个景点。刚到第一个景点时，工作人员就对我们说：大峡谷值得一看。为了满足我们心中的那份欲望，我们几个顶着雨，随着人流往峡谷里走。雨中的密林，空气清新，密林中的羊肠小路，曲径通幽，从树叶滑落到雨伞上的水滴"吧嗒！吧嗒"。有生以来，没有见过峡谷，想象不出它是什么样子，那种渴望可想而知。忽然，眼前开阔，撞击眼球的是好几十米宽、好几十米深的大裂谷。谷的壁面堆满了层层叠叠的石块，看着眼晕，平整的地球表面出现了裂痕，就和电视里看到的山崩地裂过后一样，裸露出龇牙咧嘴的残垣断壁。天塌地陷，世界末日也不过如此，不知别的游客啥心情？反正我是很恐怖，不敢往脚下看，也不敢往远看，仗着胆跟着同伴们顺着阶梯往下走。到处是袒露的石块，它们叠压着、拥挤着、密密麻麻塞进你的视野，是石头的海洋。这石头也和平时见到的不一样，出奇的大，黑乎乎没有棱角，朝阳面的石头长满了层层苔藓，说是青苔，又不太绿，底层的苔藓呈黑色，最上层的才是绿色，也许是季节变化，青苔也一岁一枯荣吧？年年岁岁石头捧着青苔；青苔吻着石头就这样和日月周旋着。这些石头，尽管风吹日晒霜打雨蚀，它们岿然不动，没人知道它们在这里袒露了多少年。附着在它们表面的苔藓，黑了绿、绿了黑，靠走了一代又一代的生灵。与这石海相比，你会感觉到自己，不，是人类！人类的渺小和脆弱，甚至不及那些生长在石头上亘古不老的苔藓。

走到谷底，心情平和了许多，东侧谷裂中一股山水哗哗流出，因距离太远，无法到近前察看，只见水流由细变粗，从上向下流向谷底；西南侧谷裂中，又有一股山水淙淙流出，因水的颜色泛红，被称作"红河谷"，这股水与东侧那股水汇合后从谷底流走了，有标牌显示"柴河源"，我猜想这就是柴河的源头了，想象得出，这涓涓细流就像我们人一样，开始了它一生壮丽曲折的里程，直至汇入大海。

我们例行公事地一顿拍照，顺原路返回，在景点出口处看到了一块牌子，上面介绍了峡谷生成的时间，大约是 30 万年前。天哪！这些石头在这儿堆砌了 30 万年？这水也流淌了 30 万年？那是人类不曾经历的光阴和岁月，相比之下，我们人类的历史短得可怜。我想起考古学家们，每每挖掘出一千多年前的文物都兴奋不已，倘若发现超过两千年的就震惊全国了；拍卖家们拍卖的几千年的古董物件，都价值连城，照这样说，30万年前这古老的石头岂不更值钱了吗？我这么说不是抬杠，是光阴太吝啬,给我们人类的时间太少了;是大自然太残酷,给我们人类的寿命太短了。即使这样,我们仍要感谢上苍,给我们人类最聪明的智慧,来实现其他生灵无法做到的事。这种智慧,是无法用光阴和岁月来衡量和计算的。那石头,30万年前是石头,30万年后仍然是石头,而我们人类,可以在几年之内造出火箭、飞船……甚至可以抛弃地球到其他星球上安家。也许有人觉得人和石头没有可比性,但我们完全可以从中找到令我们警醒的真理,那就是——生命的长度有限,生命的宽度无限。

从阿尔山回来后总是在想,大峡谷每日游客很多,对于它,我们是过客,来也匆匆带来了脚印,去也匆匆带走的是照片;对于光阴岁月,我们人类又何尝不是过客?我们匆匆降落人世,没带来一件衣衫,又匆匆离世化作云烟,带不走一片云彩。我们改变不了什么,我们也主宰不了什么,算一算真正属于我们的时间还有多少?还有多少事要做?给后人留下的是什么?难道不值得我们好好地想一想吗?我想我们活着就得跟时间赛跑,虽然在红尘中忙忙碌碌,但一定要在有限的生命里,多做有意义的事情,也不枉我们托生一回人。

2012 年 11 月

竹海竹韵

真羡慕候鸟,能飞往自己适宜与心怡的地方繁衍栖息,同时享受用羽翼丈量天空的快感,饱览秀美山川,江河湖海的喜悦。之所以这么说,是我这次在江南见到了竹林,层层叠叠的绿竹令我留恋,渴望自己能像候鸟那样年年飞往南方,穿梭于竹海中。

南山位于江苏溧阳境内,满山生长着葱翠的毛竹,像一片汪洋的绿海,因此被称作"南山竹海"。算不上是名山大川,也不是国家五 A 级景区,但优美的毛竹令我心醉,浓密的竹林气势磅礴。来到山门前便有竹子映入眼帘,高高地、直直地挺立着,举着数不清的小绿旗样的竹叶摇动着。这些修长的竹子与我们东北粗壮的大树比,它就是高挑帅气的"小伙"。竹子下面小商小贩正在兜售当地的特产,竹叶茶、竹编制品、竹筷和竹笔筒等。抬眼望去,雾蒙蒙的山上烟云缭绕,朦胧的轮廓下隐隐的茂密竹林,山更深邃静谧,仿佛一身绿铠甲外又裹了件薄纱。还未来得及登山就下起了□□细雨,游人不得不乘车上山。第一次见到这么多的竹,漫山遍野疯长着、拥挤着,鲜鲜的、嫩嫩的、绿绿的,似一块绿色的丝绸。这绿包裹着游人,淹没了游人乘坐的游车和上山的小客车。被雨滴洗礼过的竹叶和竹干,越发水灵娇嫩。吸着氤氲清新的林中空气,一股植物的芳香混着泥土香沁入心肺,从未有过的轻松和快意荡涤着身心。想想我们整天忙于工作和生活，吸着含有雾霾的空气和刺鼻的汽车尾气，奔波穿行在钢筋水泥组建的林立楼群中，无法言喻的疲倦和压抑，多想远离城市、远离喧嚣，放纵自己在此搭建一座竹屋，像"竹林七贤"那样抱着琵琶弹唱，悠闲地吟诗诵词。

从小客车上下来，我们沿着栈道前行。漫步竹海举目远眺，一望无际的毛竹依山环抱，每株毛竹形态各异，情趣别致；山与山之间是流动的水，水面上有一两只竹筏停靠；竹林中偶遇小溪，叮叮咚咚的水声如美妙的音乐回荡在山涧；绕来绕去，果然见到有竹屋静静地守护着竹林；抬望眼，蔽日的竹林密匝匝地遮挡着视线，有种迷离莫测寻奇探幽的神奇。此情此景，好像许多场合见到过——对了！是办公室、会议室墙壁上挂着的山水画，感觉自己也成了山水画中的点缀，我真忍不住了，想呐喊：太美了，竹林！太享受了，竹海！

现代科学研究证明：含负氧离子多的地方，人就健康长寿。试想，如果每天瞧着胖墩墩的竹笋钻出泥土，然后一节一节拔起；每日清晨被叽叽喳喳的鸟鸣唤醒；晴天一缕阳光金丝般穿过竹林缝隙漏出；捧书阅读或漫步林中，岂不是鸟在林中飞，人在画中游？宜人的生态环境，谁都向往！谁都留恋！

苍翠的竹海、迷人的竹林，如果没有固定的栈道和标示，真的能迷路。我们随游人走进一座馆舍，里面的一切都与竹有关。墙上粘贴着竹子的资源、竹子的产地、竹子的种类：佛肚竹、紫竹、龟甲竹等介绍和图片，还有郑板桥超凡脱俗、遒劲有力的竹画，楷体、宋体、王羲之、苏轼等所书各种"竹"子布满了墙面。令人耳目一新的竹制品，竹桌、竹椅、竹筐、竹篓、竹筷、竹帘,每件都与我们的衣食住行有联系,还有一幅大型竹雕壁画镶嵌在展室。苏东坡在《咏竹》中写道:"宁可食无肉,不可居无竹;无肉令人瘦,无竹令人俗。"说得多好,古人已经总结出了竹子的韵味。千百年来,竹子与人类生活息息相关,包括食用和居家,为人类做出了不可替代的奉献。在岁月的流逝中,把竹子和梅、兰、菊相提并论,赋予它高雅的品质和脱俗的情操,歌颂它枝弯而不折、柔中有刚的性情。

听说前面还有个熊猫馆,我料到有竹子的地方可能有熊猫。于是,乘着像小火车那样的有轨车奔向山顶。陡立的山峰没路可走,站立在车里看着窗外成片的竹子闪过,车在竹尖上穿行,说真的有点眼晕。

熊猫馆里两只肥大的熊猫,慵懒地躺在地上一动不动,几堆带着竹叶的竹枝散落它们周围, 由石头堆砌的假山光秃秃的。一只睡足的黑不出溜的熊猫,扭动着比老母猪还大的身躯,走向另一只脏分分的熊猫,它俩竟滚打起来。全然没有我印象中那么可爱。我突然觉得它们可怜,偌大的竹海没有它们的自由之地,被囚禁在笼舍里;鲜嫩的竹叶不能自主采摘靠人接济,多么悲哀呀! 把它们放了吧!让它们回归自然与其他生物们和谐相处。

下山了,我没有能力带走一根竹,别说竹林与竹海了;也没能力带走这绿,也别说是嫩绿与翠绿。我只能像鸟儿一样,衔走一片儿叶,权当衔回了竹之韵、竹之势、竹之魂。

2014 年 1 月

又见山里红

追逐着清晨太阳洒下的缕缕晨辉，就这样驶向了绿荫环抱的扎兰屯。

清晨，疾驶的汽车载着我们这群对文学不离不弃的"痴情者"，奔向风光秀丽的扎兰屯。这是一个放逐绿色的季节，车轮辗着绿色滚动着。绿的山、绿的禾、绿的树、绿的草都被车窗匆匆掠过，令你来不及欣赏。

一块不起眼的蓝色路牌在杨柳掩映的树丛中探出头来，"二道沟"三个白字一掠而过。我伸长脖子，探着脑袋，贪婪地注视着这既熟悉又陌生的地方。山还是那几座山，路还是这条路，陌生的是几排杨柳树和透过树隙那些新建的砖瓦房。我寻觅着一切相识的、熟知的痕迹，努力把这些痕迹放进我的记忆，还原到我童年嬉戏的场景里。

童年的暑假，是我最快乐的时光，我总是迫不及待地催促姥姥快点回二道沟。于是，小脚儿的姥姥就牵着我，下了火车再走四里多地到达二道沟。我便不顾一切蹦跳着去舅舅家和姨家找哥哥姐姐，让他们带我去河西玩。清清的雅鲁河水从村边潺潺流过，趟过小河就是河西甸子。甸子上有数不清的原始林木。其中，山里红绿绿的叶子，红红的果子，果子圆圆的顶头有一圈翻起的花边，花边凹里有几许小茸毛，就像一个"小红灯笼"。无数个小红灯笼拥挤在枝头煞是好看。其实这小灯笼更像山楂,就是比山楂小点,就叫它"小山楂"吧!

　　每次总是哥哥姐姐们爬上树,我站在树底下抬头望着,等着哥哥姐姐们摘下小山楂给我吃。偶尔我也会弯腰捡起掉在地上的小山楂,我怎舍得一下子吃光?便用手绢包好留着慢慢吃。记得一次去河西,我不甘心在地下吃"等食",坚决要求上树,自己亲手摘山里红。哥哥姐姐拗不过,连扶带举,把我弄到树上,上去还是够不着果子,往地下一看吓得"妈呀!妈呀"!直叫,这是我记忆里第一次爬树。

　　随着年龄的增长,我去二道沟的机会很少了,但我忘不了那留给我快乐和梦想的地方,更忘不了那红红的"小灯笼"、"小山楂"。前几年,我问过哥哥姐姐们,是否还有山里红树?孩子们还能看到或吃到山里红?他们说:河西的林子早都被村民偷偷砍光了,现在就剩些杨树和柳树,还是近几年栽种的。我除了感叹和惋惜,还能说什么呢?前些日子,有朋友得知我高血脂,说有个好偏方:山里红炖白糖。我暗想,上哪里去找山里红?都绝迹了。

　　遐想中,车已到了扎兰屯市,穿过绿树成荫的街道,我们进入了吊桥公园。公园里绿树蔽日,熟知的和陌生的树种都争相撑开如云绿冠,像孔雀开屏一样展示着各自的风采。粉色、黄色和白色的野花恣意开放,施展着自己的美丽。遍地的野草高有高的英姿,矮有矮的浪漫,悠然自得、葱茏翠绿。无数翩翩飞舞的彩蝶遨游在这绿色的空间,更有一种又黑又蓝的大蝴蝶,飞起来似麻雀般大。这里还保持着原生态的自然环境,年岁过百的老树散见其中。我随意地走着、欣赏着,感受被罩在绿荫下的惬意。这绿不仅洗去了我一路的风尘疲惫,更让我忘却了尘世的喧嚣和烦恼。

蓦地，一株树的树叶吸引了我，曾相识又觉得陌生，剔透的树叶像枫叶，又比枫叶细碎，被遮在树叶后的是一个个小青果。"山里红！"我不禁叫出了声，几十年过去我仍认得。几个文友围拢过来，肯定了我的判断，还有人摘下青果玩耍。我兴奋的手有些颤抖，哆哆嗦嗦地伸向一枚青果，刚要用力揪下，手却停在了空中。想着日后红红的"小灯笼"挂满枝头，那该是多美丽的一棵天然"圣诞树"啊！于是，我拽过树枝、拨开树叶，端详起来，青青的山里红还没长大，有的比火柴头大点，有的比消毒棉签大点，青果头部几根不密集的茸毛，像眼睫毛样镶嵌在青果头儿部。别看它现在模样很丑、味道很涩，但日后模样会很美、味道会很香甜。我久久地注视着，舍不得离开山里红树，如同我放不下美丽的童年和那些快乐的往事。我默默地祈祷着，这棵山里红树，在流连的人流中依然茁壮，以活标本的姿态展现在世人面前。我默默地呼吁着，保护好山里红树，别把遗憾留给子孙，生态平衡是靠我们代代公民们保持的。

文友们已经走远，我一步一回头，恋恋不舍地移动着脚步，幸福感久久缠绕着。借一走一过的机会四处寻觅，果然在公园里又见到几株山里红树。真的为这些原始树种庆幸，每天身边都有穿梭的游客和络绎不绝的晨练者经过，它们仍然这样蓬勃；更为生活在这里的人感到幸福和骄傲，这些绿色植被，不仅引来无数的彩蝶。更是为子孙留下了金钱买不来的财富，真的没想到，山里红在阔别几十年后，我又见到了你。

2013 年 7 月

拜访哈拉新村

朋友！你认识"柳蒿芽"吗？知道"库木勒"吗？也许你和我一样不太清楚吧。我也笑自己，几十岁的人了，才知道"柳蒿芽"和"库木勒"是同一种植物。只不过一个是我们汉族的叫法，一个是达斡尔民族的称谓。无论叫什么，它们和所有植物一样，都是大地母亲的孩子。就像我们人类，无论是什么民族，都是祖国母亲的儿女一样。

正值丁香花盛开的季节，我随齐齐哈尔报副刊编辑部的朋友们，一起乘车去梅里斯区雅尔塞镇的哈拉新村，参加达斡尔族第二十二届"库木勒"节。我有幸领略到达斡尔族的风俗、欣赏到那里美丽的草原、聆听到悠扬的"扎恩达勒"。还有那第一个食"库木勒"的青年，冒着生命危险换来一个民族复活的动人传说。感受到一个经历了沧桑的少数民族，正以崭新的姿态呈现在世人面前。

从前，达斡尔族居住在嫩江沿岸的一个古老的村落——哈拉古城。现在，这里是一个达斡尔族的现代化新型乡村哈拉新村。1998年洪水过后，国家规划并出资兴建现在的哈拉新村。我也是第一次走进达斡尔族聚居地，第一次近距离接触真正的达斡尔族群体。这里有和汉族村落相似之处，看上去却比汉族村落优越富庶，修建的环村公路四通八达，建筑相同的房屋和院墙，像一个模子刻出来的孪生兄弟。成荫的绿树环抱着达族人赖以生存的家园,一条长长的堤坝注视着嫩江,保护着达族兄弟不再受水患的侵扰。村中醒目的位置耸立着一尊雕塑:一个骑士,右手牵着马,左手抬起的手背上落着一只鹰,这鹰是达族人的圣物"海东青",沙俄南侵,是达斡尔族人首先打响了抗俄"第一枪"。我想,这雕塑是达斡尔族特有的标志吧!它镌刻着这个民族的顽强与不屈。雕塑旁边是达斡尔族的展览馆,彰显出这个民族悠久的历史和文化内涵。

我们的车驶进嫩江边的主会场。真是"红旗招展,人山人海",梅里斯达斡尔族区第二十二届"库木勒"节的大型条幅高高悬挂。穿着节日盛装的达族男女老少,像在电视里看到的新疆服饰,又像蒙古族服装。会场内正在表演民族舞蹈和演唱民族歌曲。达族的传统项目:摔跤、曲棍球、拉杆、拉马跤、陶力棒也在热烈的进行中。从其他地区赶来围观的达族同胞和汉族朋友欢呼雀跃。此刻,谁都能感到:达斡尔族人民的满腔热情和无比自豪都融在了一起,就像蒙古族的"那达慕",傣族的"泼水节"一样,他们用自己的真诚和智慧与其他民族进行着文化沟通和经济友好往来。热烈的场面使大家都欢快起来,许多汉族同胞抢着和达族同胞照相。汉族同胞说:"谢谢!"达族同胞说:"我们还要谢谢你们呢,是你们帮助我们重建家园,宣传我们的民族和我们的文化。"多么朴实的语言啊!

我们走向江边,野炊的大锅远远看去蓝烟伴着热气正在升腾。走到近前,那翻滚着"库木勒"的热汤也朝着大家微笑。只见一群少女穿着民族服装在河边翩翩起舞,记者把她们视作天仙抓拍着。这里的一切一切啊,都在这片神奇的土地上彰显着富庶和美丽。

对岸的一群牛吸引了我。寻牛走去,一幅更美丽的画卷映入我的眼帘:湛蓝的天空飘着白云,嫩绿的草原宛若一片绿色的锦缎,清澈的嫩江如同一条白色的彩练,岸边停泊着月牙般的小船。我怎能舍弃这样的美景?忙请文友帮助拍照。

第一次接触达斡尔族的风土人情,令我兴奋和感慨。多年来,党和国家对少数民族无微不至地关怀和扶持,使达斡尔族的村容村貌焕然一新。"库木勒"节又为达族的新农村建设增添了色彩,少数民族同胞在祖国母亲的怀抱里健康成长。我首次走进达斡尔族,这里的友好,这里的美丽,怎不令我流连忘返,久久难忘。

2008 年 6 月

定园之痛

定园是苏州园林之一,它与拙政园、留园一样,繁荣着苏州的园林文化。亭台楼阁,曲廊流水……既有苏州古典的园林之美,又有江南的水乡之秀,吸引着各地的游客前来观光。然而我游园子却心存隐痛,一座孤冢,一处翘檐儿的亭子,无不体现出园主人生前的孤独和凄凉,景色虽美,情感寂寥,多少事都付叹息中。

定园是元末明初政治家、军事家、文学家、明朝开国功勋刘伯温的私人宅院,近几年在遗址上得以重新修建。定园位于苏州虎丘山南麓古茶花村内,占地一百多亩,园内的塔影湖是苏州的最大园内湖。明洪武七年(1375 年),刘伯温病死于浙江青田,死后置疑冢 72 处,定园便是其中之一。朱元璋大功告成后建立了明王朝,就开始大开杀戒,功臣和重臣大都遭到迫害。刘伯温也不例外,多亏遇一高人指点"死而后生"。刘伯温便对外诈死,来到了定园。朱元璋派人掘冢五十多处,都没找到刘伯温的尸骨。他已化装成打扫园子的下人,在园子里隐居,并终老于苏州。当然这是民间传说,导游讲解的一个版本。也有史料记载,刘伯温生病期间,朱元璋派当时的宰相胡惟庸送去药,刘喝药后病重身亡,是朱元璋借胡惟庸之手害死了刘伯温。

对于明朝这段历史,我知道的太少,从相声《珍珠翡翠白玉汤》中知道了朱元璋是个乞丐皇帝。从电视剧《神机妙算刘伯温》中,了解他排除阻挠斩杀罪犯——哪怕是皇亲国戚,从而帮助贫苦百姓申冤……因他的传奇故事,吸引我有兴趣涉猎明代史。

历史上的刘伯温,博学多才智能过人,其能力不在诸葛亮之下。1360年,刘伯温经过深思熟虑之后,终于决定出山辅助朱元璋,希望通过助朱氏打江山来实现自己治国平天下的宏伟大志。与当年诸葛亮"隆中对"相似,刘伯温提出了"时务十八策"。明太祖一见刘伯温雄才大略更是大喜不已,将刘伯温视为自己的心腹和军师。

他制订了"先灭陈友谅,再灭张士诚,然后北向中原,一统天下"的战略方针。而明太祖得到刘伯温的辅助,更是如虎添翼。他基本上按照刘伯温为他定下的战略、战术行事,夺得了江山。作为一代军师和智者,刘伯温为官处事刚正不阿,不畏权贵,体恤民苦。他深知自己平时疾恶如仇,得罪了许多同僚和权贵,同时也深知"伴君如伴虎"的道理。因此,他在功成名就之后,毅然选择急流勇退,于洪武四年(1371年)主动辞去一切职务,告老还乡,回家乡青田隐居起来。即使这样也没逃得过被迫害,因为他的智慧和才能实在太高,他的名声实在太大,这就无法避免政敌的嫉妒和皇帝的猜疑。洪武六年(1373年),刘伯温的政敌胡惟庸当上左丞相,指使别人诬告刘伯温,说他想霸占一块"有王气"的土地做自己的坟墓,图谋不轨。早就对刘伯温放心不下的明太祖,听到诬告后果然剥夺了刘伯温的封禄。后来,胡惟庸升任右丞相,更加紧了对他的迫害,洪武八年,一颗智星陨落了。

朱元璋是个能同苦不能共甘的人,同他一起打天下的功臣,个个精明强悍,文能安邦武能定国。因此政权建立后,他时刻担心这些人对他的明王朝不利,在这种自私和疑忌心理的支配下开始了残酷的杀戮和暗害功臣。大将徐达战功赫赫,明知皇帝送来的大鹅,对他的痈疾不利,不得不吃下,最后病情加重而亡。胡惟庸也未幸免,帮助皇帝害死不少人,最后也被皇帝所杀。朱元璋死后,他的皇孙继位,他的儿子朱棣来抢夺皇位,皇孙想派兵镇压,可用的大将和忠臣皆被害死,已无人可派,皇孙不知去向。这都是朱元璋残害大将和功臣的恶果。

历代王朝的皇帝们,把国家和江山视为个人财产,任意宰割。把王公大臣也当成自家的奴隶,任意宰杀。功臣尚且如此,草芥平民的生命更是如同蚂蚁一样,只要受到牵连就会殃及。

封建王朝早已随着历史淹没在浩浩的时空中,历史人物也谢幕远去消失在滚滚洪流中。能记录那段历史的定园,唤醒人们对那段历史的猜测、冥想与还原。定园虽美,却不能使刘伯温心宁神静,他常坐在亭子中,浴着月光翘望家乡。正像亭子的建造一样四角翘起,那翘起的亭子角象征他昂首的头颅,这是智者的独创,是他望乡、思乡、恋乡的最好诠释。水在湖中流,鱼在水中游,人在桥上走,修建后的定园,正以崭新的姿态,向游人们诉说那段尘封的历史;塔影湖——那是功臣明镜样的心胸可鉴日月;孤冢还孤吗?每日络绎不绝的游人来听你的传奇,将这些故事流传千古。

2015 年 4 月

我心中的"石油人"

"石油人"这个词早就扎根在我的心里了。因为,我的孩子就在油田工作,是一名光荣的"石油人"。更让我对"石油人"肃然起敬的,是到大庆油田采风感受到的。

一个风和日丽,绿树成荫的季节。我同文友们应哈市的春风老师之邀,来到大庆油田采风。大庆采风活动安排得很紧凑,先是参观了大庆油田技术博物馆,又参观铁人纪念馆等几处景点。所看到的人和事、感受到的情与爱,深深地打动了我,让我激动、让我欣慰、更让我骄傲。

当初,我的孩子在考大学填报志愿时,他想报"大庆石油学院",当时我不是很同意,我知道在油田工作是很苦的。因我有个舅舅在油田工作,南北转战几十年,很少和家里联系。姥姥和妈妈总是苦苦地盼,见个面都很难。可在孩子填报志愿上,丈夫和孩子的意见一致,儿子顺利地成为大庆石油学院的一名大学生。

一年前,孩子在"大庆石油学院"毕业后,分配到天津大港油田。我和丈夫不放心,就急急地去看望孩子。去之前,我们就常听人说,油田很荒凉、很苦、很累、很危险,经常有人受伤致残。等我们到了油田,看到那些"石油人"每天很早就上班了。他们每队一台客货车,前面坐人,后面拉工具。中午都是各队自己回来取盒饭,晚间6点多钟才收工回来,而夜班的工人又要上井了。我的孩子当然也不例外,尘土满身,靴子拖泥带水。我迫切地想去看孩子的作业环境,想知道井架有多高?采油多危险?可孩子所在队的队长半开玩笑地说:"看了我们的作业环境和工作程序,你肯定会把孩子领回去了。"没有让我们去。可他的这句话,却让我寝食难安,无法形容心中的那份惦记与挂念……经常打电话,问长问短。孩子总是笑着说:"没事,你们不用惦念,我已经是成年人了,该为国家做点贡献了。你看那些老工人、技术员不都是这么过来的吗?"不知道孩子是有意在安慰我,还是油田不像传说的那么危险。可我还是常常被恶梦惊醒,嘴里呼喊着、泪水不觉漫过了腮边。

这次我们来到大庆技术博物馆,参观每一个展厅,听讲解员介绍石油的生成年代、生成原理、如何采油、如何注水;特别是怎样固井、怎样射孔。我听得认真,记得仔细,文友们也都边听边议论,大家终于探索到了石油开采的秘密。这次参观油田技术博物馆,圆了我的心愿,免去了我的挂念。空着的括号,一一被填满了。望着那粗粗的油管、重重的钻头,想到自己的孩子就从事着这神圣的事业,心里总算有些慰藉。是谁第一个发现了石油?因为它埋藏千米以下。又是谁发现了石油的重要作用?因为现在的生产、生活、国防已离不开它。我感叹人类的智慧、也感叹人类的伟大;更赞叹我的孩子就是这光荣的"石油人",再苦再累再危险也值得。

来到铁人纪念馆,心灵又一次被震撼。当年石油会战,工人们迎着狂风,顶着大雪,一盆一盆从冰窟窿中端水;五吨重的钻机人拉肩扛,喊出了"有条件要上,没有条件,创造条件也要上"的豪言壮语。看着那四处透风、屋檐还挂着冰锥的工棚,我的灵魂被冲刷、思想被净化、情感被升华。我在想,和"铁人"奋战的年代比,现在的吃住条件、作业工具、现代化操作都先进得多、优越得多,我还有什么不放心的呢? 看到铁人带头跳进坑池,用身体搅拌泥浆控制井喷的场景,联想到我的孩子有次来电话说,工作时他发现了事故隐患,及时拉下来电闸,制止了一场井喷事故的发生。我真激动了,我的孩子从事着和"铁人"一样伟大而艰巨、平凡而神圣的工作。孩子常来电话说,大庆油田是全国各油田学习的榜样,各油田也都保持石油会战的光荣传统。每年的四五月份开始,就进入了会战期。我感慨,铁人精神影响的不是一个油田,也不止一代"石油人"啊。

这次大庆之行,我体会最深。石油是当今经济发展不可缺少的能源,是一个国家赖以生存的血液。如今,天上的高科技飞行物、地上跑的现代化交通工具、地里种庄稼用的化肥等等,衣食住行哪样都离不开石油。为什么有的国家发动战争,到别的国家去抢石油? 我找到了答案。一个国家的强盛,不是靠抢夺,一个民族的富强,也不是靠用武力就能实现的,是靠像有"铁人"精神的这样一群默默地奋斗者、无私奉献的开拓者。

我们国家有数不清的油井、有数不清的"石油人"在那里奋战。我的孩子虽然只是其中的一员,但我还是要骄傲地说:"孩子,你选对了职业,你是新一代的'石油人',你们是油田的脊梁、是共和国的脊梁"。

2009 年 7 月

也上威虎山

"天王盖地虎"！"宝塔镇河妖"！年龄稍大一些的人,都知道这是《智取威虎山》里土匪的黑话。杨子荣的英雄事迹早已深入骨髓,唱腔唱词和表演动作模仿至今。带着童年那份执着与好奇,今年松青柏翠时,我也上了威虎山。杨子荣打虎上山,我不打虎也上山。见到了林海,没有雪原;途经夹皮沟,没见到小火车;终遇座山雕和八大金刚,他们却都成了雕塑。杨子荣那？我寻遍威虎山却不见他的踪影……

杨子荣牺牲了。听车上的导游介绍:杨子荣在清缴残匪郑三炮的过程中,因枪栓拉了几次都没拉动,被土匪抢先拔枪击中,英勇牺牲。导游还说:枪没拉开的原因,是杨子荣他们用猪油(荤油)擦枪造成的。我听了很揪心,这样经验丰富的侦察英雄,在和众土匪的周旋斗智中,能出奇制胜将他们一窝端,却因这样的原因而牺牲,不应该呀？实在难以接受。我怀揣心痛将信将疑,想探个究竟。

威虎山在黑龙江省牡丹江市海林境内的柴河镇（不是阿尔山的柴河）。因林木众多、植被茂盛、奇山秀水,有小九寨的美誉。再加上当地重点开发红色旅游项目,使威虎山不再是过去土匪盘踞的窝点,建设成为具有教育意义的展览馆和景区。

进入威虎山展馆,有英雄杨子荣的雕像,红光满面,挺挺而立;众土匪与匪首座山雕及八大金刚的群雕,却青黑的脸,面色晦暗。灯光昏暗的洞内怪石参差交错。让我顿觉胸闷憋气、汗毛竖起。想象杨子荣在这样的环境和氛围中,与顽匪周旋,该是怎样的胆识、怎样地凶险?展牌上介绍:1946年人民解放军一支剿匪小分队进入深山,团参谋派侦察排长杨子荣改扮土匪,打入威虎山。其他成员进驻夹皮沟发动群众。

坏消息传来:被我方逮捕的土匪栾平,押解途中逃跑了,给杨子荣造成了严重威胁。这就是我们在样板戏里看到的"智斗小炉匠"。也让我想起了曾经看过的一本儿小人书,小火车上押解小炉匠(栾平),行驶到某一路段遭遇土匪,解放军人少只能迎战,小炉匠趁机逃脱,跑到威虎山。因杨子荣提审过他,他便指认杨子荣是解放军。杨子荣临危不惧,机智沉着,抓住栾平的弱点主动出击,最后亲手处决栾平。并借座山雕50大寿之际,里应外合一举消灭威虎山的土匪。

展厅里还介绍了当年那一带猖獗的一些土匪首领,除了座山雕,还有驼龙、李德林、许大马棒……他们在当时都占山为王,有的受国民党领导,有的是当地土匪。他们无恶不作,残害百姓,就像我们在京剧《智取威虎山》里看到的,李勇奇和小常宝……导游在车上重点讲许大马棒和"蝴蝶迷"。这个蝴蝶迷我在小说《林海雪原》中读到过,说她脸上擦的胭脂粉,厚厚的一层,说话都直掉渣,也是个心狠手辣的女土匪。

在介绍土匪孟同春的展牌前,我久久地伫立着。这里详细介绍了孟同春枪杀英雄杨子荣的过程。1946年10月,土匪孟同春在闹枝沟一代马架窝棚中狩猎,负责为土匪传递情报。国民党残余和土匪残余有六人在窝棚里养伤。杨子荣追缴残匪追到这里。"这时,我看到屋外那个人手里抢没有打响,我就随手从怀里掏出手枪扣动扳机，门旁边的人就倒下了。"土匪孟同春后来被判徒刑。因为没有找到枪为何没有打响原因，也为证实导游的说法，我上网查找有关资料。

导游的说法得到了证实：因为小分队走得急，没有带擦枪油。打皮子老人提出可以用野猪油擦枪。冬天的温度都在零下40摄氏度，擦过猪油的枪都没打响，没擦过猪油的枪都打响了。杨子荣！一代英雄，他有能力战胜一切敌人，却因擦枪油这样的小问题而失去了性命。他用生命为后人换得一个科学的道理：荤油遇冷凝固，起不到润滑作用。然而，这个道理的取得，代价很昂贵，它是英雄的鲜血换来的。

"青山绿水留浩气，苍松翠柏慰英灵"，这是威虎山展馆前言里的一句话。威虎山作为当年土匪的盘踞地，见证了人民解放军的卓越功勋；也见证了英雄杨子荣的机智勇敢。它唤醒了每一位到访这里的游客重温那段红色历史，激发了游人追思缅怀英烈的爱国主义情怀。

2018 年 1 月 11 日

家乡厚土

风筝漂的再远
牵住绳那端的一定是故乡
外面的景色再美
最恋的还是家乡的山水
因为那山是你的骨骼,那水是你的血脉

家乡的湿地

轻盈的雪花，舞动着身姿，漫天飞旋。除了雪花，谁还能在这冰天雪地的东北恣意曼舞？有！那是湿地里的芦花和蒲花。蒲花飞、芦花美、雪花惹人醉，连同冰层下的絮状冰花，足以牵动得人心花怒放。

曾经读到过这样一句话：湿地是地球的肾。肾是生命之源、生存之本。湿地对于地球这样重要，对于生活在地球上的人类和其他动植物应该同样重要。

我居住的县城，就接壤一片湿地——哈拉海湿地。它位于县城的东北部，呈不规则心形，内有大小不等的湖泊纵横交错，总面积 300 平方公里。核心水域 30 平方公里，中心地带芦苇丛生，周边蒲草茫茫。有鸟类 240 多种，除丹顶鹤、大天鹅等四十多种濒危鸟类，还有野鸭等上万只水鸟在这里栖息。鲫鱼、鲢鱼、鲶鱼等众多鱼类在此畅游繁衍。时常有狼和狐狸出没猎食。它是我国境内唯一有湖泊的原始湿地，是省级自然保护区、国家级生态保护区。由于湿地从未开发过，没有污染，未曾遭到破坏，万古荒野就这样一直沉睡着。

对于哈拉海湿地，自认为并不陌生。1976 年下乡时，我所在的正阳大队就在湿地的边上。那个时代，老百姓进甸子放牧、割草是不准许的，一旦被发现，苇草没收充公。因为割下来的芦苇能卖钱，还能编成苇帘苫在房顶，防潮又保暖，是很好的建筑材料。记得那年冬天,大队没收到苇草,就归我们青年点使用。配几挂马车,车四周搭上跨杠,两人一辆车,颠颠哒哒进湿地(我们叫甸子)。黄黄的芦苇高过了大马,我们只能站在马车上,茫茫的芦海望不到边际,那种空旷与辽远有一种感受:天之大,地之阔、人之小。视野里就剩两种颜色,蓝的是天,黄的是苇。卸完车一瞅,浑身沾满了芦花的花絮,弹不去擦不掉。赶上那年夏季雨水大,甸子出鱼了,家家户户都到甸子捞鱼。学校有个女老师,叫上我步行前往,深深浅浅的坑里,有水就有鱼。学着别人的样子,光着脚丫在水里踩把水搅浑。鱼吸不到气,脑袋贴着水皮张嘴喘气,对准椭圆形、吸气的嘴一抓一个,百抓百中。不大会功夫,巴掌长的鲶鱼和两寸左右的鲫鱼,弄了满满两桶。至今忆起仍快意不减,人生能有几回这样尽欢?享受原始、收获自然?看来,当年不许进甸子放牧和割草是对的,否则哪有当下的好环境——水质好、草美、鱼肥、鸟众。

今年"三九"第二天,灰蒙蒙的天上飘下小清雪,冷风袭扰着大地及大地上的生灵。我随户外徒步的队伍,准备穿越哈拉海湿地,尽管已经做了防寒与保暖的准备,仍觉自己在瑟缩着。从发达水库的北岸开始,二百多人的队伍衣着鲜艳,清风相迎,雪花相随,浩浩荡荡进入了湿地。没人注意踩在脚下干裂的盐碱地,覆盖在地上薄薄的雪层,还有贴着地皮七倒八歪的枯草,倒是对堆放着机械捆绑好的草垛感兴趣,草堆成了拍照的道具。行至约六七里,出现了土□,像是用来拦水的。土□北侧,成片的草约膝盖高,茂密丛生。再向前远远望见无边无际的芦苇荡,加快了挺进步伐。芦苇高过人头,淹没了这群红、蓝、黄、绿的徒步人。密密匝匝的苇塘找不出那里是"道",苇枝划到脸上火辣辣。"驴友"们一个接着一个,鱼贯而行,边走边用手扒拉开摇动的苇秆儿。有人说:像是游击队员。望着身旁看似柔弱纤细单薄的苇,略微弯垂的芦花上,载着雪花凝固成的冰花晶莹剔透。苇吃力地摇曳着,是想借助风的力量,把种子挥洒出去,默默地履行着对生命的责任和义务。

想起小时候,叔叔总是依偎在苇垛旁,无休止地扒开苇节,取出里面的苇膜,用唾液舔湿,贴在笛子孔处,一遍一遍地吹。我也成了叔叔指使的扒苇手,咋也扒不出来,苇膜一弄就破。难怪浪漫的诗人们,总是在有苇的地方,描写出笛声悠悠的诗句来,原来这苇与笛是分不开的。我用耳聆听,没有笛音,只有穿越者的脚步声和喘息声。苇啊,你在这原始湿地,静静地等待,是期盼笛声把你带到下一个春天?可惜我不是吹奏者,不能和你分享悠扬的笛声。我是个过客,只能留下足迹陪你,折走一束芦花伴我。

走出苇塘,视野顿时开阔起来,大大小小的冰面,与祖露的陆地交织着,我小心翼翼地走在冰面上,这应是纵横交错的湖泊地带。其实苇塘下面全是冰,因有被踩倒下的芦苇做铺垫,没人滑倒。我好奇地用脚驱一驱冰面上的覆雪,眼前一亮,清澈透明的冰层一望到底,好久好久没见到这么清凌凌的冰了,心也随之清灵透明。冻在冰下的植物清晰可见;炸裂的冰缝隙不规则地伸展出去;更有像云朵、像棉絮样乳白色的冰花,白玉样镶嵌在冰层里。这样的冰花我好像未曾见过,而且很多很多,它是怎样形成的我不得而知,它冰清玉洁的姿态令我难忘,权当是白雪公主在此冬眠吧!我努力寻觅那剔透的冰层下游动的鱼,然终不得见。我相信春来水暖花开,波光粼粼的湖泊里自会有鱼儿游曳,遗憾的是那时一片汪洋我无法靠近。我玩起小时候冰上游乐项目,两脚用力一拧,"哧溜、哧溜"滑行,再看"驴友"们和我做着同样的动作,尽享冰雪带来的快乐。

沼泽地带水草高过腰,葳蕤的草叶,宽如马莲,窄如韭菜。冷风拂过,轻轻摇曳;似竹签串着香肠样的棒槌,夹杂在密密麻麻草丛中,我认得那是"蒲棒"。小时候为得到一根蒲棒,常掉到没膝深水里,结果是蒲没摘到,弄湿一身衣,挨上一顿骂。风吹散了蒲棒,蒲花纷纷飘洒,绒绒的蒲絮舞动着飞向蓝天,许是寻找落脚点扎根。我停下脚步,四周环顾,雪不知不觉中停了,暖暖的阳光正抚慰着这片草场,灿灿的草叶反射着日光更加光鲜亮丽。这草——它虽不是绿色却不失生机;它虽已泛黄却不枯萎,油汪汪的叶片,像是"过了油"涂了漆似的。那一刻我真的贪婪了、看呆了,久久地注视着——蓝天、苇荡、蒲草、花絮……没有杂声,无人打扰,我感觉:天是我的、地是我的、草是我的,一切都装点在心中。

步行三十多里地,从湿地的腹地穿过。行进在苇海中,徜徉于蒲草间,碎步在冰面上。体验着大自然的爱与赠,感受着湿地的辽与阔,欣赏着苇草的静与美。这样的长途跋涉,有生以来还是第一次,尽管很疲惫,却也收获着快乐。世间少有的、未被开发的原始湿地,就在我们身边,不应该自豪么?不值得骄傲么?如果全国、全世界多一些这样的湿地,多一块这样的净土,天,永远是蓝的;水,永远是清的;人,也永远是健康的。一个人如果肾脏有病,就不能排除毒素;地球肾脏——湿地被破坏,就会造成生态环境的污染或失衡,好好爱护我们的湿地吧!那是我们及其他物种赖以生存的家园。

虽没见到各种翱翔的鸟类和潜底的鱼儿,我并不缺憾,夏有夏的美,冬有冬的景。春风拂绿时,再来看你,相约就在水之湄——我的湿地,家乡的湿地。

2015 年 1 月

春游火台山

火台山和朝阳山,同在我们县城西南方向的龙兴镇,皆属大兴安岭南麓余脉。只因朝阳山是齐齐哈尔境内第一高峰而远近闻名,每逢夏季,络绎不绝的游客和"驴友"纷纷而至,把个朝阳山踩踏的花儿不像花儿,草不像草,裸露着土皮。文人的诗句中,还赞美道:巍巍朝阳山,你葱茏翠绿,听了心里真不是滋味。而火台山,名不见经传,别说我们这些住在县城里的人,就是当地的村民,也有很多人叫不出这个山的名字。火台山,就像个纯朴的村姑,清纯、善良不雕琢;似一幅素描画典雅古朴,展现给世人的是——原始美,天然美。

初春的一天,我们来到了龙兴镇,开始了火台山的探险。二十多年前,曾有人在这里发现鱼和蛤蜊的生物化石。据乡里人介绍:这里有原始的榛子树、柞树、山丁子树和野山杏树。柞林葱茏茂盛,野山杏"人面桃花"样盛开,荆棘密布、杂草丛生。这让我想到了朝阳山,春风不会因为哪座山高就偏爱谁;春雨也不会因为那座峰有名而袒护谁。太阳东升西落普照大地万物,不会遗忘哪个角落。正相反,火台山因为人迹罕至而未遭到破坏,才会有如此的山林茂密;气候氤氲,曲径通幽,鸟语花香,只有山羊的粪蛋儿散落在松软的、陈旧的落叶杂草间。

火台山不高,但险峻;名气不大,很神秘。绵延无尽的翠绿,密密的柞树像撑起的绿伞,春季的柞树还没结出果实——

橡子,重重叠叠的枝桠漏下斑斑点点细碎的日光。我们用手分开树枝,仿佛在绿海中畅游。幽静的密林,微风吹过涛声迭起。偶能听到山鸡和布谷鸟的几声鸣叫,"布谷"、"布谷"声在山林里回荡。野花香夹杂树木香混着山上泥土特有的气息,沁人心肺,真把我熏醉了。忍不住高声喊叫,那喊声像鸟鸣样,拉着尾音传播开,淹没在涛声中。最让我爱不释手的是野山杏,青青的、脆脆的、相拥在枝头。想起小时候学校门口,两分钱买一小酒盅、五分钱买一茶杯山杏,大多数孩子都买不起。今天漫山遍野的山杏随我吃尽我采,顾不得文友耻笑,左手薅杏枝,右手揪青杏,嘴里吃着,背包里装着,衣服的兜里还沉甸甸的。就这样边吃边采、边登山边采。那酸酸的味道最后近乎有些涩、有点麻了,美味的山杏满足了儿时的奢望,圆了小时候因得不到而贪婪的梦。

登上山顶视野顿开,举头是蓝天白云,想起"山高我为峰"那句话,试着举举手,真想摘下一片云。低头俯瞰山下,是翻着绿浪的绿色海洋。弯腰嗅嗅成片纤柔的"扫帚",开着白灿灿的细碎小花儿,没有色彩、没有姿色,不争春斗艳,却依然繁茂,香气四溢。好一派绿的世界、花儿的海洋!放眼远眺,绿荫中斑斑点点的红砖瓦房,袅袅炊烟汇成青雾,似轻舞的彩练;似薄薄的轻纱。真是风景这边独好!我感叹大自然的神奇,更感谢大自然把这美丽泼洒给龙兴大地,装扮着古老的乡镇,保留着一块世间净土。

因为还没找到鱼和蛤蜊的生物化石,同来的侯老总觉得遗憾。我们边下山、边陪着找当年发现化石的地方。都说上山容易下山难,火台山山势险峻陡峭,我们折根树杈当拐杖,侧着身子横着两脚，往山下"出溜"。即使这样，还有人时不时地坐"腚墩儿"、滚石样滚落，大家你笑我、我乐你，笑声回荡火台山。有句话说得好：山不在高，有仙则灵。火台山不雄伟却壮观，没有名气却景色秀丽，不受青睐却原始淳朴，称得上天然雕琢的世外桃源。

　　当年的火台山，今日是否安好？我常能忆起那不起眼的"扫帚"花儿，碎碎的、灿灿的、白白的。常幻想哪日再游火台山，扯着杏枝攀爬，装满一大兜山杏拎着回家，分发给亲朋好友品尝……多想邀些人再游火台山，又怕知道的人多了，践踏山里的柞树、杏树、花儿和草。还是让它安静些吧！留住那份原始、那份茂盛、那份美丽。

2015 年 3 月

醉在绰尔河畔

硕果累累的季节,我们作家协会的部分会员,兴致勃勃地去头站乡采风。

坐在车里,听大家谈论我才知道,头站乡的土地面积和香港一样大。不禁感慨道:世上的许多人都知道香港,那是东方明珠啊! 然而,世上有多少人不知道头站乡。头站——它是黑土地上的鱼米之乡, 是家乡绰尔河畔的一颗明珠,这里曾经"棒打狍子瓢舀鱼"。

来到头站乡四合村外一个休闲场所,几个老文友便下车休息,其余文友又乘车来到一个鱼池钓鱼。我至今后悔没有弄清这水是不是绰尔河的旁系或支流。既没渔具又不会钓鱼的我,望着附近的几处林带,想这秋天一定有大蘑菇等我们采摘,就拿着塑料袋约文友老骥和小薇向树林进发。那树林看似很近,走起来却挺远。我们趟过草地走向坝塄,脚下趟起小蚂蚱和小昆虫,飞起落下,落下又飞起。两匹拴在坝上的大马边吃草边来回踱步,看到我们警觉起来,陌生地踢来刨去,不时地打着响鼻。我们绕过大马深一脚浅一脚,蓬勃的野草几乎淹没了我们,幽谧的原野草香阵阵,寂静的听不到响动和鸟虫的私语,仿佛到了一个"万径人踪灭"的地境。我们真的有些恐惧了,望着还有一段距离的树林,放弃了采蘑菇的念头。就在我们转回身的刹那,却有了发现。我看到几十年不曾见到过的

"蛤蜊瓢",绿绿的、长长地、两头尖尖成梭子形,用手掰开后,里面是白毛,这是我童年采野菜时吃过的啊!真的是很久很久没有注视这些野花草了,我忘情地采了起来;小薇也在那里采摘起野草的花还是种子?亮晶晶、颤巍巍似稻谷,美极了!又采集几束小黄花、像玫瑰一样带刺的粉花,还有一些叫不出名字的野草,成熟的草籽像谷穗,葳蕤着;还有的草籽像毛笔、像刷子头。我和小薇各自捧着心爱的"插花组合",兴高采烈往回走。我不知不觉哼起了歌,还觉得不过瘾,对小薇说:这是我新学的流行歌曲,我唱给你听。放开喉咙的时刻,空旷的原野成了我展示的舞台,我不知道是唱给谁听,这是我心灵的放纵。花草树木、蚂蚱和大马呀!你们听到我的歌声了吗?是否也想和我一起歌唱?我用心、用情、投入地唱着,曹操把酒当歌,我把歌当酒,干杯!大自然,干杯!一切绿色的收获。

　　回到钓鱼的水边,把采集来的"插花组合"献给文友们。周围望不到边际的玉米地,粗壮的玉米棒惹人喜爱。不知是谁提议要烧苞米吃!我小心翼翼地问村里陪同我们的女主任:这是谁家的苞米?可不可以烧?女主任笑着说:没事,你们能吃多少?尝尝鲜吧!她说今年别的乡镇都干旱,我们头站乡水土好,每块儿地都有井,都能浇上水,我们这里年年丰收。听说早年这里棒打狍子瓢舀鱼,野鸡飞到饭锅里,就是现在也有野鸡、野兔、狐狸等出没……男文友掰苞米,女文友拣干的枝条,七十多岁的侯老帮我们烧起了苞米。迎着火光,每个人拿着枝条,来回扒拉着苞米。火烤红了面颊,大家露出了笑意;火烤热了苞米,苞米噼啪作响。黑乎乎的熟苞米,吃起来香喷喷的,没有了往日的"讲究",不用洗手、无须消毒,黑黑的手配着黑黑的"胡子",你瞅我笑、我瞧你乐。啃了一棒又一棒,烧糊的苞米香在嘴里、更香在心里,苞米还没来得及做成酒,我们已经吃醉了。

中午返回休闲场所准备用餐,几个文友信步走走,只见一条小河横在面前。河边红毛柳郁郁葱葱,密密匝匝的柳枝几乎遮住了河面,真乃"犹抱琵琶半遮面"。几位来过这里的文友说:这就是绰尔河。只见河道弯弯曲曲似九曲回肠,波澜不惊、恬静地前行,涓涓细流偶尔在转弯处泛起几多浪花。那河水清新而纯净、纯净而又羞涩,恰是温柔的女子。由于绰尔河没有被污染,它的流域才有这样富丽的风景、富饶的资源、富庶的乡村。望着缓缓流去的河水,我看到的是"流动着的风景,延伸着的画卷",绰尔河用乳汁哺育了两岸儿女,儿女们也沉醉在你的怀抱里。

趁大家准备吃饭之际,我和文友阿英又偷偷地溜了出来,我俩先到了菜园,摘几个西红柿吃;又吃了一个生茄子;掐一大把葱叶;摘两个倭瓜;揪下一颗籽粒饱满的向日葵头。哪有心思吃饭,就像"鬼子进庄"一样,"大扫荡"后还哈哈大笑……酒足饭饱,我们和村里的老乡一起来到绰尔河边照相。秋高气爽,湛蓝的天空没有一丝白云,河边绿茸茸的草地是天然大地毯。左边是一排杨树、玉米地,右边是一片向日葵,身后是文静的绰尔河,大家痴痴地笑着、甜甜地笑着,醉意留在了相机里。

2009 年 9 月

尘封的长城

在我心里,长城虽不是战争的代名词,却也和战争密不可分。从未想到,我生活的这片土地上,居然也有长城。它虽不及万里长城巍峨壮观,也不像万里长城举世闻名,但他却真实地横亘在那里,是仅次于万里长城的古代军事防御工程。这就是金长城,也叫金界壕。穿越我们龙江县这一段是东北路遗址,以小城子古城最具代表性。

金界壕始建于金太宗天会年间,东北向西南贯穿盟境,是规模宏大的古代军事防御工程。由外壕、主墙、内壕、副墙组成,主墙墙高 5~6 米,界壕宽 30~60 米,主墙每 60~80 米筑有马面,每 5~l0 公里筑一边堡。现残墙一般高 1.5~2.5 米,壕墙和与之相辅的边堡旧址清晰可见,仍不失磅礴之势。遗迹主要分布在我国内蒙古自治区境内,部分地段在俄罗斯和蒙古国境内,在内蒙古阿荣旗、扎兰屯市南部地段以界壕与黑龙江省分界,像南侧的边堡属于黑龙江省……金界壕占地长度按直线距离计算,总计约 5500 公里,其中在我国境内约长 4600 公里。由于它建筑在平原且地势不险峻地带,蒙古军轻易就跨过了城墙。终于覆灭了金王朝。金界壕边堡从此成为遗迹,供后人凭吊。

站在小城子废墟上,望着眼前不及农家院墙高的土包和土囗子,虽想不出金长城当年的城墙马面,流淌着水的堑壕和夯土垒起的城堡的样子，却能想象得出那远去的争鸣鼓角和冲天狼烟。昔日的刀光剑影和荒野横尸，曾经的混战和厮杀，颠沛流离的饥民百姓。民族的争战和朝代的更迭，受累的是平民百姓。"孟姜女哭长城"，金长城修建又耗费了多少人力物力？无论是过去、现在、还是将来，和平是人类共同的愿望和理想，就像今天我们不愿看到伊拉克和利比亚的战争，不愿看到叙利亚和一些不稳定的国家面临战争的危机一样。有些事情，我们不仅是看，更要用心去感受。

　　不知是历史遗留，还是人为规范，这条土□子的外围是丰收在望的青纱帐，土□子圈起来的是镶着白瓷砖、红瓦盖、蓝瓦盖的农舍。说是农舍，比县城里的平房还阔气，一切都那样井然、安逸和富足。而我对小城子的偏爱，不是它有多么悠久的历史，也不是他有多么深刻的内涵和底蕴，而是这里令我垂涎的蘑菇。其中的榛蘑、花脸蘑、土豆蘑还有白蘑都是很有名的。那天和父亲谈论小城子，父亲说大跃进之前，日本人用钢铁换这里的蘑菇，村民们把采来的蘑菇用烧开水的大锅焯一下，便于保管和运输。记得前一次来小城子，我就买回去一斤蘑菇。这次在热心村民的引领下，我们走了好几户农家，只见家家门前都晾晒着蘑菇，有的已经没有水分褶皱了，有的还嫩嫩的撑着大伞。一位骑摩托车的男人，带着一位戴头巾的女人，看样子是刚从山上采蘑菇回来，瞅着村妇挎着的满满两筐蘑菇，把我馋的好想上去抓两把。最后还是在那年卖蘑菇的人家，经过讨价还价，80元一斤，我又买了一斤没有干透的榛蘑。准备捎给远方的亲戚，让他们品尝一下东北的特产——金长城脚下的榛蘑。听说这个季节，一些农户卖蘑菇，每天有好几百元的收入。我无法断定：曾经生活在这片土地上的先人们，如果看到他们的后人这样幸福，他们该有多欣慰、多羡慕啊！毕竟血腥的厮杀，受苦的是最底层的平民，死亡的是最底层的士兵。

如今生活在这里的百姓，见不到硝烟，听不见喊杀。家家富庶，户户安居。城堡废墟于他们，只能是一些传说。所以，我倒希望像现在这样：城墙还是倒塌了好，没有战争，不同的民族才能和谐相处，才能互通有无，老百姓才能安居乐业。

望着几乎夷为平地的土城墙，几次踩踏在它的脊背上却总是唤不起我对它的激情和灵感，无法挥笔抒发心境和感慨。我想它不仅淡出了人们的视野，同样也淡出了人们的记忆，尘封在时光的岁月里，淹没在历史的长河中。甚至比不上城墙旁那颗百年老榆树，虽饱经沧桑、却无怨无悔地静静守在那里，伴着小城子的后人一代一代地走过。为小城的子孙们遮风挡雨，呵护着它的子民们避暑纳凉。

2013 年 9 月

雪中的小精灵

　　生长在东北的人,对圣洁的白雪,有着深深的眷恋。雪,一年年覆盖着黑色的土地,一次次润泽着冬天的思绪,装扮着北方的辽阔和气魄。然而,又都恐惧寒冷的冬季,躲在屋里享受着暖气,出门穿着厚厚的羽绒服还瑟瑟地打着出租车。唯有一种生灵,还是小生灵,当它们振翅穿越风雪时,无不赞叹它们练就了一身风骨,当所有的燕儿、鸟儿都南迁时,那固守着家园不肯南飞的竟是体态最小的麻雀儿。如果高尔基把海燕比作大海的精灵,那么,麻雀儿就是雪中的精灵。是它们唤醒了人们对冰雪的亲昵,对大自然的珍爱。

　　对麻雀儿的钟爱,是从孩提时代开始的。大人们说燕子不能碰,伤害燕子会不吉利。我们就跟麻雀较上劲了,称它"家雀儿"、"家屁鸟""家贼鸟",借着挖野菜或搂柴禾之际,四处搜寻鸟蛋。有时抓着雏鸟儿带回家,一根细绳绑在鸟腿上,另一头系在窗户把手上,弄来一个小茶缸放里点水,再拿个小咸菜碟子撒些小米。可小雀倔强地不吃不喝,看着雀崽儿扑棱着翅膀,慢慢地不动了,总免不了懊恼——怎么就死了呢?吃的喝的都给它准备了!也时常随半大孩子去屋檐下、羊圈或马圈的秫秸棚上,掏家雀儿,尤其是夜晚,电棒一照,雀儿一动不动,一掏一个准。用火烧熟后鸟毛加鸟肉的糊香,馋的口水直流,扯腿拽脑袋香香地吃掉。现在想起,虽有一份对过去时光的留恋,但对那可爱的精灵,该是怎样的摧残和伤害呀!

前几日我忙里偷闲,随同事乘车去乡下,聆听到一首清新的无字诗;目睹到一幅雅致的无墨画。在诗与画间,显现生命律动的就是这些雀儿们。在感受着灵秀之美、自然之美和宁静之美后,突然悟出诗画的作俑者竟是大自然和这些精灵。

广袤的田畴都被皑皑白雪覆盖着,白亮得晃眼,远近都涂抹着一种单调的色彩。寒风揪光了树叶,光秃秃的褐色树干裸露着。听车轮碾着雪辙发出的声响,坐在车里的我,心情也随着冷冷的天气瑟缩着、随车颠簸着。"呼啦啦"行进中的车惊扰起一群啄食的麻雀,那阵势像一群训练有素的士兵,齐刷刷地落到了树上。我眼睛一亮,心情也愉悦起来。想起高尔基的《海燕》,这些麻雀不正是雪中的精灵吗?我感叹:寒冷的北方因你而有了生机,你是冰雪最忠实的守候者。

车停了,几个同事下车去了屋内,车内只剩司机和我。我无聊地望向车窗外,一个场景吸引了我,不,是一幅画面,一幅游动的、鲜活的画面——白白的雪地上,一堆黑土,一只公鸡领着三只母鸡刨食,几只麻雀蹦蹦跳跳也混在其中,跟着鸡屁股后啄食,鸡刨刨啄啄、鸟儿蹦蹦啄啄。这时又飞来四只白鸽,也落在皑皑雪中一点黑的弹丸之地啄食。它们不争不抢,无忧无虑,悠然而忘情,和谐的场面构成了一幅美丽的画卷;无私的精神谱写出一首动人的诗篇。我陶醉了……静谧中,仿佛也溶入啄食的队伍中。

"呼!"数不清的麻雀落在院墙内一棵树上,光秃秃的树干立即充满了生机,胖乎乎的鸟儿们东张西望、叽叽喳喳。看着看着,突然觉得树没有冬眠,那雀儿们点缀的不正是树叶吗?

那雀儿们装饰的不正是压弯了枝头的果实吗？这是冬季里的春夏秋。正欣赏着，同事们出来了，惊飞了雀和鸽。我料想它们又成一组新的图案，美丽一幅新的画卷，谱写一首新的诗篇。

车又停了，同事们依旧下车进屋，我的大脑还处在亢奋状态，饶有兴趣地观察着车窗外。一只麻雀在大铁门的里边，悠闲地蹦来跳去，不停地啄食。大大的肚子拖下去，远看已经拖到地上，像个要分娩的孕妇。不知哪里跑来一只小狗，麻雀机灵地飞起来，狗跑没影了，雀又落回来一蹦三啄。我差点笑出声来，心想：它可比孕妇灵巧多了！

东北能见到的鸟儿不多，大部分是候鸟儿，冬季要飞回到南方过冬。小时候，总是唱"小燕子，穿花衣……"，我却对燕子没好感，怕冷的家伙，一到冬天就不见踪迹，是对冰雪的叛逆、是冬季里的逃兵。唯有小小的雀儿依恋这里。雪覆盖大地，也掩埋了雀儿的粮食，它们无忧无虑，悠然而忘情地把树当驿站，彼此呼唤着、追赶着，无所求的生憩。当狠心的人类把它们送上餐桌，殃及着这些最忠实的生灵，雀儿们无力反抗，只能无奈地填充人类的皮囊。有谁顾及它们的意愿、它们的感受、它们的生命？雀儿们虽没有鸿鹄的雄姿让人赞美，却能守候在冰天雪地里挨饿受冻；虽看不到冬季里南方美丽的风光，却恪守着生命中最坚毅的操守，用自己憨态的身躯装点着冰的不屈，雪的魅力。

2008 年 12 月

失衡的民俗

说不清从什么时候起，自己用水节约得很——洗衣服和洗菜的水，留着洗抹布，洗完抹布的水，再留着冲洗坐便器。这种习惯沿用至今的缘由，早于看电视关于节水的广告，重要的是怕自己死后，还要麻烦"黄牛"替自己喝脏水。

一个朋友的母亲去世了，前来送葬的人和送葬的车辆很多。灵车的后面是拉着花圈的车，车上还有一个用纸扎的"黄牛"。

至爱亲朋相继离开瞻仰大厅后，开始火化了。儿女们撕心裂肺的哭喊声，让我禁不住也潸然泪下。我知道老太太是解放初期参加工作的，那时女性很少有走出家庭而工作。老太太既要像传统妇女那样拉扯儿女，赡养年老的公婆，又要勤恳地工作。令人敬佩的是老人当时工作很出色，一直担任领导，白天上班，晚间开会，没有交通工具，每天都双脚丈量着地球。事业和家庭的重担，使得五十多岁的她重病缠身，不得不离开了工作岗位病退在家。如今才六十多岁便匆匆离世。

"快去烧纸吧！""快给老太太送点钱吧！"不知是谁在喊。因我和这个朋友关系甚是亲密，既为朋友因过度悲痛担心，也想替朋友尽一点孝道，于是随着她的几个亲朋及儿女一起去烧纸。大家把花圈和纸"黄牛"及一些其他物品都拿过去焚烧，一些人边流着眼泪，一边惋惜地慨叹着。烧"黄牛"了，只听老太太的妹妹说:"黄牛哥,黄牛哥,我姐姐这辈子鼓捣的水多,清的流入大江里,浑的你来喝。"我恍然大悟,只知道男人死后扎个"红马",女人死后扎个"黄牛",随祭品一同烧掉。真正的寓意却不得而知,原来这"黄牛"是替女人喝脏水呵!这真是女人的一大悲哀。辛辛苦苦劳做了一辈子,没有积下美德,反而成了罪孽,死后还得有个牛替喝脏水。女人们持家,哪个不洗洗涮涮?女人就不想清静,不想休息?洗衣、做饭成了女人的过错。此情此景,让我想起了衣衫褴褛的祥林嫂,本来不是她的错,还要捐一条门槛千人踩万人踏。我偷偷地问身边的长者:"那男人扎'红马'是什么意思?"长者道:"骑红马升官发财去了。"

我无言以对,被刺痛的心在颤抖,忽然想起一幅漫画——起跑线上,一个男人和一个女人准备赛跑,男的身穿运动服,精神抖擞。女人身后背着孩子、锅、碗、瓢、盆等炊具,汗滴四贱。这不公平的赛事被漫画家表现得很生动,那形象的画面和深刻的寓意也刻在我的脑子里,令我至今难忘。旧社会妇女受压迫,现在的女性,吃得好、穿得好,有洗衣机、电炒勺,大部分都当家做主。为什么还常有人说:打到的媳妇揉到的面,三天不打上房揭瓦?为什么家暴的受害者多是女性?为什么扎"黄牛"的民俗还在沿用?这种男者"尊"、女者"卑"的习俗像毒藤一样,植入人们的大脑,缠绕着人类社会,跟随进步的、先进的人生理念一直攀爬、蔓延,以至于人们还在沿用。

葬礼的事情已经过去很久了。生活中天天有人离去,天天有人在送葬,人们瞧着"红马",瞅着"黄牛"也都司空见惯了,唯独我,每次见到"黄牛",心里总有一种说不清楚的滋味。

2005 年 1 月

依 恋

客车在龙景大桥的引桥上停了下来,观光游玩的人们陆续下车、奔向河边。恰逢"六一",又赶上县旅游局组织的大棚采摘和篝火晚会,许多家长都带着孩子前来,让子女们尽享"荡起双桨"的岁月。

我懒懒地靠在座位上,无聊地看着车窗外。蓝天上飘过悠哉的白云;壮观的龙景大桥横跨在雅鲁河上;南来北往的汽车疾驶而过;远近成林的树木和遍地的野草能把双眼浸绿。车左侧的玻璃窗前,是路基下栽种的成片杨树,"哗!哗!"树枝擎着树叶,被风吹来刮去,像把大扫帚在窗玻璃前挥来扫去。看来外面风挺大,不免想起了一个人问画家:你能画风吗?画家说:能!画家画了一束竹子,竹枝带着竹叶被风吹得弯曲差不多有九十度,竹叶像一面面小旗朝着一个方向飘着。那人没能难倒画家,风虽没有形,但风有影,它吹到什么物体,物体反映出的形状,就是它的影。我们赞叹风的独特之处和魅力所在,借助其他物种把自己展示得淋漓尽致。

不知过了多久,我和文友实在是寂寞难耐,决定下车参与一下。风一阵紧似一阵,倾斜的路基有点陡峭,我俩牵着手互相接应,慢慢下到河床上,踩着硌脚的卵石,顶着风艰难地向河边跋涉。游人们早就在河边聚集,高一声低一声地呼应着,说是分成两队做着什么游戏?他们是那么的投入,全然没有顾及到风有多大？都在尽情地扮着各自的角色,陶醉在状态里。饭桌、烤盘和啤酒摆在那里,旁边用木棍和枝条搭起来一个大大的篝火堆,只待天黑燃起。看来,实在是掺和不进去了!因为没人注意到我们,更没人"搭理"我们。我俩悻悻地沿着河岸,踩着卵石和细沙,感受着这条不知疲倦的母亲河伴着光阴流淌,滋养着生活在这流域的动植物和人类。

河水不很充盈,九个桥洞只有三个有水流过,还没到雨季的缘故吧？河水不再潺潺流淌,一改昔日的波光潋滟,风吹着水流一个波浪撵着一个波浪湍急而过。一只喜鹊顶风飞行,没有往日飞翔的优美姿态,圆脑袋被风吹得像是男人梳着背头,翅膀并拢和身体成为一条直线。我还是头一回见鸟儿不展开羽翼的飞行姿势,不管它怎样用力地飞,还是没离开原来位置。我纳闷:你跟风叫的什么劲？顺风飞不就得了。只见喜鹊"唰!"一个盘旋,落在水边,把嘴伸进水里,啄几口水。我猜它是累了,小憩一会儿。三只燕子,在喜鹊的东侧,靠近桥洞的地方盘旋着,一只燕子试图向西,结果和喜鹊的飞行姿态一样,它吃力地顶着风,身体竟也飞成了一条直线,我窃笑,喜鹊不过如此,何况燕子了？燕儿们全然不顾,仍飞起落下一副倔强的样子。燕一会儿也要喝水吧？我恍悟:雅鲁河!你不仅是我们人类休养生息的母亲河,也是鸟儿们繁殖栖息的母亲河。说起这条河,我并不陌生,二十多岁刚参加工作时,单位经常组织我们来这里,把写好小礼品的纸条压在卵石下,大家分头找,最后拿纸条兑换礼品。年轻的小伙子用渔网拉鱼,结果鱼没有,拉上来满满的一网小龙虾,装了一水桶。河上游有个石砬子,我们就在砬子下往上登,算是"登山"了。想到这些,不觉内心甜蜜起来，那曾经美好的经历和回忆，伴我走过了风风雨雨几十年。看到身旁正在游戏的年轻人，一会儿将围着篝火载歌载舞，篝火映红了夜空，映红了河水，映红了人们的脸颊，更印在他们未来的记忆里。

我俩不忍打扰拼搏的喜鹊，倔强的燕子，欢快的孩童和沉浸在幸福里的家长，告别了母亲河原路返回，客车却不见了踪影。大概是受了喜鹊和燕子的感染，我俩也倔强起来，决定步行回家。路基斜坡的石头缝里，斜长着大大小小的杨树、榆树和柳树。文友轻语既感叹种子的神奇又遐想着种子飘到哪里，哪里依然会长出顽强的小树。我们边走边聊，全然感觉不到风有多大。几只黑黑的乌鸦在高大的树林带穿来绕去，风吹大树东摇西摆，乌鸦不躲不离。我知道：树尖上的草窝就是它们的家，这风与它们也许真的不算啥，它要会唱歌一定唱："他说风雨中这点痛算什么？擦干泪不要问，为什么。"

常听说：一方水土养育一方人。今天的所见所闻，一方水土不仅养育了人，还有生存在这片土地上的动物和植物。喜鹊和燕子不肯顺风飞去，这片水域和土地是它们赖以生存的生活空间，它们依恋着这里的山山水水。每粒飘来的种子，只要它们生根发芽，便拥吻着这片水土茁壮生长，它们依恋着这里的草草木木。我们人类就更不用多说，歌词里唱的，文章中写的皆是：故乡的云、故乡的炊烟、故乡情……有谁不热恋自己的家乡？有谁不依恋生你养你的故园？我们都是有情感的啊！

2013 年 7 月

温馨小菜园

疯狂的小区居民,将楼区的花坛和绿化地"瓜分"了。我也"疯"了,因为我也"抢"到一块不足十平方米的地界儿,种上蔬菜,成了我的小菜园。

楼房刚建成时,小区里规划了花坛、绿地、栽种小树,钢条焊接成护栏。每逢春夏之际,绿草肥、鲜花艳、树茂盛,引来蜂采蜜、蝶追逐、鸟觅食、燕飞飞。由于环境打理得好,小区居民都感到温馨和惬意。可好环境没过几年,物业就承包给了个人。于是就"老太太过年,一年不如一年",花坛荒芜、有坛无花,草地被践踏后都成了"斑秃"。物业一茬一茬地换人,环境一日比一日糟糕。今年,居民索性将花坛和草地改建成"自留地",种上蔬菜也比荒废了好。

从此,我开始了种菜生涯。我像个蹒跚学步的孩子,效仿邻居的样子,用铁锹翻地,用镐头刨垄,挖坑、浇水、栽秧苗。买来茄子、辣椒、黄瓜、西红柿、大葱等秧苗栽上;撒上香菜籽、生菜籽。然后浇水、薅草、培垄,给黄瓜和西红柿搭架。没有工具去几里地以外的亲友家借,没有架条,花几十元钱去买。小秧苗打蔫儿了,从楼上一小壶一小桶地拎水浇地。当然了,亲戚邻居也来帮忙,帮助我这个不会农活的"菜农"侍弄菜园。因为牵挂着小园,每天再忙也要看天气预报,有没有雨? 多少温度? 眼见着苗儿一片叶、又一片叶地往上长,还觉不过瘾,太慢了,啥时能吃上啊!

不经意间,发现了花骨朵,继而越来越多。转瞬便恣意地开着白花、黄花、紫花。眼见黄瓜妞儿顶着金灿灿的黄花,一天一天地长成直溜溜、沉甸甸、一尺多长的大水黄瓜;顶着紫花的茄苞儿,渐渐成了略有弯曲的紫茄子;最诱人的是从亲戚家移来的三棵吊瓜秧,大大的绿叶像蒲扇,热热闹闹地爬上了树、没爬上树的就围着铁护栏轰轰烈烈地爬,黄黄的花朵像喇叭,吹吹打打结吊瓜。每个吊瓜都有两尺多长,地上趴两个、树上吊三个,引来全小区的大人和孩子来"观光",很多人好奇,都说不认得是什么瓜,更没吃过。我就在大家的猜测和欣赏中得意起来、炫耀起来、自豪起来。

太阳起的真早!我晨起给小菜园浇水,发现太阳已高高地挂在天上,它是想早一点把阳光送到,它知道自己的责任就是普照万物;鸟儿起的真早!我带着惺忪早起给秧苗打叉,看见小鸟穿梭在菜园里觅食虫子,它要蓄积能量,繁衍后代;蜂儿起得真早!我睡意犹浓慵懒地走向小菜园,蜜蜂已顶着露珠儿,在水灵灵的花心儿里采蜜,它要把最好的蜜奉献给人类;清晨的空气真好!晨曦里,一个忙碌的顾不得换掉睡衣的身影——就是我。感谢小菜园,让我享受到了阳光、空气和别致的风景。

果实渐渐成熟,陆续有黄瓜、西红柿可以食用了,自己舍不得吃,也拿来分给邻居、朋友、亲属。"给!尝尝,我家小菜园的。"还赶忙补充一句"没上化肥没打农药的"。吃腻了肥甘厚味的现代人,谁不愿意吃这原汁原味原生态的绿色蔬菜?与其说我是在炫耀,还不如说是让大家一起分享我的喜悦和快乐。

有邻居告诉我：有人偷你家小辣椒！我一笑了之；也有邻居直接说：我昨天摘了你家的辣椒和西红柿，我坦然面对、吃吧！大家吃吧！谁吃不是吃？地块本来就是楼区居民的，她们只是分享了我劳作的愉悦，因而也跟着幸福快乐起来。

气候在变，节气一个紧跟着一个。黄瓜落架了、生菜和香菜也都打籽收获了。我又重新翻地，种上了油菜和香菜，还有"秋菠"。过几天，我还想种些"白露"葱，明年开春吃。站在阳台里，看着楼区里葱茏的菜园，几只白蝴蝶正翩跹起舞，它们的前身也许是吃秧苗的害虫，可终究变成了美丽的蝴蝶；就像我先前只会浪费粮食和蔬菜，稍不随口就倒掉扔掉。如今懂得了耕作的辛苦、漫长的等待和收获的欣喜。我感觉：我也像蝴蝶一样变得美丽了，只是蝴蝶美在外表，而我则美在心灵。

2014 年 8 月

昂首的景山 欢唱的罕河

又是漫山遍野黄金铺就的季节,我随《千里走龙江·探索雅鲁文明》采访组前往景星镇。这次活动是由县政协学宣文史委员会、龙江县文学艺术联合会和《今日龙江》报社联合发起的。我们一行七人,迎着秋风浴着秋阳,穿越时空隧道,追寻古人的足迹,探索千年文明。为了解我们的祖先是如何生产生活的,以怎样拙劣的方式与自然抗争,繁衍着人类,奠定了人类发展的基石,开拓着社会文明的发生、发展。有了这些传承和延续,才有了我们今天的繁荣和发达。

突兀的景山,像个倔强的巨人,孤傲地耸立在苍松翠绿中。这是景星镇内相对高的秃山,也是我第一次到访此山。黑硬的山石,稀疏的植被,竟有无数的昆虫自由自在地飞舞,无拘无束地鸣叫;叫不出名字的珍稀鸟类,在低矮的草间觅食,被我们这些"不速之客"惊扰而突然飞起;山的上空居然有两只雄鹰盘旋,是欢迎我们的到来?还是担心我们破坏它的巢穴?

南山坡脚下,一位铲地的农夫,和我们讲起了二十多年前,就在此地发现了三国时期汀伶族长印时的情景:"1980年6月份铲地,铲出来一块儿黄色的长方形金属,上方雕有一匹翘着尾巴的马,底部刻着勾勾巴巴的拧着劲儿的条纹。另有一个像青砖一样半圆形的东西,刻着像人脸还似龟背的花纹。"

农夫饶有兴趣地讲着,滔滔不绝地比划着。我们认真地听着,详细地记录着。种种迹象表明:这里曾是古战场,部落与部落之间的争斗与厮杀曾在此进行,作战的某一方丢失了族里象征权利的大印。经研究和考证,此印属三国时期,历史久远有很高的研究价值。此印的发现,揭开了大景山不被知晓的历史。大景山不是名胜,你却在此昂首挺立,像个时光老人经风浴雪,伴着历史徐徐前行。大景山无语,却告诫后人不要战争,和平相处才能安定,同是中华儿女,相煎何急?

采访团来到缸窑村,跃入眼帘的是一个古老的烟囱,老烟囱引出一段斑驳的历史。据村里一位七十多岁的老人介绍:"这是日本侵占中国时期一个资本家修建的,高25米,烧缸窑的烟囱。当年没能烧出油缸,窑也就废弃了。"真是苍天有眼,不肯把资源让侵略者掠去。如今只剩烟囱孤零零地煎熬着岁月,时时提醒人们不忘那段心酸屈辱的历史。

一路走来,遇到两户农家正在盖新房,房上房下热热闹闹;家家户户院墙里,压满枝头的果实伸出墙外;粗壮的老柳树几个人才能抱拢,守护神般挺立在农户门口;牧归的羊群"咪"、"吗"地从身边穿过;悠闲的老牛拥挤着本不宽的村路,"哞!哞"叫声不停。古老的村落,新鲜的血液,这是雅鲁文明发展的见证。真乃"萧瑟秋风今又是,换了人间"!

最后,采访组来到罕河岸边,望着清澈的河水缓缓东流,不禁有些潸然——古老的罕河流淌了无数个春夏秋冬,它流逝了多少鲜活的生命?又承载多少不为人知的故事?我们在岸边找到了发现新石器时期的古文化遗址。遗址早没了踪迹,取而代之的是开垦的农田和丰收的庄稼。但我们深知有水的地方,就一定有古人活动或生活居住。罕河你一路欢唱,是否从古到今地诉说? 大家撩动河水,惊跑了鱼儿,河底卵石也随之晃动,我们的心境也像罕河水一样清纯舒爽。大家依依不舍地站在岸边拍照,要把这瞬间变成永恒,要把这美丽的风景,古老的文明一道收入《龙江县志》,让后人知道我们探访过美丽的景山,亲近过欢唱的罕河。

2010 年 9 月

立夏时节赏春景

姗姗而来的春，迟迟不肯把绿恩赐给大地，等待了一冬的人们，还要在春天里焦急地翘首遥望，期盼看到那绿的叶，嗅到那红的花。

立夏那日，忽然接到几个姐妹电话，说是去看达紫香。虽然担心今年"春脖长"，寒冷的冬季里不曾有过一场像样的雪，肆意的春风也不曾带来一场像样的雨。美丽的达紫香是否能如期绽放？还是兴致勃勃地如约前往。

憋了一冬的几个人，挤在小小的车窗前，贪婪地向外张望着，一切都那样新鲜，一切都那样亲切。公路两旁的杨树，大伞样的树冠灰中隐着绿，绿中映着灰；随风摇摆的褐色柳枝也微微泛绿；丁香树依然不动声色地挺立着；只有那"小桃红"、也叫"榆叶梅"的小树，暗红色的枝条、开着串串粉花和深红色的花咕嘟争着春色；枯草依然覆盖着大地，远山也依然苍茫成黛青色，牧羊人和牧羊犬跟随在羊群左右。远远近近的村庄依然沉寂着，田野里偶见零星的四轮车和稀疏的耕作人。就这些再寻常不过的景色，足以叫车里的人兴奋和留恋，你听相机的"咔嚓"声便得到证实了。

不算高大的山，依然不见绿色；不算幽深的谷，被我们这几位到访者打破了宁静。仔细辨认，在前年看到达紫香的地方，隐约有一丝丝粉色，夹杂在深色的山沟里，我确认那粉便是达紫香了。我奋力向山上走，绕开绊脚的枯枝和灌木，用手分开划脸的枝条，深一脚浅一脚不顾一切地奔向那悦目的花儿。依然是低矮的一堆堆灌木科盛开着粉色的小花；依然是粉嫩的五个花瓣儿勾肩搭背，呵护着11根鲜嫩的蕊。同来的妹妹折了一枝开着达紫香花的小枝杈，往我头上插，我害羞地要拿下，看姐妹们都头戴鲜花儿，也傲慢地扬起头，边笑边穿行在成片的花海中向山顶登去。烂漫的山花儿伴着灿烂的笑脸，自然和人的和谐气氛弥散开来。越接近山顶，盛开着的达紫香面积越大，那粉色已然连成一片，人也气喘吁吁地上气不接下气，无限风光竟也在这不算险的"高峰"上。虽穷不到千里目，但也见山下风情万种，远处一条弯曲的小河，如同一条舞动的彩练，翻飞在黑土地之间；顺着南坡向远看，是几片葱郁的松林，我认出那是万亩人工大造林；北侧远眺，树林掩映的村庄，一座座红房盖的房屋高低不整、错落不齐；南坡的柞树，叶蕾已吐出一两个芽芽儿，那鹅黄的嫩芽，像还未出窝的鸟仔儿张开的小嘴，嗷嗷待哺；海一样的蓝天，朵朵白云像船只悠闲划过。天地间，更有我们这几位精灵，在高歌、在呐喊，扯着破锣嗓子声嘶力竭还跑调，满足地各自欣赏着，这是发泄吗？发泄生活中、工作中的压力和不悦；这是释放吗？释放城市中被钢筋、水泥禁锢的僵硬情怀。

打道回府，路过一片杏树林，我们几个"疯人"喊着扑进了杏林。真美呀！一棵棵盛开着的杏树、一朵朵怒放的杏花儿，一样的褐色树干，一色的淡粉花儿，就像一群舞者，在天地间的舞台上，摆着各种造型和舞姿。绿叶都哪里去了？绿叶都躲到了树干里，为了彰显花儿的美，叶儿们宁愿暂做隐者。我们一会儿搂着杏树,一会儿扶着杏枝,杏林里笑声和相机的"咔嚓"声淹没了一切。

余兴未尽的几个人,不知疲倦地望着车窗外,似乎要赏尽这靓丽的景色。我惊奇地发现,来时路两旁的树有了神奇的变化,榆叶梅开的姹紫嫣红,如糖葫芦串起的粉红花朵,每株都拥挤着若干串;杨树的冠完全变成淡绿色,似乎还有些许鹅黄;最诱人的还是柳树,细细的绿丝长长垂下,微风拂来,齐刷刷飘起,真的和秀发被风吹起的感觉一样。大家议论:来时还没这样啊!不过就半天工夫。是的,这就是大自然的神奇,正因为神奇,才有无限的美景让我们人类欣赏;才有无尽的资源供我们人类享用;才有无穷的秘密令我们探求。也正因为如此,我们人类更要珍惜,要把一切美好留给我们的子孙、留给后来人。

2010 年 6 月

我眷恋的松林

　　时至今日，我仍无法忘记那天采蘑菇的情景。徜徉在浓绿的松林间，目不转睛地注视着脚下的每一寸绿地，时不时哈下腰，用手捏起隐蔽在草丛中的鲜蘑菇。《采蘑菇的小姑娘》那句歌词就跳了出来，我心里默唱着，笑自己名副其实地成了采蘑菇的老大妈。

　　深秋之际，我们作家协会的文友，应邀去错海林场采风，接待我们的是南副场长。他简单地介绍了林场的概况，回答了文友提出的问题，大家最感兴趣的是办公室房后那片基因林。听完介绍，我拉着阿英向房后走去，迫不及待地想进入林子，就听一个文友问："这些树最后怎么处理？卖不卖？""绝对不卖，死掉的树还要经过批准才可以采伐。"我"显摆"自己很明白地边走边抢着回答。

　　其实，不是我"显摆"，是我经历过的。五年前我家盖房子，需要木料，曾经托人找关系到错海林场，正是那时我认得了樟松，也知道这里的每一棵树都有"户口"，不得随意砍伐。最后经批准采伐几棵死掉的樟松拉回去，用作栋梁之材。

　　我和阿英钻过铁丝网，进得基因林，仿佛进入了曼妙的童话世界，而这个世界里的一切都那样新鲜可人。棵棵松树笔直挺立，几乎一样的粗细；树与树之间行距株距相等；红红的树干撑起绿绿的针叶；透过针叶挤进来的阳光在林间斑驳；绒绒的绿草覆盖在地皮上如绒毯一般，使你能清晰地看到穿梭在林间的人和摆放在林间的物。都说这里是天然氧吧，我深吸了口气，舒展一下腰身，感受着只有电脑才能制作出如此魅力的画卷来，仿佛自己也置身在这童话世界里。

一位大妈，手提着筐，即便是有些驼背，仍低头弓腰注视着脚下，边找蘑菇边和我们攀谈：她说自己今年已经 70 多，岁数大了动作就慢，那些年轻人天蒙蒙亮就进林子采蘑菇，这里不知被多少人采过多少遍了。还说往年蘑菇能卖 8 元到 9 元钱一斤。前几天她的姑娘来电话说：今年蘑菇能卖到 12~13 元钱一斤，她还要再采点晒干留着卖。受大妈的影响，我和阿英仔细地寻找着，不肯漏掉每一寸绿地，许是大蘑菇都被人采走了吧？只剩下刚刚破土，猫在草叶下边的小蘑菇丁。黄黄的、圆圆的、嫩嫩的、不肯张开衣裙，含羞地躲在草叶下窥视着。我俩小心翼翼，轻手摘下光滑圆润，婴儿小屁股样的蘑菇丁，放进兜里。渐渐发现蘑菇都是成片生长的，只要看到一个，它的附近一定还有许多。我和阿英怕一转身再丢掉已被发现的蘑菇，就用脚尖做标记，两只脚分别"占"着，两只手分别去采，别扭的姿势和动作累得满身大汗。过后我才知道，有经验的人都知道蘑菇是"砌堆儿"生长的。旁边一个男孩在忙活着，走得近处方知，原来是捡松树塔儿，我问捡这儿干吗？男孩说是卖钱。不远处一个中年妇女招呼他，男孩说是他妈妈。我循声走去，中年妇女已经捡了半袋子松塔儿，当我问及松塔儿怎么卖？妇女说不卖，留着自己烧炉子。我想无论怎样，松林为这里的人们创造了价值。一群少男少女吆喝着走了过来，只见他们手里拿着米尺，嘴里喊着 80 棵、85 棵、90 棵……一个稍大一点的男孩在记录着。原来这些有"户口"的树，每年都要往档案里填充数字，记录它们的成长过程。

手机响了，文友们召唤我俩回去吃午饭。看看采来的半兜儿蘑菇，恋恋不舍地走出了松林。我有生以来还是第一次这样专注地采蘑菇，一个个、一堆堆光鲜的小蘑菇在眼前来回晃动，再次回头望望那片带给我快乐的松林，想着林场那些无数的男男女女，每天出出进进这片松林，松林带给他们的欢欣是多么的长久啊！带给他们的经济效益更值得依赖。

想起南副厂长说：这些只种植不砍伐的树叫生态林、公益林，是国家投入大量资金栽种的。错海林场大面积的林木都是这样的生态林、公益林，为的是改善当地的生态环境、保持水土、防止土地沙化、造福子孙后代。我们县有四个林场，我无法估算全省乃至全国有多少个这样的林场。但我能想象得出，国家拿出大量资金用于林场的建设，工人的工资、机械化栽种、树种的培育、优质树嫁接，这些投入短期都没有回报。林场年年种树，国家年年拨款，那将是一笔多大的支出啊！葱郁的松林，不仅给林场的人们带来效益，更给子孙后代，给人类带来了效益。

2010 年 9 月

玉树琼枝绽银花

好想将你捧在手里，尽赏你洁白晶莹的美丽；好想将你拥入怀中，亲吻你冰清玉洁的身躯。然而我却不能，唯恐我的热情融化你美丽的躯体。你是雪的宠儿，冰的稚子。拿起笔，我不知道该用怎样的语言来描述你？怎样的诗句赞美你——雾凇。

那日撩开窗纱，窗外灰蒙蒙一片，辨不清水雾还是浓烟。雾霭中隐约可见楼下那颗歪脖小树，如梨花盛开，地面白茫茫似雪疑霜。我忽然一震，有"树挂"。树挂是我们当地人的叫法，学名该是"雾凇"。由于上苍的吝啬，雾凇已成了"奢侈品"，半年取暖期的东北，漫长的冬季里也就见到一、两次。谁愿意放弃这稀有的景观那？于是穿着停当直奔郊外。

天虽已大亮，依然蒙蒙的，太阳迟迟不肯露出脸来。霜染白了林立的楼宇、染白了伸展的街巷、染白了道两旁参差的树木。高高的白杨树，一改往日裸露的褐色身躯，浑身像蘸糖葫芦一样，蘸上层层白霜，通体白皙，仓劲挺拔直指天空；低垂的柳树，没有了夏季的婀娜，挂上白霜的柳丝，一如老人的胡须，垂下去、垂下去；平日里弯弯曲曲、疙疙瘩瘩的老榆树，像一朵盛开的大菜花，在冰天雪地中傲然怒放，斑驳粗糙的老树皮，镀上一层银装；细细打量那老榆树冠，宛如无数颗小珊瑚，组成一颗偌大的白珊瑚树，无与伦比的娇媚。我似乎明白了"树挂"的含义，冰，只有凝结在树上，方极尽妖娆。

　　大桥边,高高矮矮的树木错落有层次,身披银色的铠甲清秀雅致。我和好友站到一棵不算高大的树下拍照,将这玉树琼枝一起收进了记忆,装进了永恒。环视四周,每株树都凇花繁茂,盎然怒放,就连低矮的小草,一改往日的枯黄,争奇斗艳在冰天雪地里。河床上,一条永无休止的河水流淌着,冰被这河水撕开一道大裂口,河床到堤岸,依次是茫茫的小草、低矮的灌木和略高些的杨树或榆树。无论怎样有一点是相同的,那就是都挂雪凝霜、婀娜有姿。真乃大自然的鬼斧神工赋予了人类最精美的艺术品。本打算倒河堤去拍照,于如梦如幻的仙境中,感受这洁白世界里,万物一色的纯净。此刻谁能分清天地的界限,怎知自己置身何处,天上人间?视线是洁白的,心灵是净化的,一切的一切都是美丽的。

　　雾凇在万籁俱静的黑夜中形成,在人类的鼾声中壮美,遇太阳后离开树体,雪片儿样纷纷洒下,融入大地滋养返青的草地。它虽昙花一现却历尽天华;它在凛冽的寒风中晶莹闪烁;像高山上的雪莲凌霜傲雪;万物失去生机时点缀枝头繁花似锦。

　　太阳出来了,湛蓝的天空映衬着皑皑的大地。树作为凇的载体,尝试了一次历练而多了一圈年轮,经历了一回洗礼而孕育生机。雾凇解体了,大片儿大片儿的凇体飘落下来渐渐融化。我知道凇一定舍身去滋养大地,回报大地,它的根就在大地,水才是它的前身和延续。我无法料想下一次和凇相遇的日期,我真后悔刚才拍照的时候忘记了约定,我只能将我的期盼暂时封存,等待你下一次回归,到那时一定再来看你——我的雾凇。

2017 年 1 月

早 春

都说早春二月,可那许是南方。在我们这里,进得四月中旬,方能看到星星点点的绿蒿子,从街头巷尾的铺路石缝间钻出,隐藏在干黄的枯草间,或是广袤的黑土垄里。只有这时,我们北方人算是真正感受到了一丝春意。

那日,我参加婚礼来到乡下,因宴席还有一段时间,便信步走向村外,探寻蒲公英又一年的轮回。穿越村头玉米秆垒起的柴垛,是一条稀疏的小杨树林,凋零的枯叶和衰败的枯草覆盖着林间的地表。顾不得自己穿的是高跟鞋,我用脚趟起树叶,黑皮鞋在枯草和枯叶间拔拉来拔拉去。鞋跟陷到土里沾上泥巴,裤腿和皮鞋挂满了厚厚的灰尘,我依然执着地用脚翻呀、找啊!偶见几朵绿蒿子藏匿其中。蒿子——对于这种植物,至今不知道它的名字,从小就跟着别人叫"蒿子",闻起来有一种怪味。找不到婆婆丁我不甘心,便跨越树林迈向田间。太阳毫不吝啬地把暖光洒遍空旷的田野,天空也袒露胸怀一丝不挂献出一片蔚蓝,长长的田垄上玉米根系已被翻出等待耕种,没有遮拦的视线能望到天空边缘,看到大地尽头。我深吸一口气,嗅到了熟悉的久违的气息,对!是"春"的气息。婆婆丁踪迹皆无,垄沟垄台上分散着三五片叶不等的绿蒿子。在这乍暖还寒的北方,这些不知名,或许没有名字的,统称为蒿子的植物,也许人们不曾留意,也许人们早就习惯了它的存在,更没有人在意破土而出,争相报春的竟是这无名蒿。婆婆丁没寻到,棵棵绿蒿慰藉了心灵,填补着欲壑,用不了几天,点点绿蒿也可"燎原"了,我满足地回头走向村落,喜上眉梢。因为我看到春姑娘正扯着"绿",向这里疾驰;听到一株株、一棵棵、一丛丛、一片片"绿"生长的声音。

不是我少见多怪,生在塞外长在北方的人都清楚,从九月末庄稼泛黄,落叶萧萧而下,到来年五月初春染大地,绿意萌发。一年里有大半年的时间见不到绿色,那种无奈,那种期盼,那种渴望和那种追求,不亲身经历,不切身感受是体验不到的。要知道:绿——是生命的颜色,是生长的象征,是大自然之神,是亘古万物生生不息的魂魄。

曾几何时,总想去江南走走,去海南逛逛,甚至有移居南方的奢望,因为那里四季常青,终年繁花盛开。假如我真的客居南方,我还会如此渴望春天、珍爱绿色吗?整天整年被绿色包围着,会不会见惯不怪习以为常了?地域的差异会带给人不同的感受。北方人这样盼望春、喜爱绿,除了它能带给我们富饶的物产和丰腴的收获,还有在萧瑟的风中苦苦思恋,在飘洒着白雪中的殷殷挂念和压抑了半年的漫长等待。都说距离产生美,原来,人和自然的距离也会产生美、产生爱恋。再说,谁愿意舍弃家园?谁愿意远离故土?宁愿守候这份艰难,也要看到家乡的春色。

今天只见到星星零零的几株蒿子,绿便在心中泛滥;蒿虽不灿烂,在这枯黄的季节也弥足珍贵;虽不知名,却在默默地、不畏寒冷地争先装扮着大地。就像无名的平民百姓,默默地奉献自己,为祖国建设添砖加瓦。我自问:我算不算是一株无名蒿?

2014 年 4 月

塞外梨花映蓝天

分明知道岑参的"忽如一夜春风来,千树万树梨花开"写的是雪花,但当我真切地踏进梨园的那一刻,我被惊呆了。满眼洁白如脂、清素如玉、团团簇簇相拥在枝头的梨花,不正是这位唐代大诗人笔下的梨花吗!

就像"春风不度玉门关"一样,我们东北无霜期短,根本不产梨。只能在过年的时候,啃几个南方运来的冻梨。虽然农村现在的经济有了快速发展,但也是很少能见到梨树的,更谈不上欣赏梨花了。

迎着习习的春风,文友们同去济沁河乡的梨园赏梨花。我想,这次我不仅要去探望"丑丫梨"的家,更要看一看梨花,那是我生平不曾见过的花。

想起去年秋季,我们到济沁河乡采风。乡里用水果招待我们,最抢眼、口感最好的是一种鹅黄色秋子梨般大小的"丑丫梨"。乡领导介绍说:"这是我们乡的陈兴玉自行研种、自主命名的产于东北的新品种。"说出来不怕大家笑话,我那天贪婪地像个不懂事的孩子,午饭没吃几口,是因为胃已被"丑丫梨"占领;鼓鼓的小拎兜里也是"丑丫梨"的领地了;我还特意多拿了几个,给年迈的父母尝尝产自于我们东北家乡的梨。

不知是因父母说那梨好吃,还是那梨香甜爽口的味道已浸入我的五脏?此后的日子里,我的味蕾再也品不出其他梨的味道来。深秋的一个傍晚，我出门散步，见一个中年男人站在街口，守着两个装满鹅黄色梨的纸盒箱子，我一眼就认出正是"丑丫梨"。我转身飞快地回家取钱，遗憾的是，等我回来买时，人和梨都没了踪迹。我猜想一定是识货的人，把梨"抢"光了。

步入梨园，看到的是小一些的梨树。但无论多高、甚至不足一米的梨树，在仅有的两三个枝条上，也都开着洁白的梨花。有嫩嫩的绿叶相伴，每株梨树都梨花烂漫、白花紧簇。眼见每朵梨花，白如凝脂、清新娇美。果园深处更有大棵的梨树，花朵和花蕾相挤在枝头，却不见一丝绿叶，我辨不出哪个品种是"丑丫梨"，只陶醉于洁白的世界里。穿梭在梨树间，仿佛置身在静谧的画卷里。举头向上，湛蓝的天空没有一丝云彩，梨树擎起白晃晃的梨花，疑是白雪覆盖的树冠？还是白云落在枝头？这哪里是梨树？是雪树。这不是梨花，是雪花。正是"千树梨花千树雪"啊！怎样的忘情，怎样的愉悦，我已无法用文字描述，只能在这花的海洋里感受着梨花那洁白娇嫩、淡雅宜人、超凡脱俗的高贵气质。

据乡领导介绍：陈兴玉是济沁河乡一个地道的农民。早年在县农民中专读过书。搞了十多年梨树栽种，力没少出，钱没少搭，连年失败。但他没有灰心不气馁，研究梨树的抗寒能力，缩短结果期，搞嫁接等。这里的每一株梨树，都像他的孩子一样，在他精心侍弄，细心呵护下，梨树结出了香甜爽口的梨子且远近闻名。现在，他不仅免费为当地的农民当义务技术员，还低价卖给果农梨树苗。他默默地耕耘，用最朴素的方式诠释着"总有别人不曾走过的路，总有别人不曾有过的收获。"是他拖来了"江南"，是他扯来了"春风"，让塞外梨花漫天。

　　"快拍!快拍！"只见一个大大的蜜蜂,正忙忙碌碌地从这朵梨花飞往那朵梨花,全然没有察觉伸向它的照相机。或许它根本不去理会,它要在繁华盛开的季节里,采集好蜜。定眼观察,大大小小无数的蜜蜂,都在忘我的忙碌着,蜜蜂儿也在期盼、也在欢笑,也和人类一样难舍这梨花吧！

　　走出梨园,我不舍地回头望着,棵棵梨树也不舍地举花欢送,它们以坚定不移的品质,深深地扎根在了东北,在这片蓝天下倔强地开花结果。

2008 年 7 月

我牵挂的小村

　　一个只有几十户人家的小村,竟然让我牵挂了三十多年。当我再次面对这个让我终生难忘的小村庄时,一种从未有过的欣慰荡漾在心头,平和的思绪便澎湃起来。这一切都源于那个偏僻小村的巨变。

　　高中毕业,我随着知识青年上山下乡的洪流,插队在龙江县福山永公社正阳大队第三小队。那地方既偏远交通又不发达,要走十多里地才能坐上公共汽车。贫穷落后的小村,虽然让我领略了广阔天地的自然风光,却令我不能适应那里的艰苦。恢复高考后,一纸入学通知书,让我逃离了那个小村。

　　但多年来,无论我上学还是工作,我都时常牵挂起小村,只要遇见熟知小村的人,便克制不住情绪打探村里的人和事。不久前,在街上遇见大队李书记,一起吃了顿便饭。席间,望着当年的孩子,现在的书记,尘封的往事一幕幕掠过。记忆的闸门一旦打开,情感的洪流便一发不可收,那扯不断的是内心深处对小村的情思。

　　忧伤的记忆里,抹不去的是在小村度过的五百多个日日夜夜。一条时断时续的小溪从几个自然屯边潺潺流过;不算贫瘠的土地生长着绿油油的庄稼;除我们青年点外,几排低矮的泥房展示着村子的苍凉;仅有的供销社里摆放着油盐酱醋等必需品,调剂着村民惨淡的生活;一间房的卫生所,几个药匣子打发着村民沧桑的岁月；学校里奔跑的是穿着蓝、黄两色衣服，又都灰头土脸的孩子。疲惫的村民们日出而耕、日落而息，每日面朝黑土背朝天地上工下工。土地、粮食、牛、马、羊等都是生产队的。

我那时在学校工作，一个工作日挣十个工分，秋后算账折合人民币六角钱左右。一年到头分得贰佰多元，扣去口粮才能拿回几个钱。有的生产队一个工作日只分到四角、五角钱。人口多、劳动力少的农户，一年到头不但拿不到一分钱，还欠生产队钱。年复一年，几乎每家都有欠账不说，把生产队也拖穷了。因为不给自留地，不让种菜园子，村民手里没有钱，只能用鸡蛋换些火柴肥皂等日用品。一些孩子经常到生产队地里偷瓜、偷青苞米和土豆等。我们青年有时也偷，没办法，那年月，实在是没啥吃的。几个月，甚至半年才能演上一场电影，村民们就跟着放映队跑，不惜跑几里地外的屯子里去看……贫穷和落后是孪生兄弟啊！每当想起这些，心里总是酸酸的、涩涩的。

前段时间我回去过一次，参加一个老乡女儿的婚礼。昔日的泥土房早就不见了；现代化的机械设备取代着传承了几个世纪古老而笨拙的农具；草甸子上肥壮的牛羊悠闲地享受着丰茂的青草；几户食杂店里的商品应有尽有；聘姑娘的娘家除陪送钱财外，大宴乡亲，酒席的档次和城里的一样丰盛。路经当年流淌的小溪，我无限地感慨，30年的沧桑巨变，都在小溪里留下了倒影，小溪见证着小村的春花秋月。

我和乡亲们唠起了家常。一位大嫂眉飞色舞地说："党和国家又陆续出台了富农惠农的新政策，取消了农业税还不算，每亩地种植都给补助,平均每户一年补助 470 元左右;我们购买种子也有补助;种大豆也给补助;买柴油化肥也有补助。义务工也不摊派了,你说多好啊!"听了这些,真替他们高兴。我这次回到小村,还特意看望了住在青年点附近,当年常叫我去她家吃饭的大姐。她家也早都住上了新房。当年未出嫁的姑娘,如今已变成了婆婆,见到我就高兴地说:"现在农民可富了,和你在时大不一样了。"听着大姐的讲述,我不住地感慨,是啊,惠农的阳光已普照在我牵挂的小村了;惠农的雨露正滋润着我那不是故乡的故乡。

穿越岁月的烟云,漫步在时空的隧道。历史走到今天,有哪个朝代的农民享受过这样的政策?见所未见、闻所未闻。我国有 13 亿人口,11 亿在农村,过去农民生活窘迫,现在一跃成了衣食无忧的快乐农民。小村在变迁,从他们的衣着上,我看到了他们的富庶;从他们的精神面貌上,我察觉到了他们内心的愉悦;从他们近乎奢侈的婚礼,我读到了党的惠农政策给农村带来的收益和保障。小村不再是我的牵挂,我感受到它的快乐,它正和全国成千上万个村庄一样,以崭新的姿态呈现在世人面前,令人瞠目。

2009 年 6 月

冰雪，北方人的骄傲

　　静谧的雪夜，我撩开窗纱，伫立窗前久久观望。穿流的车辆和行人都去哪了？是被飘飘洒洒的冬雪吓跑了。雪中挺立的街灯，放射着柔柔的橙色光，把翻飞的雪花染成了橘色。雪，占据了空间、盈满了视野。我庆幸自己生在北方，不仅能领略春夏秋冬的千变万化，还能感受大自然的无私馈赠——冰与雪，我们北方人的独享。

　　千里冰封，万里雪飘的北国，是北方人世代繁衍栖息的乐土。冰雪悄悄地来，默默地去，年复一年，覆盖了人们的足迹，给大地披上了一层厚厚的棉衣。冰雪是我们北方人的生命之本，精神之魂。质朴善良的北方人从降生的那一刻起，就与冰为伴，与雪共舞。北方人以生在北方而骄傲，以漫长的冬季里有美丽的冰雪为伴而自豪。

　　冰雪是大自然恩赐给北方最圣洁、最纯真的诗话。那罩在白雪下绵延的山峰，像舞动的银蛇，皑皑的旷野似浩瀚的银海；野花、枯草、灌木都银装素裹，极尽妖娆；那逶迤的冰河，如九曲回肠，弯弯曲曲，如白练铺就在黑土地上。冰层凝固的气泡，河底形态各异的卵石，乃至冰底畅游的鱼儿，又多像美妙的冰宫世界啊！挂满冰凌的苍松劲柏，婀娜的垂柳和挺拔的白杨，在风中摇曳着，那飞来飞去美丽的喜鹊和憨态可掬的麻雀们，便是冰雪的忠实守候者，是北方的神鸟；雪野中白茫茫的村落;星星点点的农舍;袅袅升起的炊烟;让北方尽享冰雪的洗礼。北方在冰雪中孕育着又一个春天。

冰雪为北方人叠起了层层的记忆,呼之即出,每个记忆都是一幅精美的画卷,一首多情的诗篇,一幕童话世界。趴在窗前用鲜藕般的小手抠玻璃冰花的小女孩;操着麻土豆般小手抽冰尕的小男孩;还有雪天堆得脸不像脸,鼻不像鼻歪歪咧咧的雪人;冰上课摔倒爬起,怕再摔倒的蹒跚步态;水泡河面上打雪仗、打出溜滑、滑冰车、拉雪橇的顽童;跟着成人穿冰窟窿捕鱼的半大孩子们。美丽的冰雪,无垠的世界,陶醉了天真的顽童,陶冶了洁白无瑕稚嫩的心灵。

冰雪锻造了北方人坚毅的品质;顽强的性格;刚直的正气和高超的技艺。一些冰上的体育项目,取得好成绩的多是北方人。一批批、一代代冰上健儿冲出亚洲走向世界。在亚运、奥运会上,喜获奖牌,那份骄傲和自豪,那苦练中的辛酸故事,也被北方的冰雪演绎成永恒。冰雪的北方,用淳朴和豪放摔打出刚毅的北方人。

由于雪的降临和冰的光顾,许多传染性疾病都不会在东北蔓延或传播。那年"非典"猖獗,只是在南方发病和流行,东北就没听说有谁得了这种病;常听电视上报道:禽流感病毒,多少人感染、多少人死亡。我们东北没见这种传染病流行,也没大范围地扑杀鸡禽,照样吃小鸡炖蘑菇、大鹅炖土豆。只要冬天多下几场雪,人就不得病。这是我们东北尽人皆知的常识。

冰雪给北方人无尽的享受,冰雪也给北方人带来了丰厚的回报,艺术家们巧夺天工的精湛技艺,把那些飞禽走兽,大千世界雕琢得惟妙惟肖，天衣无缝。他们给冰雪注入了生机，增添了魅力。越来越多的冰灯展、冰雕展、雪雕展、冰雪节、冰雪游览会吸引着来自四面八方的各地游人。艺术家们的手笔展现着大自然的神奇，让人们叹为观止。

寥寥几笔，表达不尽北方人对冰雪的渴望与祈盼。或许某一天，地球变暖北方也觅不到冰雪的靓影，但历史会记录下曾经热爱冰雪的北方人。冰雪，北方人的骄傲。

2007 年 12 月

心中一片绿荫

绿色是植物的生命之魂。绿，给人一种蓬勃向上的感觉，而绿色之美，总给我一种无限的遐想……

假如我是一朵云，我要在绿荫的上空驻足，把自己化作细细的雨丝，溶入绿荫下的土地；假如我是一缕清风，我要穿梭在绿的海洋，去拥抱每一株松树，去亲吻每一枚松针；假如我是一只小鸟儿，我会徜徉在浩瀚的林海，让我清脆的歌喉伴着松涛共鸣。这就是我对绿色的向往，也是我对绿色的钟情。

时近中秋，也正是绿林最具魅力的时候。我随市、县作家协会的领导去济沁河乡采风，使我对绿色之韵的认识得到了质的升华，打破了我意识中对绿色朦胧的爱。更让我惊叹的是，一个县城地域，竟然出现了如此气势恢宏的人间绿洲——这就是济沁河乡的万亩人工大造林。据了解，25年前，济沁河乡的人民，用他们勤劳和智慧的双手栽下这些树。主要是樟松和落叶松，他们将这荒山野岭变成了绿色的海洋。从此，在黑龙江的版图上，便有了万亩人工大造林的标记，在龙江县的县志上，也有了改写自然、美化自然的史诗般的故事。那里的每一株青松，都是济沁河乡人民用心血浇灌；也是他们向往美好生活、追求生命质量最好的诠释。

我们乘坐的汽车划开绿浪，在绿林中穿行。当我看到那一行行、一排排整齐排列的绿树，不禁想起了北京奥运会开幕式那整齐的阵容;每一棵青松都像士兵一样庄严挺立着,像京剧里的唱词"枝如铁、杆如铜,挺拔屹立傲苍穹"那样巍然。

汽车平缓地开上了山顶。这是一块只有草皮的山包,最高点叫大白石砬子。伫立砬巅,四周尽是绵绵延延、莽莽苍苍、郁郁葱葱的松树。像一只只绿伞。而这些小小的绿伞,又组成了一个巨大的绿伞。站在山顶,仿佛站在那硕大的绿伞顶尖的小帽上。我贪婪地望着,感受着从未有过的震撼。这时,绿,已经弥漫了我的视线、染绿了我的双眸、浸入了我的心田。是啊,绿是春天的象征,是生命的象征,是最有活力的色彩,谁不喜爱她呢! 文友们都摆出各种姿势争抢着拍照,谁也不愿意错过这难得的时刻。

林海莽莽、层峦叠翠;松涛阵阵、碧波起伏。我想独自感受一下这片浩大的绿色人工造林,漫步到了偏南的山坡上。向东南眺望,是一望无际的绿野;向西北遥望是连着天边的绿洲。这时,我想起了曾经登过的长城和泰山,万亩大造林虽比不上它们雄伟壮观,但我却情有独钟。因为,这是我家乡的人工造林,是家乡人民改造自然、美化自然的真实写照。如今,国家也号召退耕还林、保护植被。美丽的济沁河人工大造林,不但美化了家乡的山水,从环保意义上讲,对水土保持、净化空气也是意义非凡的。我想,在我们生存的地球上,如果能多一些这样的人工的造林该多好啊!

像告别老朋友一样,我们恋恋不舍地离开了万亩人工大造林。但唯有这绿之色、绿之韵却深深地扎根在了我的心中。

2007 年 7 月

松香溢满山

我问飘过的云，是否留意过这个小山包，俯视过这片松林，在这里歇脚停一停？也问穿梭于林中的鸟，是否嗅出这松塔的芳香，偷食过这硕大的松籽、在这里逗留站一站？我盼着林中的每株松都常青不老，造福子孙后代，也盼清香的松籽，给生活在这片土地上的人们带来丰厚的效益和回报。

盛夏，我们作家协会应邀来到了鲁河乡，在乡领导的带领下走进了红松生态林。

雨刚刚过后，我们沿着山坡上的一道车辙缓步向前，青翠的山坡长满低矮嫩绿的小草，栽种着浓绿低矮的松树，雨水洗刷过的草和树满目清新，放眼望去整个山坡都"空山新雨后"。泥土的芳香，青草的芳香和松木的芳香混杂在一起，弥散开来令人心醉。嫩绿的草叶上露珠还不曾退去，松针沾满水珠。山太矮了，根本算不上是山。山坡上远远近近散落着不起眼的松树，因为这树也太矮了，有的刚好比人高点，有的树还不及人高，和我以前见过挺拔参天的那些松树大不一样。就在这不起眼的树上，却结出惊人的果实，菠萝般大的松塔。

乡领导介绍说：这些松树是嫁接的树，下半部生长的是樟松，上半部生长的是红松。大家看看松树的针叶就知道了，樟松是两叶针，红松是五叶针。大家急忙揪下来松针仔细对比，不住地点头，确认乡领导的说法。红松的生长期是 500 年，70

年至 230 年间为结籽旺盛期。去年结果是小的松塔,今年长成大松塔并成熟。又不断有小的松塔结出,明年长大成熟。大多数松塔长在枝杈顶端,拥挤着 3 到 5 个青"菠萝",随着松树不断长高,分出的枝杈越来越多,每个枝杈都会结出松塔。可想而知,那将是怎样的一幅画面啊!我们从来没有见过这么多、这么大的松塔,大家兴奋不已,都站在树前纷纷拍照。有的手摸松塔得意而自豪;有的手抚松塔,凑上前去嗅;有的手把松塔,翘起嘴巴去吻,千姿百态,留下人与树的永恒。

小时候,经常见到街上有摆小摊的商贩,叫卖着松树塔,5 分钱一个,稍大一点的一角钱一个。再大也大不过鸡蛋,能有钱买一个吃,那是很幸福的事。很多孩子没有钱也吃不起,即使是这样的小塔,也都是从山里"泊来"的。当地根本不种松树,种也是不产松籽的樟松。随着年龄的增长,松塔也随着岁月的流逝被淡忘了,小朋友吃的零食都是薯条、虾条之类。今天大饱眼福,见松塔绿绿的,形状纹理和个头都有点像菠萝,确切地说更像我们吃的那种铁菠萝。无数个菱形状的外衣紧紧地包裹着里面没有熟的松籽,每个菱形块里面,就有一枚香香的松籽,微风吹过,松枝摇曳,松塔也随之摇动,彰显着它的硕大与独特。

近年来,逢年过节都买一两斤松籽,虽然价格昂贵,还是禁不住香的诱惑,吃了这粒想那粒。据记载,松籽有滋润皮肤、强身健体、调节代谢、增强耐力和精力、延年益寿等功效。李时珍在《本草纲目》中提到松籽的药理作用,"久服轻身不老"。怪不得有"松鹤延年"之说,松是长生不老的象征,而松籽才是长生不老的核心,长生不老——那是人类的共同愿望。

由于植被增加、林木大批栽种，从前的荒山绿树成荫，随之而来的是野生动物的复现和增加。乡领导介绍，这里目前已有野狼出没，狐狸、野鸡、野兔等不计其数。自然生态环境的改善，人与自然的和谐才得以实现。

望着这低矮的山坡、低矮的松树、硕大的松果，我想变成一只松鼠，饱食这些营养丰富的松仁，更想若干年后，这片低矮不起眼的松树都浓绿参天，我也长生不老地在这里畅游，那将是多么的快乐啊！

2011 年 8 月

山坡那道痕

秋风微凉,秋草泛黄,庄稼待收的时节,几个文友相邀驱车赶赴梨园。尽管是第四次踏访梨园,我仍兴致不减,透过车窗看到秋风中零星飘落的树叶和日渐转黄的玉米秸秆儿,一点悲秋之感都没有。在我眼里,家乡的一山一水都是美的;在我心里,故乡的一草一木都是亲的,无论季节怎样变幻。

梨园对面的南山北坡,一条弯弯曲曲的车辙沿着土路向山上延伸,相伴而行的是一道宽窄不等、深浅不一的裂痕。裂痕里,一条细细的、清澈的溪水自上而下。山,算不上是山,只是有些坡度的高岗;裂,也算不上是裂,只是山洪或山水流淌过的沟,与偌大的地球来说,这痕或许是一条微小的皱纹而已。梨园的主人引领我们沿着沟壑、踩着车辙漫步上山。沟裂的下端,还很平缓,满目红红的高粱,举着沉甸甸的半尺多长、籽粒饱满的粗大高粱穗儿。再看那高粱秆儿还不足五十公分高,能举得动吗?我真替秆儿担心,头一次见到这个品种的高粱,感到新奇。沟裂的两旁,是成片望不到边际的玉米。玉米顶上的花儿已经枯萎变黄,玉米叶尖部也已渐黄,玉米秸还绿着,粗壮的玉米穗儿头部,露着黄黄的牙齿,风干的胡须、捉襟见肘的玉米包叶,再也包裹不住龇牙的玉米粒。望着沟对面的玉米地,也长势喜人,每棵玉米上都结有两个棒子,真想过对面去看看,怎奈这道沟裂横亘于此,不好跨越。

　　我突然憎恨起这道沟痕，要不是它的存在，我们一行人也许能从那边走更近些。农民种地不也一样麻烦吗？要是没有这道沟，四轮车可能不用绕远，疲惫的庄稼人也能抄近路。要不是水土流失形成这一条沟痕，这块面积也能种出一片丰收的庄稼。我开始打量起这道沟痕，一路走来，最宽处有十多米，窄的地方也有三四米，最深处四五米，向下慢慢和地面拉平；从裸露的沟里看，上部分是黑黑的砂土层，沟底则有河流石，偶见几块儿青石；一条清澈潺潺的、细细水流从上而下。梨园主人说：这水很甜，是泉水。我便和文友好奇地、小心翼翼地你拉我拽跳到沟底。手掬一捧，喜滋滋地喝下，没喝出甜味，倒是清凉爽口。梨园主人曾在冬季里，从河的石头底下捕到一堆能吃的红肚蛙，说着他便跳下去，真的在一尺多宽的溪水里，信手抓到一只蛙。

　　几颗结满小果的树下，散落一地小红果，拾起看时，小山楂模样，我认得是山里红。大家又摘又捡，边吃边走。没人注意，沟裂什么时候、在什么地方匿迹，原来是到了山顶最高处。这里远离村落，也见不到绿树掩映的红瓦农舍，闻不到袅袅升起的淡淡炊烟。湛蓝的天空，游荡着几朵白云；成片的庄稼尽收眼底；山上柞树林和松树林交相辉映；泛黄的野草，结满沉甸甸的草籽，低下了头、弯下了腰；风过杨树林，传出阵阵涛声。置身在自然风光中，任风吹拂着发丝，任视线随丘陵起起伏伏，忘却了一切喧嚣和浮躁。与小草合个影，和玉米拍个照，你们收获了果实，我收获了微笑。

　　下山的路依旧，刚才是从下而上，现在是由上及下。再捡拾些山里红，鼓鼓地装满兜；掰几棒青玉米，回去烧着吃，幸福与沉醉萦绕在每个人心头。没人注意的时候，沟痕又重现眼见。它仍默默地躺在那里，凭溪水从它身体里静静地流，那流淌的可是血？亦是泪？还是轻轻地诉说？也许是心情好的缘故，我觉得它不再讨厌，甚至有些怜悯和赞许它。如果不是这条沟，农耕的人们，也许分辨不出自家的土地，它是某种意义上的坐标；因为它的存在，山水不会冲走庄稼；有了这道痕，洪水不能把树连根拔起，正是它的牺牲精神，才保护了植被，保证粮食丰收，农民有了收益，国家得以繁荣。无数条这样的沟痕，承载着这样的使命，实现了人和自然的和谐。白天太阳与它相映、夜晚月亮与它为伴，流浪的云朵为它起舞，青草、稼禾与它相依相恋。它不孤单、不寂寞，还有熟知它的人们，记得它和它那涓涓的清泉。

于家乡人们而言，这道痕——是一道相思。它让这里的人们记住了那座低矮的小山；记住了自家的庄稼地在沟痕的哪一侧；记住了某次去山里玩耍摘回来青果；记住了在地里劳作邂逅心爱的女孩。

于离家的游子来说，这道痕——更是一道乡愁。它让在外的人们留恋故乡的云，留恋故乡的月，留恋故乡的炊烟，留恋故乡的田禾。

2015 年 7 月

朝阳山下老区村

又是一年春草绿,恰逢迎春花儿开时。雄伟的朝阳山,你可曾关注脚下的村庄和土地,正悄然发生着巨大变化,你勤劳的儿女们一刻也没忘记——将先辈的精神和意志传承发扬下去,把先烈们生活、战斗过的这片革命热土,开发建设成一个新型的现代化农村;使笨拙落后的农耕经济,演变成先进的科学的农业经济。

朝阳山脚下的龙兴镇龙兴村,是革命老区。早年这里叫李三店,是战争要塞和经济枢纽。曾经的战火和硝烟弥散着这块土地;远去的枪战和拼杀惊扰着这里的先民。横行一时的军阀旅长盘踞的老巢——张公馆还在,斑驳的墙体就像斑驳的历史,向人们述说着这片土地上发生的抗战故事和革命先辈们不屈的斗争精神;解放战争时期牺牲的三位烈士,他们的墓碑依然挺立,陪伴着乡亲们走过了风风雨雨。张公馆不言,烈士墓不语,却昭示了违背人民大众利益,逆历史潮流的反动行为和反动派,最后都将走向灭亡,人民群众才是战争的胜利者。

硝烟散尽枪声远去。这块土地也因这里的人民顽强不屈地斗争精神而成为革命老区。几十年来老区人民不忘革命传统,传承和发扬先辈们的顽强和不屈,不向困难低头,敢于挑战自然,克服山区耕地少,土地贫瘠的劣势,根据自身的实际情况,发展特色经济,将老区建设得繁荣富强,远近闻名。

走进龙兴村,最吸引人的是房前屋后的庭院经济。家家都有蔬菜大棚,蔬菜大棚里生长着郁郁葱葱的宽叶韭菜。就像前几年的"龙兴大葱"一样,远近闻名,每到秋季,齐齐哈尔、大庆等地的运输车,不分昼夜呼啸而过,龙兴大葱也带着老区人民的慰问和祝福香飘万里。如今棚栽韭菜是春季上市,四月份已经第二次收割,第一季收割比这还要早。从育肥、栽种、浇水到大棚放风,可想而知,整个冬季,村民们都要在大棚里忙碌。勤劳的老区人民,就是这样用自己的行动,实现着先辈的理想,完成着先烈们的遗愿,践行着烈士们的誓言。

据村书记介绍:这里的韭菜棚栽技术声誉在外,除了齐齐哈尔和大庆,海拉尔和满洲里等地的客商,都来这里购货,客商们自己组织人力,到农户家里收割,然后过称付钱。别看村里产韭菜,镇里的百姓却很难吃到龙兴的韭菜,县里的居民更吃不上"龙兴韭菜",外地客商早早地驻扎龙兴村,村民不需外出韭菜就销售一空了。她的话提醒了我,怪不得我们县城里市场上的商贩,都高声叫卖"龙兴韭菜,又肥又嫩",原来都是骗人的。不知为什么,我突然有了一种欲望,这要是用龙兴韭菜,烙一锅韭菜合子,美美饱餐一顿,该是什么味道?我想应该是饱受战火的热土味道;是鲜血和汗水浇灌的味道;是勤奋获得丰厚回报后幸福甜蜜的味道。

龙兴村除了韭菜,村民们还栽种紫皮蒜,这种蒜是独头蒜,也美誉在外,一斤能卖上几十元钱。据说还在研究种植胡萝卜,一年两茬,两年三茬,大蒜、韭菜、胡萝卜套着种,充分利用土地资源,发挥农作物的生长优势。我虽听不懂他们的种植技术,也不懂两茬、三茬套种的方法,有一点我是知道的,村民们正在这片土地上泼洒着汗水,播种着未来,要把革命老区精神发扬光大。

小小的村庄竟也建立了自己的网站,搭建起自己的农副产品网络交易平台。当我在电脑上点击《龙闻天下》,一个醒目的页面展现眼前,鲜艳的照片展示的是龙兴特有的产品。从米、粮、油、豆到蛋、肉、酒、粉应有尽有,豆油是笨榨;肉是野猪肉和驴、马肉;榛子、松仁、蜂产品,当然,韭菜和紫皮蒜也榜上有名。滚动的字幕,页面右下方是家乡的航天英雄翟志刚雕像。一切的一切,无不彰显出老区人民以英雄为榜样的点点滴滴,一步一个脚印地实现英雄梦的扎扎实实。

望着远处绵延的朝阳山脉,近处隆起的塑料大棚,眼前晃动着浓绿苗壮的韭菜,一股热流涌上心头。只要精神不匮乏,思想不贫瘠,努力和奋斗终将有回报;老区也要走新路,发新芽开新花儿——这是朝阳山的回答,是老区人民的回答。

2015 年 5 月

雪染的风采

雪来了,它静悄悄地飘,洋洋洒洒的落,染白了山与地,染白了路与楼,染白了草与树……也染白了我们的视线。以它特有的形态,装扮着自然界的空间,装点着人类的心灵。

目睹雪花儿翻飞,总有莫名的激动,失控的我,如同孩子扑向母亲一样,冲出屋门扑向了雪。任雪花儿一朵连着一朵落在头顶,黏住发丝,被我的体温渐渐捂热融化,浸湿了黑白相间的枯发,最后化成水滴流过脸颊;任雪片儿一片接着一片吸附在外衣上,荡涤衣服上的尘埃。我不忍心拍打,等待着自己变成雪人的那一刻,我会梦回童年,重温那些与雪共舞的点点滴滴。

很久没有这样打量雪了,今天的雪真美。你看那树,白绒绒的雪花儿覆盖着树枝和树杈,形成了晶莹的树挂。无论高树还是矮树都纷纷亮相,不管大树是小树都不逊色,因为昨夜雪为它们进行了精心的装扮。令人赞不绝口的是隔离带中的松树,深绿的针叶上压着白雪,错落有层次,树冠像个白塔底部圆大、顶部细小,直挺挺地立着。突然想到了一首诗很贴切:"大雪压青松,青松挺且直;要知松高洁,待到雪化时。"这是陈毅将军的诗,我想他不只是说松树的品质,是借树喻人的精神和品质吧!

雪中的行人都放慢了脚步,是怕路滑摔倒,还是和我一样,悠闲地踩着雪,聆听着脚下发出的"咯吱…咯吱…"声,从而尽情地享受着雪带来的美景,领略雪的柔情,感受雪的温馨呢?雪淹没了匆忙,沉淀了浮躁,不仅纯净了空气,也纯净了人类的心胸。

雪天里的楼房真静啊!一点看不出不高大,被柔柔软软的白雪覆盖,像是盖了床松松软软的棉絮,钢筋不再坚硬,水泥不再寒凉,楼房也显得温顺、乖巧,如同酣睡的宝宝,包在雪的襁褓中。

雪天里的汽车缓缓地行驶,是怕出交通事故?抑或不忍碾压雪娃娃的身躯?特别是那些抢活儿的出租车,没有了往日的咆哮和嘶鸣,斯文地撵着雪辙,一辆跟着一辆,文明地前行。

商家和店铺都在各扫门前雪,有的店面还在门前堆砌了雪人。这不失为招揽客人的一种方法,聪明的商人,雪也成为他们盈利的一种手段。真羡慕他们,拥有一块属于自己的门前,供自己打扫,感受亲吻雪的愉悦。

我也有曾经的"门前"。记不清多少个雪天里,爸爸和邻居一样,拿着铁锹和笤把,先把仓房顶部的雪扫下来,再把煤栏子地上的雪扫出来,最后扫门前的积雪。我们姐弟几个也都争着帮助父亲打扫。出去的时候穿戴还算整齐,可干着干着帽子也掉了,手套也扔了,脑袋冒着汗,小手冻得又红又胀。急的姥姥直喊:快进屋捂捂手! 如遇哪天雪大,家家还要把雪运到院子外的大街上。我们姐几个用柳条编成的筐,一人挎一筐或两人抬一筐,都运到了院外的大街上。一会儿工夫,大道两边的雪,堆积成了小雪山。对面屋住着一位张大奶奶,身体不好年龄大,扫完自家雪,爸爸领着我们再帮她家扫,邻里之情在雪媒介的浸染下更深更浓。我们也在父亲的言传身教中学会了做人。清理完积雪大人们松了口气，孩子们嬉戏玩耍不肯散去，友谊就在玩耍中建立，孩子也在嬉戏中长大。

鸟儿、鸟儿都哪去了？怎么雪天没见到，是不是飞向郊外，观赏更美丽的风景？我想：是的。因为我仿佛看到被雪染白的高山，披上银装高高耸立，静候着春风拂绿；被雪填平的田垄一望无际，等待着辛勤的铧犁；有雪滋养的树亭亭玉立，为下一个年轮奋勇搏击；雪地下的小草正孕育着生机，为亮丽大地出一份力；有雪扮靓的村庄炊烟正袅袅升起，共享雪染的新天地。

2015 年 12 月

过　年

　　不知不觉已经走过四十多个年头。从有记忆开始，小时候盼过年，成家后烦过年，现在是怕过年了。

　　盼过年是因为过年能穿新衣服。妈妈很早就为我们准备了新衣服，但不许穿，一定要等到过年穿。邻居家有个叫桂英的女孩，她妈妈是个南方人，手很巧。每到过年她总是穿她妈妈给她做的新衣服。为了能跟她比个高低，我妈妈给我们姐仨儿，也偷偷地准备新衣服。妈妈在百货商店上班，能买到物美价廉，花色好看的布料。妈妈不会做。领着我们姐仨儿去裁缝店，量好尺寸，就没我们的事了。我就盼呵盼，盼的没了心理准备，突然一天早晨醒来枕边放着一件新衣服，妈妈说："穿上吧。"于是我们穿上新衣服高高兴兴到院里显摆。再一看桂英，穿的是通红的趟子绒上衣；而我们姐仨，穿的是枣红色的、夹带白点点的趟子绒上衣，一下就把桂英比下去了。别的女孩子，连趟子绒都穿不起，心里那个乐呀，优越感陡然而生。

　　盼过年是因为过年能串门，走亲访友大多是这个时候。年前年后，大人们都忙着家务事，探望长辈、答谢朋友或相互走动的亲朋，都要在年前看望。普通的礼节，就是拿着两瓶白酒，配上两包点心——槽子糕、长白糕、炉果、江米条之类的。要是礼节大往来多，得拿四样礼，两瓶白酒、两包果子、两瓶罐头、两包糖。要是有亲朋先来送礼，妈妈不准我们吃，再让我们给别人家送去。就这样你送给我,我送给你,两包果子不知轮过多少家,最后大都浸油了。正月初一早起,穿上新衣服,戴上头花儿,去长辈家拜年,先给长辈敬个礼,说声:过年好!得到长辈的称赞,寒暄几句后,再去下一家拜年。年年乐此不疲,我们就在这样的家风中长大,在如此的家训中成熟。

盼过年是因为过年能看到秧歌。普普通通的装束,只要腰间系一条彩绸,走着花步扭起来,吹喇叭、敲大鼓,就有人追着看。高档一些的秧歌,也不过是踩高跷。妈妈值班的百货商店,正好临街,我们几个孩子随大人登梯子上房顶。我那时人小个也矮,脚踩梯子上不敢上去、下来又不甘心,像个刚刚起飞的雏鸟,狠狠心往上攀。房顶的视野真开阔,居高临下,来来往往的秧歌队尽收眼底。那是我有记忆当中,凭自己能力第一次登高,不单看到了秧歌,也看到了未来。

成家后自己做了妈妈,也效仿母亲给孩子准备新衣服,只是现在穿的都比从前高档了许多,从上到下、从里到外都是新的。吃的东西也应有尽有,鸡、鱼、肉、海鲜满满一冰箱。新鲜蔬菜随吃随买。年前大扫除,上街购物,婆家、娘家、亲友、同事,绞尽脑汁地想谁家该送什么,忙得不可开交。过年怎么这么烦啊! 现在年龄大些,有点怕过年了。过一个年,就离人生终点近一年,什么都不觉得新鲜。昨天小苗刚出,树叶刚绿,怎么就过年了?总怨时间过得太快。再看看孩子,你做什么好吃的他都不稀罕,看也不看吃也懒得吃。衣服不是品牌的就不穿。拜年也不用逐门逐户的去,哪还用得着看秧歌,一台电视机,几十个频道,看啥没有?捧着手机或"迷你",头不抬眼不睁,真是迷倒一片, 也不知道那里面的啥东西, 把年轻人搞得如此痴迷。让他们给长辈拜年,就打个电话或者发条短信"虎弄"一下,长此下去,亲友们长得什么样恐怕都不记得了,还剩多少亲和情？思来想去,九斤老太那句话犹在耳畔响起:一年不如一年、一代不如一代……难道自己真的跟不上时代?索性什么也不准备了,看看满街琳琅的物资,摸摸兜里鼓鼓的现金,只要想过天天都是"年"。

年是越过越淡,淡了兴趣、淡了质朴、淡了情义。人们的物质生活越来越丰富,丰富了饮食、丰富了服饰、丰富了科技产品,就是感觉不到从前的"年味儿"。想象不出在未来的岁月里,我的年该怎么过?

2015 年 1 月

飘落的彩霞

许是女娲补天时遗落的一块彩石,那彩石化作彩霞,飘落在北方这座不起眼的小山上生根开花。于是,这花儿便有了一个美丽而响亮的名字——达紫香花;这山也就气派起来,名副其实地唤作达紫香山。

其实,这山原名是:叫唤岭。听老一代文友介绍,这座山,山路非常狭窄,只能容下一辆马车通过。每当有车通过,车老板就会高声喊叫,给对面来车提个醒,这样不至于撞车。

虽说离县城不远,但还是第一次走近达紫香山,第一次来欣赏这种花儿。放眼望去,山坡上一片连着一片的粉紫色,真的似一件彩衣披在小山身上,小山便灵动得像个含羞待嫁的少女。不一会儿,那彩衣蒸腾起来,紫气缭绕山间,似云里雾里的仙境。那种震撼能令人控制不住自己的情绪而喊出肺腑之声;那种惊喜能使你忘记自己的年龄而欢呼雀跃起来。于是,我不顾一切地向山上跑,奔向女娲丢下的彩霞。

低矮的小山平坦舒缓,没有幽深的峡谷,也没有寂静的林荫,只有残存着枯叶的橡树和枯黄的衰草。抢眼撩人的是争相怒放的达紫香花,花儿耀眼灿烂、漫无边际。在画家的调色板上是找不到这种颜色的,因为这是天下最美的色彩!记不得是怎样上的山,走上去的?跑上去的?爬上去的?对,是扑上去的。我和几个同行的文友,不顾一切地扑向那灿若彩霞的花海;张开臂膀忘情地拥抱那娇艳迷人的花枝；迫不及待地掐一朵妩媚可人花朵。达紫香是低矮的灌木科，是我们北方地区的迎春花，冰雪还未消融，树木冬眠未醒，草还没有泛绿，达紫香便匆匆绽放，正是"俏也不争春，只把春来报"。

我信手掐下一朵，捧起用鼻子嗅了嗅，淡淡的清香沁入心扉，细细观看，五个粉嫩的花瓣相护挽扶，簇拥着 11 根细嫩的花蕊，在阳光的映衬下，更加娇媚柔美。我们趟着花海一边拍照、一边往山上走，仿佛置身在仙境的瑶池里畅游，空气里氤氲着浓淡相宜的花香。真的想放下工作的繁杂，生活的匆忙，人际的尔虞我诈等尘世风烟及一切尊贵荣华，化作一枝一束、一朵达紫香，汇聚于其中来争芳斗艳。

快要登到山顶了，歇下来喝口水，喘喘气。举目四望，蓝天白云下的达紫香山，空旷静谧；山花烂漫中已领略到了盎然春意，虽然山很宁静，花儿也从容，我却置身在沸腾中。百花儿都在等待春的召唤，方才懒洋洋地开放；而美丽的达紫香却在召唤着春，引领着春，在人类苦苦期盼了一冬后，以最美的姿色，奉献给人类最美的笑容。它没有粗大的枝干，但它有报春的信心；它没有硕大的花朵，但它有燃烧自己温暖大地的意愿；短暂的花期甚至不足一周，可它在冰雪覆盖时就孕育生机，风刀霜剑仍热烈盛开的坚韧品格得到人类的赞誉和称颂。

朋友，你喜欢花儿吗？那就来我们北方看看傲霜斗雪的报春花——达紫香！

朋友，你喜爱春天吗？那就看看这片粉嫩的色彩吧，它是春天里飘落的一片彩霞。

后 记

小时候,不懂得什么是文学,更不懂得什么叫写作。从最初的看小人书(我们叫画本儿),连环画册,到后来看小本儿杂志,最后看小说,常常沉浸其中不能自拔。那时候电力不富足,每天晚间家家户户都是点着蜡烛或是煤油灯,而且早早就吹灯安歇。一本书没看到结尾,兴趣正浓,就把头调转到窗前,借着月光继续读。不知是小时候视力好,还是月光比现在明亮,直到母亲喊:"还要不要眼睛了?"才悻悻地钻进被窝。

由于这份执着的喜爱,闹出不少笑话。记得小时候每读到好的课外读本儿,就愿意与小伙伴儿分享,向她们复述故事情节。记得那次去邻居家借宿,一铺大炕拥挤着五六个小女孩。我便给紧挨着我的、长我一个年级的姐姐叙述一本小册子里的故事。我讲得津津有味,她已鼾声如雷,睡在南炕上的大姐姐们哄堂大笑,那情景我至今没忘。还有就是那年在医院上班时,一个要好的姐妹入团,大家举手表决。我因正在入神地看一份报纸上的一篇文章,仿佛进入无人之境,大家都同意举手通过,唯独我没举手同意,事后找到那个姐妹又是解释又是道歉,好尴尬。

由于喜欢,上语文课就专注听讲,成绩也比数学好。特别是我的作文能受到老师表扬,常常拿出来讲评,更增进了对文科的兴趣和偏爱。每到学校开体育运动会,我都能代表班级,写一写鼓励同学的顺口溜、打油诗、小消息。不知不觉中,培养出对文学的热爱。

上苍就爱开玩笑,喜欢文学的我,在恢复高考的第一年,竟事与愿违地考上了医学院校。毕业后被分配到医院工作,忙碌的工作仍不能打消自己的所爱,工作之余不断学习,于1982年,参加全国电视大学首届中文班(业余)的学习。三年里通过电视接收,系统地学习了《中国古代史》、《中国现代史》、《古代汉语》、《中国文学史》、《外国文学史》等几十门课程,聆听名牌大学的知名教授讲课,我才真正学到了文学的基础知识,为我今天的写作奠定了理论基础。

时至今日,我自觉没有什么成绩,几篇不成型的作品,也登不上大雅之堂,权当是留作自我欣赏。即使这样,我依然要感谢我的父母亲。记得上中学以后,我总是自觉不自觉地找借口不干活,用学习做"挡箭牌"就是主要的方式。姐姐和妹妹总像母亲抱怨说:一让她干活她就拿书本儿假装学习。我虽不是父母的最爱,但这个时候母亲一定会哄着她俩,让我学习,劝她们多担待。直到现在做家务也不是我的强项,倒是有几篇小文偶尔在报纸杂志上发表。有熟悉母亲的人,读到了我的文章,便会夸奖道:你女儿文章写得真不错!母亲便沾沾自喜地跟我复述一遍。

其实,真正要感谢的是龙江县作家协会。从前只是热爱,写一些不成形的通讯、消息和学术性的论文。从2005年加入作家协会后,在老会员的帮助下,听文学讲座,外出采风回来写散文,渐渐地走上了正轨。开始写散文,又试探着写小小说,将学到的理论知识应用到实际创作中,作品也陆续在《鹤城晚报》《中国散文家》《中华散文精粹》等报纸和刊物上发表。我也在这几年里，先后加入了齐齐哈尔市作家协会、黑龙江省作家协会、中国散文家协会。我将积攒的散文归集到一起，取名为《清浅时光》，将我的人生过往写出来与大家一起分享。

最后我要感谢中国作家协会会员、大庆市儿童文学协会主席、大庆市作家协会副主席、大庆师范学院兼职教授王如先生为我的书写序。感谢现任主席陈雪梅女士，为我的拙作校对编排并写序；感谢诗词协会副主席柳小英取书名和设计封面；感谢我们本土书法大家、中华楹联学会书法艺术委员会会员许振河，为我题写书名；感谢荣誉主席高玉江，为我的作品校对斧正；感谢我的文友刘伟、商士龙、刘斌、苗常育、张志红、韩钧、朱殿学等一路陪伴，给予我的支持与鼓励，真诚地道一声：谢谢你们！

2017 年 3 月